Schilke · Alles was lebt

Kristina Schilke

Alles was lebt

Roman

Gans Verlag

Mäuschen	9
Cessna 172	21
Gugelhupf	55
Das Genesungsgeschenk	77
Long Island Iced Tea	97
Die Zärtlichkeit der Männer	123
Night Life	147
Wort des Tages	169
Man darf gespannt sein	185
Hotelbibliothek	223
Wache	257

Mäuschen

Der Mäusekörper war leichter als eine Tafel Schokolade. Karla Weißhaupt hielt den kleinen Leichnam in ihren Händen. Das graue Fell schimmerte nicht mehr so edel wie noch zu Lebzeiten. Aber mit dem Fell war nicht die größte Veränderung vorgegangen. Was die Qual der letzten Mäusestunden am meisten verriet, waren Schnauze, Ohren und Pfoten. Sie waren nicht mehr rosa, sondern durchzogen von einem abgestandenen Gelb. Das Maul stand offen, die Nagezähne wirkten riesig, denn die Haut um Maul und Nase hatte sich zurückgezogen. Die Öhrchen schienen geschrumpft. Die Unterseiten der Pfoten hatten nichts Weiches mehr an sich, sondern wirkten ledern gegerbt. Der Schwanz dagegen hatte sich kaum verändert. Tumb hing er in seiner geringelten Nacktheit von Karlas Hand herunter. Am Ende war es wohl das Herz. Die Stunden sinnloser Anstrengung waren einfach zu viel gewesen.

Karla hielt den Tierkörper in der Hand und blickte in das Zimmer. Es sah so gewöhnlich aus. Als Karla im Morgengrauen die Tür geöffnet hatte im festen Vorhaben, die Maus rauszuholen und freizulassen, war alles unverändert, nur der Körper der entkräfteten Maus lag mitten auf dem Boden. Karla musste aus dem Abstellschrank einen Kehrbesen holen, und mit diesem Kehrbesen hatte sie den Leichnam langsam zur Schwelle gezogen. Nun ging Karla mit der Maus in der Hand in das Bad. Der Vater hatte immer Stofftaschentücher benutzt. Tatsächlich fand Karla noch ein Tuch im Schrank. Es war gebügelt und weiß-braun-grün kariert. Wie eine Roulade wickelte Karla die Maus in das Taschentuch und ging damit die Treppe hinunter Richtung Garten.

Mein Gott, es war ja kaum etwas da im Haus. Instantkaffee; eine fast leere Dose mit Pulverkaffee für die Filtermaschine, die seit Ewigkeiten das Haus mit ihrem Geknatter erfüllte; zwei hohe Gläser Apfelmus, das Karla nicht einmal als Kind gemocht hatte; Knäckebrot, zu alt, um noch zu knacken; Butter. Das kam also davon, wenn man ein Haus von Leuten erbte, die schon lange dabei waren zu sterben. Und das kam davon, wenn man trauerte. Karla stand in ihrer grauen, an den Knien ausgeleierten Jogginghose am Kühlschrank und die kühle, gar nicht frische Luft aus dem Inneren strahlte sie an. Der Pullover hing lose an Karla herab, früher umschmiegte er ihre Taille, jetzt hatte sie abgenommen. Das mit der Trauer hatte sich als schwere körperliche Arbeit herausgestellt. Die Trauer war wie ein wuchtiger Sandsack, den Karla zu tragen hatte. Nur nachts konnte sie ihn kurz neben dem Bett abstellen, jeden Morgen musste sie ihn aber von Neuem schultern. Es war ein schwerer Sack aus Jutestoff, es war mühsam mit ihm voranzukommen. Überall musste sie ihn mitschleppen, ob es passte oder nicht. Natürlich war es umständlich, damit vernünftig einkaufen zu fahren, obwohl der neu gebaute Rewe nun über ein kleines Fach für exotische Früchte verfügte (was war bloß eine Pitahaya?). Sich etwas anderes anzuziehen als nur das Naheliegendste fiel ebenso schwer. Ganz zu schweigen vom Auspacken der restlichen Kisten. So ging Karla an ihren immer noch vollen Umzugskartons vorbei zur Kellertür, denn heute hatte sie Hunger. Heute war von irgendwoher der Hunger über sie gekommen. Sie war aufgewacht und hatte wieder eine Weile in der Tür zu dem Zimmer gestanden. Langsam streckte sie dabei ihre Hand aus. Die ersten paar Zentimeter ragte der Arm waagrecht hinein, bis sie spürte und auch sah, wie die Hand nach oben trieb. Es hörte also nicht auf. Wie oft konnte man etwas auf die Probe stellen, bis man es glaubte? Karla war dann nach unten gegangen, und der Hunger hatte begonnen, sie zu sticheln. Er kam ihr nicht gewöhnlich vor, er kam ihr vor wie eine Vorbereitung, ein Kräftesammeln für kommende Prüfungen.

Der einzige Ort, wo sich in diesem Haus noch etwas Essbares befinden könnte, war der Keller. Karla wusste schon nicht mehr, wo sich der Lichtschalter befand. Sie tastete die Wand ab und drückte endlich auf etwas. Als unten das Licht anging, blieb die Steintreppe dunkel.

In einem Aluminiumregal lungerten einige Dinge durcheinander herum. Karla fand in einer Ecke eine dreifarbige Lichterkette für Weihnachten, die in einem unentwirrbaren Knäuel steckte. Auf der Flasche Eierlikör lag der Staub vorchristlicher Zeiten. Den grinsenden Pumuckl, den sie in der vierten Klasse im Handarbeitsunterricht bei der dauerbegeisterten Frau Pech häkeln musste, fand sie auch. Karla ließ die Hände sinken. Das Gewicht des Sandsackes machte sich wieder bemerkbar. Sie ging zum nächsten Regal.

Dosen mit Kidneybohnen und Erbsen standen hier. Unten fand Karla eine große Tüte mit Studentenfutter, gerade mal seit einem Monat abgelaufen. Als Karla die Tüte hochnahm, hagelte etwas daraus auf den Boden. Sie beugte sich hinunter. Rosinen lagen auf dem kalten Stein verstreut und eine zur Hälfte abgenagte Haselnuss. Karla drehte die Tüte um. Eine Ecke war herausgerissen oder vielmehr in Kleinstarbeit herausgebissen worden. Karla vergrößerte die vorhandene Öffnung mit dem Finger und steckte sich ein paar Nüsse in den Mund. Sie nickte. Sie war also nicht allein hier.

»Sie können sie zerquetschen und vergiften. Sicher, wenn es passt, können Sie das Viech auch mit einer Schaufel erschlagen, oder einem Hammer, da muss man aber wirklich gut zielen können. Also, ich persönlich bevorzuge die Schaufel. In eine Ecke treiben. Und servus für immer. Aus die Maus.«

»Hört sich nach einer richtigen Jagd an«, sagte Karla.

»Was erwarten Sie? Sie haben Schädlinge im Haus«, sagte der junge Mann. Auf dem Namensschild, das auf seinem dunkelgrünen Overall angesteckt war, stand »Franz«.

»Ich glaube, ich hab nur einen Schädling im Haus.«

»Die vermehren sich wie deppert.«

»Na gut«, sagte Karla. Es war kalt im Baumarkt. Sie war in den größten der Gegend gefahren.

»Also, in welche Richtung solls gehen?«, fragte Franz. Er hielt mit einer Hand das Regal fest, als befände er sich in einem Zelt, das ohne seine Hilfe zusammenfallen würde.

»Was ist mit dem Gift? Was passiert …«

»Die ersticken von innen«, sagte Franz, führte die Hände an seinen Hals und drückte kurz zu.

»Und wie lange dauert das bis zum Tod?«

»Geht schnell. Quälen sich nur kurz.«

»Ginge es auch ohne Töten?«

»Ja«, sagte Franz und seufzte. »Aber denken Sie dran, die Maus weit weg vom Haus auszusetzen.« Ohne mit dem Reden aufzuhören oder sich nach Karla umzudrehen, ging er das Regal entlang, langte zielgerichtet hinein und holte ein klapperndes, vergittertes Metallkästchen heraus, das er Karla reichte.

»Hier«, sagte er. »Lebendfalle. Weit entfernt aussetzen. Dann haben wenigstens die Marder und Füchse was davon.«

Nachdem Franz gegangen war, blieb Karla mit der Lebendfalle in den Händen zurück. Die fast anzügliche Entspannungsmusik im Baumarkt wurde von einer aufgeregten Durchsage unterbrochen: Silikonkartuschenpistolen befanden sich im Sonderangebot. Der angenehme, seltsam an Schimmel erinnernde Geruch von feuchter Erde drängte sich Karla in die Nase. Sie drehte sich um. Ein Mann mit einer Pflanze in einem Kübel und einem Packen Gartenerde ging vorbei. Karla fror. Sie hatte ihre viel zu dünne Bluse angezogen. Der Tag des Fallenkaufs war der erste Tag seit Langem, an dem sie den Wunsch verspürt hatte, sich präsentabel zu machen für die Welt. Denn die Maus rief etwas wach. Diese kleine, noch immer unsichtbare, gefräßige Kreatur konnte bei etwas helfen, wofür Karla seit dem Einzug keinen Rat gewusst hatte. Sie bewegte sich auf die freie Kasse zu. »Was den kreativen Impuls auslöst, ist eine Verbindung von grundverschiedenen Bereichen, die blitzartig Ähnlichkeiten zeigen«, hatte sie einmal gelesen.

»Grüß Gott«, sagte die Kassiererin, deren Hängeohrringe in Form von Fischgräten besänftigend an ihren Ohrläppchen schaukelten.

Karla grüßte zurück.

»Die hab ich auch«, sagte die Kassiererin. »Die taugt was.«

Es war ein Wunder, dass am Samstag keine Beerdigungen stattfanden. Niemand prozessierte mit Weihrauch, keine Turnschuhe lugten unter Ministrantengewändern hervor und vor allem musste Karla niemanden grüßen.

Sie war zum Grab ihrer Eltern gegangen. Bei den Nachbarn rechts stand auf der Steinplatte eine Messingvase, die mit gelben Tulpen gefüllt war. Bei den Nachbarn links war die Erde im Steinrahmen schwarz gedüngt und ein Busch wuchs enthusiastisch daraus hervor, bald würde er den Grabstein überragen. Auf dem Grab von Karlas Eltern lag die Erde dagegen unansehnlich, alles war ebenmäßig und brach, nur zwei Holzkreuze waren wie Stiele von abgelecktem Eis in den Boden gesteckt. Es war einfach noch zu früh für den Grabstein. Kaum sollte der Grabstein für Karlas Mutter aufgestellt werden, da starb Karlas Vater. Boom Bang. Kaum hatte sich Karla daran gewöhnt, eine halbe Stunde von ihrer Wohnung zum Vater zu fahren, kam der Vater in das Hospiz. Kaum hatte sie sich daran gewöhnt, sich bei der Fahrt in das Hospiz jedes Mal das Herz herausreißen zu müssen, war der Vater gestorben. Wie sich herausstellte, hatte sie sich immer auf das Falsche vorbereitet. Sie hatte sich auf die Krankheit des Vaters vorbereitet, dann aber war die Mutter an einem Schlaganfall gestorben. Mit dem Bestattungsunternehmer Hering war Karla nach dieser Zeit per Du.

Nun starrte sie lediglich das Grab an, denn ohne Grabstein und ohne Vase und ohne Erde und Büsche pflegen zu können

– was gab es da zu tun? Karla wurde von der Sonne geblendet in diesem vollkommensten Biergartenwetter und wollte am liebsten ihre Hände in die Hosentaschen stecken, aber ihre Hose hatte keine Taschen, also verschränkte sie die Arme vor der Brust.

Einige Meter entfernt auf dem Friedhofsweg ging Frau Rührlich vorbei.

»Grüß Gott«, sagte sie zu Karla.

Karla nickte zurück.

»Als mein Mann gestorben war, haben wir ein halbes Jahr warten müssen, bis man den Grabstein aufstellen konnte«, sagte Frau Rührlich.

»Genau«, sagte Karla. »Es dauert.« Dann drehte sie sich wieder um.

Nach einem kurzen Augenblick des Wartens ging Frau Rührlich mit ihrer blauen Gießkanne weiter. Karla überlegte, ob sie diese Gießkanne von zu Hause mitgebracht hatte, denn die Friedhofskannen waren grün und doppelt so groß. Frau Rührlich musste mittlerweile auf die hundert zugehen. Wenn sie bis dahin durchhielt, würde es einen halb- bis dreiviertelseitigen Artikel über sie in der Lokalzeitung geben. Ihre zwei Kinder waren selbst schon ältere Leute.

Karla schirmte mit einer Hand ihre Augen ab und verfolgte Frau Rührlichs langsamen Gang zum Friedhofstor. Jetzt hatte sie einer bald Hundertjährigen eine dumme schnippische Antwort gegeben. Auch das noch.

Die Sonne schien hämisch auf all die Gräber und die Messingvasen und die ovalen Porzellanfotos auf den Grabsteinen. Die Vögel zwitscherten, als wären sie auf Steroiden. Karla lief auf den Parkplatz zu ihrem schief geparkten Auto und setzte sich hinein. Sie fuhr nach Hause. Gewissermaßen. In das neue alte Zuhause.

Irgendwann während des Friedhofsbesuches war es passiert. Ein Nagetier, dessen Vorvorfahren den Homo sapiens seit der ersten Einlagerung von Getreide begleitet hatten, dessen Lebenserwartung in Gefangenschaft knapp drei Jahre betrug und in freier Wildbahn höchstens zwei, war im Keller in die Falle gegangen, die Rosine als Köder hatte es ihm angetan.

Die kleinwuzige Feldmaus saß schimmernd grau in der Falle. Nur saß sie nicht einfach da, sie haderte mit ihrem Schicksal. Sie nagte immer wieder an denselben Stellen am Gitter, sie lief aufgebracht von einem Ende zum anderen und hinterließ dabei längliche Exkremente, begleitet von Urinpfützen, die nichts weiter als Tropfen waren.

Nach der Entdeckung trug Karla die Falle samt Maus in die Küche und stellte sie auf den Boden. Mittlerweile gab es durchaus Lebensmittel im Haus. Karla nahm aus einer Packung ein paar Haferflocken und ließ sie in die Falle rieseln. Die Maus wusste nicht, wohin mit sich. Mal nahm sie die eine, mal die andere Flocke. Schließlich gefiel ihr eine gut genug. Sie hockte sich hin und drehte in ihren Vorderpfoten die Flocke im Kreis, während sie sie fraß. Danach füllte Karla ein Glas mit Leitungswasser, steckte einen Strohhalm hinein und verschloss das obere Ende des Halms mit der Kuppe ihres Zeigefingers. So gab sie der Maus zu trinken.

Der schwere Stoff der rasant geblümten Vorhänge hielt das Schlafzimmer dunkel. Aber der Rand des Vorhangs vor dem linken Fenster war ein wenig eingedreht, sodass dort ein längliches Stück Sonnenlicht wie ein Schwert stand. Karla lag bewegungslos in der wachsig weich gewordenen Bettwäsche, die sie seit dem Einzug nicht gewaschen hatte, und betrachtete dieses Lichtschwert. Dann warf sie die Decke zurück. In einem alten knielangen Nachthemd, auf dem der Spruch »Nur noch fünf Minuten …« aufgedruckt war, lag sie da. Sie wartete. Als ihr an den Beinen kühl wurde, setzte sie sich auf. Und wartete wieder. Es kam ihr vor, als ob sie in ihren vierzig Lebensjahren sehr viel gewartet hatte. Karla scharrte mit ihren nackten Füßen auf den plattgetretenen Fasern des Teppichläufers. Irgendwann hielten die Füße still. Die Sohlen mit der leichten Neigung zum Plattfuß legten sich auf den Teppich. Kurze Zeit später stand Karla auf. Sie schob den Vorhang nicht zur Seite, sie ging auch nicht morgendlich obligatorisch pinkeln, stattdessen ging sie hinunter.

Sobald sie die Küche betrat, roch und hörte sie die Maus in der Falle. Das beständige Scharren ihrer Krallen auf dem Metallboden. Der scharfe Unterton des Urins. Karla nahm die Lebendfalle in die Hände und ging die Treppe hinauf, die sie gerade eben heruntergekommen war.

Die einzige Tür, die sie im oberen Stockwerk geschlossen hielt, war die zu dem Zimmer: Karla machte sie auf. Wie so oft in den Wochen seit dem Einzug und der Entdeckung überraschte sie die Gewöhnlichkeit der Einrichtung. Vor Jahrzehnten, als Karla noch zu Hause gewohnt hatte, war es ein Gästezimmer gewesen, aber sie hatten kaum je Gäste. Eine Zeitlang wurde es als Abstellraum benutzt, bis die Eltern im Alter in einen Furor des Ausmistens gerieten. Wann das, was jetzt darin war, eingesetzt hatte, wusste Karla nicht. Sie stand an der Schwelle, mit der Falle in der Hand, und sah hinein. Die Tapete war buttergelb und durchzogen mit den immer gleichen Blumensträußchen. Vor dem kleinen Fenster hing ein Vorhang. Es gab keine Deckenlampe, nur eine halbrunde Wandleuchte. Die einzigen Möbelstücke waren ein leeres Holzregal, so hoch wie ein Nachttisch, und ein zierlicher Sessel in einem alten Orangeton. Zwei Dinge lagen mitten auf dem Boden, ein zerlesener, ausgeblichener Italien-Reiseführer aus früheren Familienurlauben und eine leere Mülltüte. Beide waren Teil einer Versuchsreihe gewesen. Wie würde sich das, was das Zimmer ausmachte, dazu verhalten? Wie sich herausstellte, gar nicht. Karla hatte das Taschenbuch hineingeworfen und es fiel zu Boden. Dasselbe geschah mit der Tüte, dem leichtesten Gegenstand, den Karla hatte finden können.

Nun beugte sie sich hinab und kniete sich umständlich – wie ein Giraffenjunges, das den Umgang mit seinen Gliedmaßen noch nicht gelernt hat – vor den Eingang. Die Maus in der Falle lief hin und her, fiepte wie von Sinnen und biss sich mit ihren gelben Zähnen im Gitter fest. Karla streckte die Lebendfalle langsam in das Zimmer hinein. Zuallererst hörte sie die Veränderung. Das Kratzen der Krallen auf dem Boden der Falle hatte aufgehört. Wahrscheinlich vor Schreck hörte die Maus auf am Gitter zu nagen. Stattdessen fiepte sie ununterbrochen, wie ein Betteln. Die Maus schwebte in der Falle. Ihr Rücken schmiegte sich an die Decke. Dabei spürte Karla das Gewicht der Metallfalle genauso wie zuvor. Nun richtete sie die Falle aus, zog am Hebel, die Tür schob sich auf, und daraus schwebte die Maus hervor. Sie schwebte und schwebte und schwebte bis zur Decke. Karla verfolgte ihren Weg.

Langsam und gleichmäßig hob sich der kleine Körper in die Höhe und werkelte dabei unablässig weiter. Karla kniete auf dem Boden und betrachtete, was sie bislang nur an sich selbst erfahren hatte: das Schweben. Die Maus stieg auf. Fiepsend und zappelnd stieg sie auf in die Luft. Knapp unter der Decke kam die Maus zum Stehen. Die Pfoten vollführten Schwimmbewegungen, hektisch und verständnislos, der Schwanz ruderte ins Nichts. Der Anblick der schwebenden Maus war das Fürchterlichste und Schönste, das Karla je gesehen hatte. Hoch oben unter der Decke mühte sich das Tier ab, gegen Kräfte anzukommen, die es nicht verstand, mit denen man nicht verhandeln konnte. Nichts war dem hier entgegenzusetzen. Karla sah zu und verstand, dass sie feststeckte. Sie, nicht die Maus. Es war schrecklich, das zu verstehen. Abends wollte sie die Maus umständlich wieder herausholen. Aber dann hatte Karla sie einfach vergessen. Der Sandsack auf dem Rücken, die Müdigkeit. Und das hatte es besiegelt, das Schicksal des Mäuschens. Die Nacht sollte es nicht überleben.

Cessna 172

Kaplan Herrmann Kirmeyer steckte sich einen Gummifrosch in den Mund. Dann zog er ihn noch mal hervor und sah sich die Farbe an. Er hatte einen grünen erwischt. Es waren diese Frösche, bei denen die Oberseite aus buntem Gummibärchenmaterial besteht und die Unterseite aus weißem Schaumzucker. Die Mutter eines verschüchterten Kommunionskindes hatte dem Kaplan gestern die Frösche geschenkt, jetzt war die Tüte schon halb leer. Kaplan Kirmeyer saß an seinem Computer, sah gebannt auf den Bildschirm und langte immer wieder in die Tüte hinein. Die Zahl, die unter seinem Bankkonto stand, verzückte ihn: 129.000. Das waren sechs Stellen. Sechs! Selbst die Erbschaftssteuer konnte dem nichts anhaben, dem Zauber der sechsstelligen Zahl, von der Herrmann Kirmeyer nie angenommen hatte, dass er sie mit eigenen Augen sehen, geschweige denn besitzen würde.

Nachdem Kaplan Kirmeyer die Seite seiner Bank ordnungsgemäß geschlossen und den Verlauf gelöscht hatte, gemäß den Anweisungen der netten Frau am Schalter (»Im Internet kann man nicht vorsichtig genug sein, Herr Kaplan.«), öffnete er eine neue Seite und nahm sich einen weiteren Frosch, diesmal einen roten. Mit seinem sich nach allen Seiten ausbuchtenden Bauch kam er an die Schreibtischkante, als er sich weit vorbeugte, um zu studieren, was auf dem Bildschirm zu sehen war. In einer weiß-blau gehaltenen, vermutlich seit Jahrzehnten nicht mehr erneuerten Optik stellte sich der Rainackerer Flugplatz für Kleinmaschinen vor. Umgeben von Wald befand er sich bei Schönsee, an einer lichten und flachen Stelle.

Wie schon so oft in den letzten Wochen öffnete Kaplan Kirmeyer, der sich auf der Seite mittlerweile blind zurechtfinden konnte, die Überschrift »Unsere Maschinen«. Er nahm sich einen Frosch und drehte ihn so im Mund, dass der Schaumzucker angenehm zuoberst im Gaumen lag. Unter »Unsere Maschinen« gab es nicht viel Auswahl. Da waren nur drei Flugzeuge. Kaplan Kirmeyer führte den Pfeil seiner hellgrauen, abgewetzten Maus auf das Foto der Maschine in der Mitte: eine Cessna 172. Eine Schönheit. Kaplan Kirmeyer atmete auf. Das viersitzige Propellerflugzeug, im Sonnenschein fotografiert, war in Kaplan Kirmeyers Augen nicht nur eine Schönheit, sondern auch ein geduldiger Packesel, eine fliegende Post, eine allürenlose Diva. Ganz allgemein gesprochen war es das am meisten gebaute Flugzeug der Welt. Seine Benutzung verband alle Kontinente und die entlegensten Inseln. Seit im Priesterseminar ein Kollege von seinen Missionsflügen durch Papua-Neuguinea erzählt hatte, war Kaplan Kirmeyer verliebt. Die Cessna 172 wurde so etwas wie seine stetige Geliebte in der Ferne.

Karla betrachtete das Stillleben. Auf dem Couchtisch stand ein Teller mit zwei Zimtschnecken und zwei matt glasierten, nicht ganz runden Amerikanern. Der geblümte Tellerrand war durch die Vollbelegung kaum noch zu erkennen. Zur rechten und zur linken Seite standen jeweils kleinere Teller und daneben lagen, auf grob perforierten gelben Servietten, Kuchengabeln. Genau so hätten das ihre Eltern, vor allem natürlich ihre Mutter, angerichtet, dachte Karla.

Das gesunkene Licht des Nachmittags stand vor den Erdgeschossfenstern und trug überhaupt nicht dazu bei, das Wohnzimmer zu erleuchten. Karla schaltete die mit Staub beflockte Standleuchte neben dem Sofa ein. Außer dem Kaffee war nun alles bereit. Und dabei war es noch viel zu früh.

Aus dem Fenster konnte Karla die Straße sehen. Nur eine Katze saß dort. Ihr Hinterteil hob und senkte sich, während sie sich auf etwas im hohen Gras konzentrierte. Karla ging zum Couchtisch zurück und schob die kleineren Teller weiter vom Rand weg. Dabei kippte ein Amerikaner, bedingt durch seine seltsame Fliegende-Untertassen-Form, in Richtung des Tellerrands. Sie richtete den Abtrünnigen wieder auf, indem sie ihn auf einer benachbarten Zimtschnecke abstützte. Dann leckte sich Karla die Finger ab und stand wieder am Fenster. Noch immer war kein ankommendes Auto auf der Straße zu erkennen. Und noch immer lauerte die Katze. Ihr Kopf war tiefer zur Erde geneigt.

Karla ging die Treppe zum ersten Stock hoch. Als sie den Flur durchquert hatte, blickte sie auf die nüchterne Wanduhr, die an eine Arztpraxis erinnerte: Es war noch so viel Zeit übrig. Und Karla war so nervös. Jetzt schon. Bevor er überhaupt aufgetaucht war.

Die letzten Treppenstufen vor dem oberen Stockwerk knarzten. Es hörte sich an wie ein Tier, das bei seinem Nickerchen gestört wird und sofort wieder murrend einschläft. Die Tür zum elterlichen Schlafzimmer stand weit offen und auf dem seit Äonen nicht mehr benutzten Bett und den Teppichläufern lagen aufgeschlagene Fotoalben und alte Briefe. Es gab nichts mehr zu durchsuchen. Auf keiner Fotografie schwebte ein Mensch oder ein Tier. Von dem Zimmer gab es ohnehin nur ein einziges Bild: Als die Großtante von Karlas Mutter zu Besuch war und einen Strauß Tulpen haltend auf dem gemachten Gästebett saß. Aber eben: Sie saß, sie schwebte nicht. Hinten auf dem Bild stand die Jahreszahl 1989. Die Briefe waren noch weniger ergiebig. Es waren die Briefe derselben Großtante und noch eines fernen Verwandten, der irgendwann auf die Insel Juist gezogen war. Die Großtante hatte in ihrer nach rechts geneigten Schrift Seite um Seite gefüllt mit umständlichen Beschreibungen ihres Alltags: wie lange sie mit ihrem Kartoffelporsche bis zum nächsten Supermarkt brauchte (ganze zwanzig Minuten); dass sie durch den Anstieg der Briefmarkenpreise eine Fuhre an Fünf-Pfennig-Marken kaufen musste, um die alten Marken noch aufbrauchen zu können; die neuen Nachbarn in der Wohnung darunter und wie krächzend, fast schon heiser ihr Spitz bellte.

Karla ließ das Durcheinander, wie es war, und schloss die Tür. Im Bad war der Spiegelschrank immer noch vollgestopft mit den Medikamenten der Eltern. Karlas Bett war genauso wenig gemacht wie am Morgen, als sie es schlaflos bei Sonnenaufgang verlassen hatte, wie in der Nacht zuvor, aufgebracht und gleichzeitig erlahmt durch das lange Fernsehen. Da stand sie vor dem Zimmer. Es war immer geschlossen. Wer konnte schon wissen, was für ein gottverlassener Dämon hier hauste? Den musste man zumindest drin behalten. Karla öffnete die Tür. Durch die höhere Lage fiel etwas mehr von dem goldigen Nachmittagslicht durch das Fenster. Es tauchte alles in einen sandig warmen Ton. Es hätte so harmlos sein können. Wie alle anderen Zimmer auf der großen weiten Welt hätte es harmlos sein können. Die Leute wussten Harmlosigkeit nie zu schätzen, bis sie auf das Gegenteil trafen. Karla hätte hier … Sie hätte daraus ein … Sonst was hätte sie in diesem Zimmer unterbringen können. Karla seufzte. Wenn sie aber schon mal da war … Karla begann vorsichtig ihren besockten rechten Fuß über die Türschwelle zu strecken. Nach wenigen Zentimetern spürte sie den sanften, aber hartnäckigen Sog nach oben. Karla zog den Fuß zurück. Auf einmal aber sprang sie über die Schwelle hinein. Ihre Füße kamen nicht mehr dazu, den Boden zu berühren.

Statt dass sie auf festen Boden trat, trat sie auf die Luft und darin auf nichts und gleichzeitig auf etwas. Karla spürte keinen Widerstand, es war aber auch unmöglich, nach unten durchzutreten. Etwas, irgendetwas zog sie hoch, ohne an ihr zu zerren, ohne sich sichtbar zu machen. Das Schweben im Zimmer war genauso einfach und selbstverständlich wie die Schwerkraft außerhalb.

In einer leicht sitzenden Haltung stieg Karla in sturer Gleichmäßigkeit nach oben. Kurz vor der Decke streckte sie sich aus. In liegender Stellung, als würde sie einen Schneeengel machen, schwebte sie. Karlas Herzschlag verlangsamte sich. Sie beruhigte sich. Es beruhigte sie. Ihr Haar hing herunter. Sie hatte es schon öfter ausprobiert, aber aus irgendeinem Grund schwebte das Haar nicht wie der Rest des Körpers. Karla wendete den Kopf zum Fenster. Von dieser Warte aus konnte sie nur etwas vom hohen Gras am Straßenrand erkennen, das – hell von der Sonne beschienen – leicht schwankte. Ob das Gras vor Dürre austrocknete oder vor zu viel Regen vermatschte, ob es gemäht wurde oder wild wachsen durfte, was für Kriechzeug sein Leben darin Tag für Tag verbrachte – was kümmerte es einen von hier oben aus?

Ungelenk, weil immer noch unerfahren im Schweben, legte Karla ihre Handflächen auf die Decke über sich. Mit ihren kurzen Nägeln konnte sie sich kaum festhalten. Aber wenn sie die Finger spreizte und mit den Kuppen immer wieder in leicht schrägem Winkel ansetzte, schaffte es Karla, sich umzudrehen. Sie schwebte mit dem Gesicht nach unten. Es war nicht leicht, sich so fortzubewegen. Vor einigen Tagen hatte sie sich in der Nacht ein Video von zwei Astronauten angesehen, die sich auf einer Raumfähre eine Ukulele hin- und herschickten, ein verlangsamter, verspielter, lächerlicher Vorgang.

Karla drehte ihre Haare ein und legte sie um eine Schulter. Nun hatte sie freie Sicht auf das Zimmer unter sich. Der Sessel und das niedrige leere Regal sahen von oben anders aus. Armselig. Und doch schützenswert. Das Muster des Sessels war ganz der Geschmack der Mutter gewesen. Karla vertiefte sich in das saftige Orange. Da klingelte es an der Tür. Es klingelte lange. Fast schon wie aus Trotz drückte jemand ohne Unterbrechung den Knopf.

Unter Verrenkungen streckte Karla ihren Arm nach hinten und bekam die Decke zu spüren. Sie tastete und kratzte Krümel des Putzes unter ihre Nägel, bis sie sich an einer Stelle festhalten konnte. Sie schob den anderen Arm unter sich und drehte sich um. Sie starrte nun die Decke an. Währenddessen klingelte es ununterbrochen. Karla hätte die Socken ausziehen sollen. Barfuß wäre es einfacher gewesen. Barfuß wie Jesus, barfuß wie ein Heiliger könnte sie sich mit den Zehen leichter entlanghangeln. So war Karla ausschließlich auf ihre Hände angewiesen. Sie versuchte die grob verputzten Stellen zu finden, um sich an diesen Hügeln festhalten zu können. So kroch sie die Decke entlang in Richtung Tür, wie eine zielgerichtete Schabe.

Hielt der Klingelton noch länger an, dachte Karla, würde sie verrückt werden. Andererseits war ihre Angst, dass das Klingeln plötzlich aufhörte, noch größer. Mit verrutschten Socken, verschwitzt, war Karla in der Nähe der Türschwelle angekommen. Nun bewegte sie sich langsamer vorwärts, wie jemand, der nicht weiß, wo es von der Klippe steil nach unten geht. Karla hob ihren linken Arm und schob ihn vor. An dieser Stelle fiel er plötzlich nach unten. Was auch immer hier drin war, hörte also auf. Karla hatte den Türrahmen fest im Blick, der oben bereits Kratzspuren aufwies. Nun ging es nur noch um Planung und Akrobatik. Mit dem Kopf nach unten von der Decke hängend, stellte sich Karla ihre nächste Bewegung vor – das war das Wichtigste, sich die Bewegung im Vorhinein vorzustellen – und es gelang: Beim Heben des anderen Arms fiel ihr Oberkörper und sie konnte sich gerade noch kurz am Rahmen festhalten, um den Fall abzubremsen.

Karla atmete auf und schloss die Tür hinter sich. Sie lief nach unten, der Klingelton hatte soeben aufgehört.

Am Eingang stand niemand. Mit Socken, die weiße Spuren aufwiesen vom Putz der Decke, lief Karla zum Fenster. Dort lag die Katze nun auf der Straße. Sie hielt etwas mit den Pfoten fest und riss einen rosa Striemen Fleisch aus diesem Etwas heraus. Karla beugte sich weiter vor. Da stand der ramponierte rote Fiat, und Kaplan Kirmeyer war gerade dabei einzusteigen. Karla lief zurück zur Eingangstür, und schrie: »Herr Kaplan! Herr Kaplan!«

Als sich alles beruhigt und Kaplan Kirmeyer ein halbes Kännchen Kaffeesahne in seine Tasse gekippt hatte, saßen sie um den Couchtisch herum wie um ein Lagerfeuer.

»Herr Kaplan, wollen Sie eine Zimtschnecke?«, sagte Karla, beugte sich vor und schob den Teller mit dem Gebäck noch mehr in die Nähe des Pfarrers. »Oder einen Amerikaner?«

»Nein danke, Karla«, sagte Kaplan Kirmeyer. »Ich hab so viele Frösche intus.« Dabei klopfte er mit leisem Stolz auf sein Bäuchlein.

»Frösche?«

»Diese Gummifrösche, diese bunten, für die Kinder.«

»Ach so, ich dachte schon.«

»Du dachtest, wirkliche Frösche?«, sagte der Kaplan und ließ ein erstauntes Lachen verlauten, das von den Wänden wie etwas Fremdartiges widerhallte.

»Neuerdings«, sagte Kaplan Kirmeyer, »steht auf den Packungen ja immer ‚Zum Teilen'. Guter Gedanke«, sagte er und hob den Zeigefinger mit Elan in die Höhe. »Aber ich kann das einfach nicht beherzigen.«

Bester Laune, sogar unerklärlich bester Laune, trank er von seinem Kaffee und stellte die Tasse danach auf dem Unterteller ab. Karla nickte. »Man muss ja nicht alles teilen«, sagte sie.

»Unser Herr Jesus hätte die Frösche geteilt!« Die Stimme des Kaplans klang angenehm in ihrer Volltönigkeit und Tiefe.

Es war dieselbe Stimme, die bei den Beerdigungen der Eltern einen sonoren Ton angenommen hatte, der in der Kirche vor den wenigen Trauergästen seltsam weltmännisch rübergekommen war.

Karla knetete eine Papierserviette in ihrer Hand. »Vielleicht hätte Jesus auch einfach immer neue Gummifrösche produziert«, sagte sie. »Wie mit den Fischen. Die Haribo-Tüte wäre nie leer geworden.«

»Haha, ja, das ist gut!«, sagte Kaplan Kirmeyer und verschluckte sich fast an seinem Kaffee. Er hustete, immer noch gut gelaunt (Karla fragte sich mittlerweile, woher dieses plötzlich überbordende Glück rührte), und weckte in Karla den unbedingten Wunsch, ihm mit schwerer Hand auf den Rücken zu klopfen, bis er still und ernst wurde. Doch Kaplan Kirmeyers Anfall hörte von selbst auf. Etwas Kaffee war in die Untertasse geschwappt. Der Kaplan stellte sie auf die Tischfläche, strich seine Hose auf den Oberschenkeln glatt, wo die Bügelfalten nur noch eine nostalgische Erinnerung waren, und fragte mit ernster Stimme, mit der er einen sicherlich von jeder Sünde freisprechen konnte: »Wie geht es dir, Karla? Nach den Eltern. Das große Haus.« Er machte eine Rundum-Handbewegung. »Auch eine große Umstellung.« Als er mit der Bewegung fertig war, legte er seine Hand wieder zurück auf seine Oberschenkel, die auf dem Sofa wie Pfannkuchen in die Breite schmolzen.

»Sie sind, Herr Kaplan, der Erste, der sagt, dass es eine große Umstellung war. Die meisten meinen immer, eine halbe Stunde von meiner alten Wohnung entfernt zu wohnen, das ist nicht weit, das ist keine richtige Veränderung. Aber ein Riesenunterschied ist es in Wirklichkeit. Riesig.«

Kaplan Kirmeyer nickte, als würde er genau wissen, wovon Karla sprach. Er nahm seine Kaffeetasse wieder zur Hand. Man hörte, wie die durchscheinend weiße Tasse vom Unterteller hochgehoben und wieder abgestellt wurde.

In diese bürgerliche Stille hinein, neben dem Schein des senfgelben verstaubten Lampenschirms, sagte Kaplan Kirmeyer: »Vermisst du sie arg, die Eltern, Karla?«

»Ich vermisse sie. Aber manchmal, da muss ich auch über irgendwas lachen. Über irgendeinen Schmarrn.«

»Aber das sollst du auch! Die todernsten Kollegen verstehen nicht, dass der Herrgott nie wollte, dass wir unglücklich sind. Ich bin mir sicher, auch bei der vierzigjährigen Wanderung der geschätzten Israeliten hat der eine oder andere einen Scherz gemacht. Jüdischer Humor taugt doch immer was«, sagte der Kaplan. »Mei, ich nehm doch eine.« Er legte sich eine Zimtschnecke auf den Teller. Die Gabel ließ er liegen und biss einfach ab. »Ich weiß noch, als meine Mutter gestorben ist. Meinen Vater, den hab ich gar nie kennen gelernt.«

»Oh«, sagte Karla.

»Mei, was will man machen. Meine Mutter war Melkerin in Tirol, im Verrecktal. So hieß das. Weil da so viele im Winter verreckt sind. Da hat ihr irgendein Bauer das Kind gemacht. Wollte sie bei ihm liegen? War das freiwillig? Wer weiß das.« Er hob theatralisch seine Schultern. Als er sie wieder gesenkt hatte, fing er an, die Krümel der schon halb gegessenen Zimtschnecke von seinem Teller aufzusammeln. »Schwanger, unverheiratet kam sie her. Hier gabs irgendein Tante-Onkel-Paar.«

»Haben Sie Geschwister?«

»Nein, nur ich. Die Mutter hat nie geheiratet. Einen Herrn gabs irgendwann, der hat mir die Lateinbücher bezahlt. Aber mei, diese Generation, was die alles hinter sich hat. Als meine Mama, meine Mutter mein ich, gestorben ist vor zwölf Jahren, da war ich ganze elf Monate nicht im Dienst. Konnte nicht. Wer mich ersetzt, war mir wurscht. Wie viel Trauungen ich verpasst hab. Und die Taufen erst. Jetzt kommen die damals Getauften schon zur Firmung zu mir. Aber ich konnt nicht.«

»Haben Sie etwas geerbt von Ihrer Mutter?«

»Den Rosenkranz. Das Rezept für ihre Auszogenen. Nur solche Sachen. Jetzt hat mir der Onkel meiner Mutter etwas Geld hinterlassen. Deine Eltern haben dir ja viel hinterlassen, Karla, ein ganzes Haus. Und auch noch abbezahlt, wie ich gehört hab«, sagte Kaplan Kirmeyer und biss wohlig in die Schnecke.

Karla senkte ihre Augen auf den kleinen Teller in ihren Händen, bei dem es ihr so vorkam, je länger sie ihn anstarrte, als ob ihre Haut ihn absorbierte. »Herr Kaplan«, sagte Karla schließlich. »Glauben Sie an Flüche?«

»Flüche?«

»Flüche, Verwünschungen, Dämonisches, die ganze Palette.«

»Kruzifix, das ist ja ein ganz schwieriges Thema.« Der Kaplan hatte den Satz fast ausgerufen. Als befände er sich auf offener See und müsste seinen Kameraden zuschreien, welches Segel sie hissen sollten.

»Ich glaub«, sagte der Kaplan und steckte sich versonnen einen Krümel in den Mund. »Viel Schmarrn ist früher in der Kirche gemacht worden, weil man an das Dämonische geglaubt hat. Wie dieses Mädel in den Siebzigern, ich war mal in dem Dorf, wo die Eltern lebten.«

»Anneliese Michel?«, sagte Karla. Neuerdings kannte sie Namen wie diese auswendig.

»Ja, die«, sagte Kaplan Kirmeyer. »Die hätte am Schluss eine Schweinshaxn gebraucht und Sauerkraut. Verhungern haben sie sie lassen. Ein Drama ist das. Da schäm ich mich für den Kollegen mit diesem, mit diesem ...« Entrüstet suchte er nach einem Wort und gestikulierte mit dem Teller in der einen und einem Stückchen Schnecke in der anderen Hand. »Mit diesem Exorzismus«, sagte er schließlich, unendlich viel Abscheu in das Wort packend. Als der Begriff in der Welt war, nahm er das Stückchen in den Mund. In den ersten Augenblicken zerkaute er die Zimtschnecke mit einer Wut, die durch seinen ganzen gepolsterten Körper zu strömen schien, bis sie am Römerkragen leicht zitternd Halt machte.

Als er sich beruhigt hatte und seine Augen wieder freundlich weich wurden, sagte Karla: »Aber Herr Kaplan, die Stimmen auf dem Tonband, die klangen doch echt. Meinen Sie nicht, dass sie vielleicht in Wirklichkeit besessen war. Von etwas, das weder Sie noch ich verstehen. Könnte doch sein, oder?«

»Ach wo«, sagte Kaplan Kirmeyer. »Schizophren war das Mädel, das arme. Nach Mainkofen hat die gehört. Das sag ich dir, Karla, hätten die mich gefragt – na gut, ist jetzt wurscht, damals war ich ja noch ein Kind. Aber hypothetisch jetzt. Hätten die mich gefragt und nicht den Kollegen«, und er umschrieb mit der freien Hand eine abwehrende Bewegung, die in der Lage war, den Ruf eines Menschen zu zerstören. »Sofort hätt ich das Mädel eigenhändig nach Mainkofen gekarrt.

Da wär die jetzt noch am Leben. So«, sagte er und biss bekräftigend in den Rest seiner Schnecke. »Die liebe Kirche hat genug Probleme, da braucht sie diesen dämonischen Schmarrn nicht auch noch.« Er kaute fertig und blickte Karla wieder mit seinem ruhigsten Seelsorgerblick an, mit demselben, mit dem er damals zugehört und sich Notizen gemacht hatte für die Trauerreden. »Aber warum fragst denn?«

Karlas Schultern entspannten sich. Sie spürte, wie die Sehnen seitlich an ihrem Hals langgezogen wurden, als würde man sie mit sanfter Kennerhand ausstreichen. Sie verstand, dass Kaplan Kirmeyer ihr nicht helfen würde. Das war in Ordnung. Sie versuchte es innerlich ad acta zu legen. Karla fragte sich, ob die Jägerkatze draußen bereits alles vertilgt hatte. Sie fragte sich, wen sie als nächstes fragen könnte. Ganz abgesehen von all dem war sie hungrig. Mit einer schnellen Bewegung nahm sie sich einen Amerikaner und biss hinein.

Sie kaute noch, als sie antwortete: »Manchmal denk ich, das Haus ist mir nicht geheuer.« Karla schluckte den glasierten, süßen Teig herunter. »Was würden Sie denken, Herr Kaplan, wenn Sie etwas sehen, das nicht sein darf? Das gegen unsere Naturgesetze verstößt?« Karla legte den versehrten Amerikaner auf ihren Teller und klopfte über dem Teppich ihre Hände aus, auch als gar keine Krümel mehr herunterrieselten.

»Du sagst es, Karla: Unsere Naturgesetze. Unsere. Du kennst doch Isaac Newton. Ihr habt ihn doch in der Schule durchgenommen?«

»Ja«, sagte Karla. Sie war sich nicht sicher, wie ein britischer Wissenschaftler, der seit mehr als zweihundert Jahren tot war, an diesem Vormittag den Weg zu ihr gefunden hatte.

»Newton, dem der Apfel auf den Schädel gefallen ist, aufs Hirnkasterl. Wohlgemerkt, ein Apfel!«, sagte Kaplan Kirmeyer und hob triumphierend den Zeigefinger in die Höhe. »Newton hat geglaubt, dass die Naturgesetze vom Herrgott persönlich stammen. Die hat er uns gegeben, damit wir hier auf der Erde, auf unserer feschen blauen Kugel, leben können. Keine Naturgesetze, kein Leben.«

»Aber was ist, wenn die Naturgesetze mal nicht gelten?«

»Sie gelten immer.«

»Und was ist, wenn sie mal irgendwo nicht gelten?«

»Sie gelten überall. In Schönsee genauso wie in Papua-Neuguinea.«

»Aber was ist, wenn man meint – man ist sich da nicht sicher – wenn man meint, was gesehen zu haben, das vom Gegenteil spricht?«

»Auf das, was die auf diesem YouTube zeigen, würd ich mich nicht verlassen. Jeder Depp kann was fälschen.«

»Das Haus aber«, sagte Karla und stierte den Teppich an.

»Diese alten Häuser krächzen und ächzen und knarzen. Das Pfarrhaus auch. Und müde bist du, Karla, und der ganze Stress erst. Schau her, wie dürr du geworden bist. So wie du ausschaust, musst du noch den zweiten Amerikaner essen. Wenn Leute unter Stress stehen, hören und sehen die alles Mögliche.«

Karla senkte ihren Kopf in die Hände. Sie strich die Haare zurück, die ihr zu beiden Seiten des Gesichtes etwas lustlos herunterhingen. Da spürte sie, wie eine Hand sich flächig und platt auf ihren Rücken legte. Kaplan Kirmeyer beugte sich vor und sagte: »Karla, willst, dass ich das Haus segne? Ist eh überfällig, wenn ich mal drüber nachdenke. So viel Leid hats hier wegen der Krankheiten gegeben. Manchmal brauchts einen Neuanfang. Willst, dass ich es segne? Alle Zimmer. Würds dir hernach besser gehen?«

Nachdem sie ihren Kopf mühselig gedreht hatte, sah Karla das rundliche Kaplangesicht mit dem besorgten Blick nah vor sich. »Alle Zimmer?«, sagte sie.

»Freilich. Wenn du willst«, sagte Kaplan Kirmeyer. »Hauptsache, es geht dir besser. Und mir würd es besser gehen, wenn ich weiß, dass es dir besser geht. Also«, sagte der Kaplan, klatschte tonvoll in die Hände und nahm sich das letzte Stück Zimtschnecke von seinem Teller. Er hielt es in der Luft, als er sagte: »Mach ma das?«

Als Karla nickte, steckte er sich das Stück in den Mund, stand jäh auf und strich seine leicht mit Krümeln bestäubte Hose glatt. Kaplan Kirmeyer hatte eine Mission.

In der Nachmittagssonne, die sich rührend über die paar wenigen, schlauchartig angelegten Häuser von Schönsee gelegt hatte, begleitete Karla den Kaplan zu seinem Auto. Er hatte immer die nötigen Kits bei sich. Karla erklärte er, dass ihm das selbstverständlich vorkomme. Ein anständiger Arzt gehe schließlich auch nicht ohne sein Doktorköfferchen aus dem Haus, gesetzt den Fall, jemandem bleibt das Herz stehen in der Bäckereischlange.

In ihrem Glühen stand die Sonne tief und riesig über den bewaldeten Hügeln. Während Kaplan Kirmeyer mit zusammengezogenen Augenbrauen im Rücksitz kramte, stand Karla daneben und blickte sich um. Keiner der Nachbarn war auf der Straße zu sehen. Das lodernde Licht bespielte die Häuser in

Schönsee, die geparkten Autos, das hohe Gras mit einem Gefühl von wohltuendem Untergang. Alles ging zu Ende, aber siehe da, es war auch schön, wollte dieses Licht sagen. Karla ging einen Schritt vom Fiat weg. Die Stelle auf dem Asphalt, wo die Katze gesessen hatte, wies einen kleinen länglichen Blutfleck auf. Die Beute – oder was von ihr übrig blieb – war schon längst weg. Der Fleck war noch da. Hier waren die Verhältnisse beneidenswert klar. Körperlicher ging es nicht. Was war dagegen mit dem Zimmer los? War es der Rest oder der Anfang von etwas?

Im Hintergrund wurden Autotüren zugeschlagen. »Heureka«, rief Kaplan Kirmeyer. Karla drehte sich um.

»Das ist alles?«, sagte sie.

»Unser Herr Jesus hatte nicht mal einen Gürtel oder gescheite Sandalen, nur so einen selbstgewebten Dreck. Was willst denn noch mehr?«

Kaplan Kirmeyer stand auf der Schönseer Straße mit einer Bibel unter dem Arm und einem gewöhnungsbedürftigen Objekt in der Hand. Das Gebilde sah aus wie ein metallisch glänzender Stab mit etwas an der Spitze, das wie ein Teesieb wirkte. Nachdem er es Karla gezeigt hatte, versenkte er es wieder in dem kleinen feierlichen Eimer, den er hielt.

Zusammen gingen sie zurück zum Haus. Auf dem Weg drehte sich Karla noch einmal um für einen letzten Blick auf die riesige Sonne.

Das Bild der riesigen Sonne hatte Karla noch in Erinnerung, als der Kaplan schon längst gefahren war, nachdem der Auspuff seines lustigen Museumsfiats einen Knall wie einen fröhlichen Furz durch die gesamte Ortschaft geschickt hatte.

Der Kaplan war durch das Wohnzimmer gegangen, die Küche, den Flur, sogar den Keller, im Bad war er lediglich halbherzig in der Türschwelle stehen geblieben, und hatte unter Gebeten, für die er seine Ledereinbandbibel gar nicht gebraucht hatte, weit ausgeholt mit dem Weihwasserwedel. Schwungvoll hatte er ihn nach unten geschwenkt und etliche kräftige Weihwasserspritzer waren auf dem Boden gelandet. Schließlich gingen sie zusammen die Treppe hoch.

Kaplan Kirmeyer trat auf ein Foto im elterlichen Schlafzimmer und bemerkte mit keinem Wort die Unordnung darin. In Karlas altem und wieder neuem Zimmer spritzte er Weihwasser auf den Boden und das Bett. Wieder blieb er stiefmütterlich in der Türschwelle zum kleinen oberen Bad stehen. Und als der Kaplan die Tür zum Zimmer öffnete, überzeugte ihn Karla mühelos davon, dass der Raum nie benutzt wurde und deshalb nur pro forma gesegnet werden müsse. In eine Unruhe gehüllt, die bei der geringfügigsten Steigerung nicht mehr auszuhalten gewesen wäre, sah Karla zu, wie der Kaplan ausholte mit dem Weihwasserwedel und ihn in das Zimmer hinein schwenkte. Tropfen lösten sich aus dem silbernen Endstück und spritzten hinein. Nichts daran war auffällig. Unschuldig spritzte das Weihwasser durch die Luft. Karla verfolgte die Flugbahnen. Unbedarft landeten die Tropfen auf dem Holzboden. Sie lagen immer noch da – langsam verflachend und verdunstend –, als Karla auf der Schwelle stand, wieder allein im Haus.

Kaplan Herrmann Kirmeyer war bürgerlich angezogen. Wie ein Kind, das gleich für einen seit Langem versprochenen

Zoobesuch abgeholt werden sollte, stand er auf dem Schönseer Flugplatz und wartete. Obwohl die hellblaue Jeans angenehm tief saß; obwohl das karierte Flanellhemd weich war und nicht einmal gebügelt werden musste; trotz der Tatsache, dass die alte Windjacke am Kragen nie einschnitt, konnte Kaplan Kirmeyer nicht umhin, an sich herumzuzerren. Er fuhr über den Gürtel in den ausgeleierten Jeansschlaufen, er klopfte auf die Brusttasche der Jacke, ob dort immer noch die Kaugummis rasselten. Ständig störte ihn etwas. War die Kirchenkleidung pflegeaufwendig und körperlich einengender, so war sie doch ein Zuhause für ihn.

Am Himmel stand eine einzige fluffige Wolke, die man nicht einmal als Wolke ernst nehmen konnte. Ansonsten herrschte gemäßigtes Blau. Es war weder zu warm noch zu kalt und ganz bestimmt nicht windig. Nach dem, was Kaplan Kirmeyer gelesen hatte, war das bestes Flugwetter. Und just in diesem Augenblick kam von dem überschaubaren Parkplatz ein Mann auf ihn zu. Selbst aus der Entfernung erkannte Kaplan Kirmeyer das Gesicht von der Internetseite. Es war der Fluglehrer. Luis Natalino.

Der Fluglehrer war in seinen Fünfzigern. Ein hochgewachsener Mann, vielleicht nicht der schlankste, dessen Gewicht sich aber mühelos auf der ganzen Strecke, die sein Körper von oben nach unten zurücklegen musste, verteilen konnte. Mit unzufriedenem Gesicht, auf dem ein rötlich blonder, stattlicher Schnurrbart saß, sah er nach rechts und links, obwohl es keine Straße zu überqueren galt. Unter seinem Arm war eine Mappe eingeklemmt, aus der Blätter herausstaken. Kaplan Kirmeyer wollte ihm entgegengehen, er hatte seine Hand schon ausgestreckt, da blieb der Fluglehrer stehen und zog sein Telefon aus der Hosentasche. Er las. Die Unzufriedenheit auf seinem Gesicht steigerte sich. Er schüttelte den Kopf und unter seinem Schnauzer prasselten missbilligende Laute hervor. Mit einer fast gewaltsamen Plötzlichkeit steckte er sein Telefon in die Hosentasche zurück und ging den Rest der Strecke auf Kaplan Kirmeyer zu.

Der Kaplan stand immer noch mit ausgestreckter Hand da. Der Fluglehrer merkte das im letzten Augenblick und streckte seine ebenfalls aus.

»Herrmann Kirmeyer. Habe die Ehre, Herr Natalino.«

»Luis«, sagte der Fluglehrer, sein Handschlag dauerte nur kurz und war überraschend sanft. »Sie sind der Kaplan?«

»Ja, aber heut ganz in zivil.«

»Aber Kaplan sind Sie?«

»Ganz recht.«

»Passt. Gleich loslegen?«

Überwältigt von stummer Freude bejahte Kaplan Kirmeyer mit einem Nicken. In seinen Träumereien über die erste Flugstunde hatte er sich Luis Natalino zugegebenermaßen weitaus italienischer vorgestellt, zum Beispiel mit einem Akzent und jovial irgendwelche Frauengeschichten erzählend. Wie sich herausstellte, war Luis Natalino aber schon als Junge hergekommen und war nun so bayerisch wie der Rest. Die Cessna dagegen übererfüllte alle Erwartungen.

Eine halbe Stunde später saßen sie beengt in dem Flugzeug. Luis zog die Kopfhörer mit der Sprechanlage an, deren Mundteil seine Schnurrbarthaare streifte, sah grimmig zu

Kaplan Kirmeyer und sagte, mit dem Zeigefinger an einem Knopf, ohne ihn zu drücken: »Erste Stunde ist Aufpassen, Lernen, Maulhalten.« Er sprach in Formeln und er stellte keine Fragen. Er stierte seinen Schüler so lange an, bis dieser wie ein gescholtenes Kind nickte. Erst danach startete er den Propeller.

Kaplan Kirmeyer war durchaus schon mal geflogen. Vom Flughafen Franz Josef Strauß aus nach Rom, Dublin, Kreta und einmal sogar nach Montréal. Er, der uneheliche Sohn einer Melkerin aus dem Verrecktal, war nach Montréal geflogen. Das ist in Kanada. Das sagte er sich immer wieder. So schnell und ausdrücklich konnten sich die Dinge innerhalb von nur einer Generation ändern. In dem monumentalen Airbus, der die gesamte monumentale Strecke nach Kanada über einen noch monumentaleren Ozean zurücklegen würde, hatte Kaplan Kirmeyer im Mittelgang gesessen und sich umgesehen. So viele Leute, wie hier saßen, konnte er höchstens zur Weihnachtspredigt versammeln. Allerhöchstens. Hier saßen mehr. Und kaum jemanden, außer die Kinder, schien es zu verwundern, dass dieses riesige Ding, mit ihnen darin, bald abheben würde. Die Stewardessen mit den zugegebenermaßen hübschen Beinen ratterten die Handhabung der Schwimmwesten herunter. Etwas dröhnte. Die Ohren waren längst belegt, weswegen der Kaplan stoisch seinen geschmacklos gewordenen Kaugummi kaute. Er spürte einen Ruck. Hätte Kaplan Kirmeyer geschlafen, er hätte den bedeutenden Start des Airbus verpasst.

Den Start einer Cessna dagegen konnte man nicht verpassen. Als Luis die Maschine über die Bahn rattern ließ, sah, hörte und spürte Kaplan Kirmeyer an seinem Körper und in seinen Eingeweiden, wie viel von Nöten war, um das zu tun, wofür der Mensch eigentlich nicht geschaffen war: zu fliegen.

Die dünnen Wände, die an alte Blechspielzeuge erinnerten, schirmten keine einzige Vibration, keinen einzigen Windstoß ab. Jede Schwankung, jede Turbulenz und das Propellerrattern übertrugen sich. Die Kabine war laut, laut, laut. Die Wucht der Aussicht zu beschreiben wäre unmöglich gewesen. Fliegen war schrecklich und es war schön. Alltäglich, so wie der Airbus einen glauben lassen wollte, war es aber nicht.

Kaplan Kirmeyer hielt sich so sehr an seinem Gurt fest, dass es ihm rote Striemen in den Handflächen verursachte. Er ließ erst los, als sie wieder gelandet waren.

Im Büro 0.36 des Rainackerer Landratsamtes war es gerade wieder ruhig geworden, nachdem ein junger Mann aus Ghana die beglaubigte Übersetzung seiner Geburtsurkunde abgegeben hatte. Hielt man die Klarsichthülle, in der die Übersetzung steckte, gegen das Licht, konnte man erkennen, dass jemand auf ihr XOXO gespielt hatte (das X hatte gewonnen). Karla verfolgte immer noch das Spiel auf der Hülle, als sie ihr Mobiltelefon nahm – obwohl das kastenartige Arbeitstelefon gleich vor ihr stand – und anrief. Heute zum vierten Mal.

Es klingelte. Karla wartete. Immerzu klingelte es. Das war nicht das Problem. Aber niemand nahm ab, selbst ein Anrufbeantworter wurde nicht abgespielt.

»Karla?«

Nach zwei kurzen Klopfgeräuschen steckte Emil seinen Kopf zur Tür herein.

Sofort hängte Karla auf und versteckte ihr Telefon unter der Übersetzung. »Ja?«, sagte sie.

»Was treibst denn?«, fragte Emil und schickte einen Blick über den Raum, ohne einen Zentimeter weiter einzutreten.

»Nix. Durchatmen vielleicht«, sagte Karla.

»Kommst mit zum Mittagessen?«, fragte Emil und lächelte. Seine Zähne waren von einem derart blendenden Weiß, dass sie etwas Marmorhaftes an sich hatten.

»Weißt, ich ...«, begann Karla, unter der Klarsichthülle vibrierte es. »Ich glaub, ich bleib hier. Aber vielleicht. Vielleicht ja am Montag?«

»Schade«, sagte Emil, zog seinen Kopf aber immer noch nicht aus der Tür heraus. Er hatte erst vor Kurzem überwältigend viel abgenommen. Sein Selbstbewusstsein aber war nicht hinterhergekommen. Das frühere Gewicht trug er immer noch mit sich wie einen Phantomschmerz.

»Na dann. Schönes Wochenende?«, sagte Karla. Sie legte ihre Hand auf die wummernde Übersetzung.

»Dir auch«, sagte Emil. Nach einer Pause sagte er noch einmal »Dir auch« und zog seinen Kopf aus der Tür.

Karla drückte auf den Knopf, noch bevor sie das Telefon an ihren Mund halten konnte. Es war die ersehnte Nummer, die sie heute vier Mal und gestern fünf Mal ergebnislos angerufen hatte.

Die Stimme in der Leitung grüßte nicht, sie sagte lediglich: »Energiemedium Lorenz. Wie kann ich helfen?«

Energiemedium Lorenz Windorfer saß an einem kühlen, nicht besonders sonnigen Samstagvormittag auf Karlas Couch. Er blickte sich nicht neugierig um, die Anwesenheit von frisch gekauftem Gebäck (wieder zwei Amerikaner, dazu noch zwei zwetschgengefüllte Krapfen) kümmerte ihn nicht, er hielt stattdessen seinen zuvorkommenden Blick ununterbrochen auf Karla gerichtet.

»Erzählen Sie mal«, sagte er und nahm seine Hände, mit denen er sein Knie umfasst gehalten hatte, kurz weg, um eine einladende Geste zu vollführen

»Erst einmal, vielen Dank, Lorenz, dass Sie hier sind«, sagte Karla. Er hatte darauf bestanden, mit seinem Vornamen angeredet zu werden.

»Bitte. Sollen wir uns nicht duzen?«, sagte Energiemedium Lorenz Windorfer und entfernte seine Hände abermals von seinem Knie für eine noch einladendere Geste.

»Sicher«, sagte Karla. »Also, Lorenz.« Alles in Karla sträubte sich dagegen, jemanden als »Energiemedium« anzusprechen. »Ich habe dieses Haus von meinen Eltern geerbt. Ich bin Einzelkind. Die Krankheiten, das ganze Sterben, da war ich für meine Eltern da, ich ganz alleine.«

»Verstehe«, sagte Energiemedium Lorenz und schaukelte sachte vor und zurück. Er war ein schlanker Mann in seinen Fünfzigern oder vielleicht auch Sechzigern. Er trug unauffällige Jeans, ein blassblaues Hemd, das noch nie die Bekanntschaft mit einem Bügeleisen gemacht hatte, und Schnürschuhe, die aus der Seniorengesundheitsabteilung stammten. Wenn er lächelte, entspannten sich die länglichen Furchen seines etwas ausgehöhlten, aber nicht unattraktiven Gesichtes. Das Einzige an ihm, das auffiel, war sein langer blondgrauer Pferdeschwanz, der mit einem sozialistisch roten Haargummi zusammengehalten wurde.

»Und seit ich eingezogen bin, da hab ich. Ich hab. Also kurz nach dem Einzug. Da ist mir. Insgesamt das Haus und …«, Karla wurde unterbrochen.

Sie und Energiemedium Lorenz sahen sich fragend an. Er legte den Kopf in den Nacken und blickte nach oben. Karla tat es ihm gleich. Ein Geräusch wie das vervielfachte Summen eines Bienenstocks fiel von draußen auf sie herab. Und entfernte sich wieder. Als wäre gar nichts gewesen, aber es war da gewesen.

Nervös versuchte Karla weiterzureden. In der Nacht zuvor hatte sie noch einmal die Fotografien durchgesehen und sie wieder weggeräumt.

»Glauben Sie, oder nein«, unterbrach sich Karla. »Ist dir in deiner …« Karla suchte nach dem richtigen Wort. Schon längst hatte sie es gefunden, sie brachte es aber nicht über sich, das Wort »Arbeit« in Bezug auf jemanden auszusprechen, der sich als »Energiemedium« bezeichnete. »Ist dir in all den Jahren schon ein Haus begegnet, in dem … etwas nicht stimmt? Mit schlechten …«

»Schwingungen?«, sagte Lorenz und beendete damit den Satz für Karla.

»Ja, genau.«

»Ständig«, sagte Lorenz und hob kurz seine Hand vom Knie hoch, um einen entschlossenen Strich durch die Luft vor sich zu ziehen. Karla verfolgte diesen Strich.

»Bei einem Paar in Hauzenberg hat der Küchenstuhl nach dem Tod der Tochter geknarzt. Als ob sich da jemand hinsetzt und wieder aufsteht. Immerzu. Beinah deppert wurden die davon. Die Frau war Frühaufsteherin. Stell dir das vor, um fünf in der Früh im Winter, wenn es nachtdunkel ist, kommt sie runter in die Küche, will sich ihr Frühstück machen und der Stuhl knarzt. Manchmal hat er wieder geknarzt, wenn sie aus der Küche rausgegangen ist. Das ist ja nicht zum Aushalten.«

»Nein, ist es nicht«, sagte Karla und schüttelte entschieden den Kopf. Innerlich aber war sie neidisch auf das Hauzenberger Paar, dessen einziges Problem in einem knarzenden Stuhl bestand. »Konnten Sie. Konntest du den Leuten helfen?«

»Ja, das ist ein Fall, auf den ich stolz bin. Es klappt ja nicht immer. Aber da ist das Knarzen verschwunden«, sagte Lorenz und seine Hände bildeten einen Knäuel und strebten danach auseinander, als hätte er einen schweren Knoten gelöst. Karla nickte.

Energiemedium Lorenz hatte das Gebäck nicht angerührt. Kaffee hatte er nicht gewollt. Selbst das Glas Wasser, das Karla ihm hingestellt hatte, hatte er nicht weitergetrunken. Der erste Schluck hatte gewirkt wie die Weinprobe eines Kenners: Er hatte gemümmelt, er hatte nicht sofort heruntergeschluckt und während er das Wasser im Mund behielt, konnte Karla trotz seines höflichen Gesichtsausdrucks erkennen, dass ihm der Geschmack missfiel.

»Was würdest du denn unternehmen, wenn du zu dem Schluss kommst, dass etwas nicht stimmt mit einem Haus? Oder vielleicht nur mit einem Zimmer?«, sagte Karla und hob den Blick vom Couchtisch zu Energiemedium Lorenz.

Es war, als hätte jemand das Licht auf seinem Gesicht angeknipst. Lorenz wirkte wie ein Schüler, der viel gelernt hat und nun zeigen darf, was er kann. Aber bevor er etwas sagen konnte, sahen beide wieder nach oben. Der rasend summende

Ton war zurückgekehrt. Lauter als zuvor. Das Dröhnen war nicht nur ohrenbetäubend, es klang bedrohlich. Weder Karla noch Lorenz sagten etwas. Mit verwirrten Gesichtern sahen sie sich an. Sie waren nicht mehr in ihren Rollen gefangen. Karla war nicht mehr die verzweifelte Hilfesuchende, Energiemedium Lorenz war nur noch Lorenz. Auf einer ganz und gar weltlichen und damit alle Unterschiede ausgleichenden Ebene waren sie vereint.

»Ich denke fast«, schrie Lorenz. »Es ist.«

»Ein Flugzeug«, schrie Karla zurück.

»Korrekt«, sagte Lorenz und lehnte sich auf die Sofalehne, ohne den Blick von der Decke zu nehmen.

Das zweite von den insgesamt vier zivilen Hemden, die Kaplan Kirmeyer besaß, war unter den Ärmeln dunkel geschwitzt. Das Karomuster war an diesen Stellen brackig. Der Kaplan hatte die Fahrertür seines Fiats zugeschlagen, das Auto nicht einmal verschlossen und lief nun – das Hemd immer wieder in die Jeans steckend, aus denen es immer wieder herausrutschte – zum Häuschen des Schönseer Flugplatzes.

»Das Altersheim wars!«, sagte Kaplan Kirmeyer, als er die Tür aufriss. »Ein Seelsorgegespräch im Altersheim hat sich hingezogen. Fünfzehn Minuten, tut mir leid! Aber mei, Sie kennen …« Kaplan Kirmeyer hörte auf zu reden, als er den Blick hob von dem Hemd, das nicht in den Jeans bleiben wollte. Niemand war da.

Schwer atmend sah sich Kaplan Kirmeyer um. Hinter dem Schreibtisch saß nicht wie üblich eine gänzlich an den Vorgängen desinteressierte, aber freundliche junge Frau, die in jeder freien Minute Bücher las, auf deren Einbänden sich Elfen und Drachen tummelten. Die Quarzuhr tickte lustlos vor sich hin. Das Einzige, das ansonsten die Wand schmückte, war ein Kalender mit Kleinflugzeugen. Die Fotografie für diesen Monat zeigte das sechssitzige Wasserflugzeug Cessna Turbo Stationair HD.

Kaplan Kirmeyer war verwirrt. Nur sehr langsam zu Atem kommend, setzte er sich auf einen der an der Wand befestigten Stühle. Als er eine Spülung hörte, stand er wieder auf. Es war die junge Frau. Sie kam aus einem Raum hinter dem Schreibtisch, auf der Tür war der schwarz-goldene Aufkleber »Toilette« schon zu beträchtlichen Teilen abgeblättert.

»Herr Kaplan! Sie haben mich erschreckt«, sagte die junge Frau, nachdem sie sich von ihrem Schrei erholt hatte. Kaplan Kirmeyer hatte bislang nur jemanden so schreien gehört, wenn eine Ratte oder Kakerlake im Spiel war.

»Entschuldigung«, sagte er. »Aber ich bin zu spät. Und jetzt seh ich nirgendswo den Herrn Natalino.«

»Mhm«, sagte die junge Frau. Sie öffnete ihr Buch mit einem spitzohrigen Elfen auf dem Einband, ohne auf die Seiten hinabzusehen. »Und was ist mit …«

»Die Cessna hab ich beim Einbiegen auch nicht gesehen«, sagte Kaplan Kirmeyer.

»Herr Kaplan, machen Sie sich keine Sorgen. Ich schreib mir hier die Verspätung auf und dass der Luis nicht da ist, da kriegen Sie die Zeit nachher drauf. Unser Luis ist ein mega Fluglehrer, aber manchmal gehen die Pferde mit ihm durch. Vor Ihnen hatte er eine Flugstunde. Vielleicht mussten die eine Wolke oder so umfliegen.«

»Eine Wolke?«

»Was weiß ich.«

»Ich soll also einfach warten?«

»Totalst, Herr Kaplan, warten Sie, ziehen Sie sich einen Latte aus der Maschine, ich versuch den Luis noch mal zu erreichen.«

»Sie habens schon mal versucht?«

»Nein. Ich mein, ich versuch ihn jetzt zu erreichen.«

Kaplan Kirmeyer konnte sich rasch beruhigen. Er ging zum Getränkeautomaten wie vorgeschlagen. Auf dem verblassten Werbebild saß eine Frau an einem Caféhaustischchen und genehmigte sich einen Espresso. Kaplan Kirmeyer studierte die Auswahl. Er drückte schließlich auf »Cremige Gemüsebrühe«. Aus einer Öffnung im Automaten wurde ein Becher mit weißgrünlichem Pulverinhalt fallen gelassen und danach ein heißer Wasserstrahl auf ihn gegossen. Sauer riechender Dampf stieg auf. Währenddessen beobachtete Kaplan Kirmeyer, wie die junge Frau versuchte, Luis Natalino anzufunken. Kaplan Kirmeyer nahm den Becher an der einzigen Stelle, an der er nicht lavaheiß war, nämlich oben am Rand, aus der Automatenhalterung und ging damit zu der Stuhlreihe. Er setzte sich und begann an seiner Gemüsebrühe zu nippen. Das alles, dieses Missverständnis, würde gleich restlos ausgeräumt sein und schon bald würde Kaplan Kirmeyer in der Cessna sitzen, hoch oben in der dünnen reinen Luft.

Karla und Lorenz standen auf der einzigen Straße in Schönsee – ein paar der Nachbarn waren ebenfalls da – und sahen zum Himmel. Sie hatten keine Ahnung, was genau sie sich da ansahen. Vielleicht sollten sie es gar nicht ansehen. Andererseits konnten sie den Blick davon nicht abwenden. Ein kleines Propellerflugzeug vollführte eine Art unentschlossenen Tanz. Wie ein Balztanz um Schönsee. Eine halbe Stunde lang hatte es laut und lauernd über den Häusern gedröhnt, bis es die Leute herausgelockt hatte.

Ihre Strickjacke enger um sich ziehend, folgte Karla den Flugbewegungen. Die Maschine zeichnete eine gerade Linie und alle Köpfe folgten der Linie von links nach rechts, dann flog sie tiefer und schräg wieder zurück. Lorenz, der neben Karla stand, zog unwillkürlich den Kopf ein. Sie blickte ihn an.

»Die Mutter hat oft von den Bombern erzählt. Gar sehr oft«, sagte er und steckte die Hände in seine Hosentaschen. »Sie meinte, die Angst war so groß, da war ihr alles egal. Hat meinen Bruder – der war ein Baby damals – ständig irgendwo vergessen, als sie wegrannte. So tief, wie der hier fliegt, frag ich mich, was er vorhat.« Er deutete mit dem Kopf nach oben und die länglichen Furchen auf seinen Wangen warfen besorgte Schatten.

»Warum hast du deine Tasche mit rausgebracht? Ich dachte, wir reden noch weiter, wenn der Depp da oben weg ist«, sagte Karla und deutete auf die schwarze Wochenendtasche.

»In der Tasche ist alles«, sagte Lorenz. »Was zum Ausräuchern und ...« Energiemedium Lorenz wurde unterbrochen. Marianne Huber hatte sich zu ihnen gesellt und sah mit ihnen gemeinsam hoch.

»Dass wir hier noch eine Flugschau erleben dürfen«, sagte sie.

»Genau«, sagte Karla und nickte der kleinen rundlichen Gestalt zu.

»Ich bin die Marianne«, sagte Marianne und reichte Lorenz über Karla hinweg die Hand. Bevor dieser etwas sagen konnte, sagte Karla schnell: »Das ist Lorenz, mein Bekannter.« Sie schüttelten sich die Hände und als Marianne ihre Hand wegnahm, meinte Karla einen anzüglichen Blick zu erkennen, der sozusagen von Frau zu Frau an sie gerichtet war.

Mittlerweile hatte die Maschine damit angefangen, einen weitläufigen niedrigen Kreis über der Ortschaft zu fliegen. Immer wieder denselben Kreis. Das ansonsten nervenaufreibend laute Motorengeräusch bekam dadurch etwas Einlullendes.

»Die Tochter von der Roswitha ist ja mit einem Fluglehrer verheiratet«, sagte Marianne.

»Wo ist Roswitha?«, fragte Karla.

»Im Urlaub. Safari. Namibia oder so was. Ich weiß jetzt aber nicht, ob das derselbe Fluglehrer ist.«

Karla zuckte mit den Schultern. Sie schwiegen und sahen wieder hoch. Uablässig wurde von der Maschine ein Kreis gezeichnet, niemand wusste wofür.

Der Becher mit den grünlichen Resten Gemüsebrühe lag im Mülleimer neben dem Automaten. Die junge Frau saß an ihrem Schreibtisch, las aber nicht in ihrem Buch. Kaplan Kirmeyer wechselte zwischen der Fensterfront, die Aussicht auf die paar Maschinen bot, und dem Kalender, dessen Blätter er gedankenverloren hochhob. Eine halbe Stunde war vergangen und das Missverständnis um Luis Natalinos Abwesenheit war noch immer nicht aufgeklärt worden.

Vor einem Kalenderblatt mit einem zweisitzigen Ultraleichtflugzeug vom Typ Transat MD03 dachte Kaplan Kirmeyer an die erste Flugstunde mit Luis Natalino zurück. Luis hatte über seine Frau gesprochen und dass der Kaplan froh sein könne, keine Frau zu haben – ja, nicht einmal eine haben zu dürfen – denn die machten einen nur unglücklich. Kaplan Kirmeyer hatte lediglich genickt, er hatte nicht auf dieses Gerede geachtet. Es war immerhin netter als das, was einige Leute zu ihm sagten. Einige Leute nahmen zum Beispiel einfach an, dass der Kaplan Kinder vergewaltigte. Sie nahmen es einfach an. Luis Natalinos Frauengebrabbel war dagegen harmlos.

»Liebst du sie? Damit kriegen sie dich. Dann stehst du da, wenn alles zerdeppert auf dem Boden liegt«, hatte Luis gesagt.

Der Kaplan hatte zu ihm hinübergesehen und Luis' Schnurrbart hatte sich gekräuselt bei diesen Worten.

Zuletzt hatten sie gar nichts mehr gesagt. Karla, Lorenz, Marianne, zwei Frauen, die weiter entfernt gestanden hatten und von denen eine schon nach Hause gegangen war, und ein Nachbar, der vom Einkaufen zurückgekommen war und verdutzt mit zwei vollen Tüten zum Himmel blickte – sie alle waren anwesend gewesen.

In dem käsigen Himmel dieses Vormittages hatte die Maschine aufgehört ihre Kreise zu drehen. Der Nachbar mit den Einkaufstüten hatte sein Fernglas geholt. Ab und an rief er seine Beobachtungen über die Schönseer Straße. Er war es, der das mit dem Propeller sagte.

»Er hat ihn abgeschaltet«, lautete der schlichte Satz.

Kurz danach, begleitet von einem heulenden Ton, stürzte das Flugzeug wie ein Meteorit in das Waldstück bei Schönsee. Es folgte ein Knall.

Jemand hatte den Notruf gewählt. Der Nachbar mit dem Fernglas hatte das Fernglas gesenkt. Marianne hielt eine Hand vor ihren Mund. Karla sah zu Lorenz, er blickte zurück.

»Oh mein Gott«, sagte Karla.

»Ja«, sagte Lorenz. »Schlimm.« Er hielt die Hände vor seiner Brust und fuhr die Knöchel nach. »Aber was erwartest du?«

»Was?«, fragte Karla. »Wie meinst du das? Was soll man denn erwarten?«

Lorenz fuhr die Knöchel der einen Hand mit der anderen Hand nach, als wären es kleine hübsche Hügel, die es zu überqueren galt. Er sagte: »Bei den ganzen Chemtrails da oben. Und dem Fluorid hier unten.«

»Dem was?«

»Fluorid. Im Wasser. Überall. Und erst die Amalgamfüllungen. Was erwartest du? Bei dem ganzen Mindcontrol-Schmarrn verlieren die Leute den Verstand.«

Er hatte aufgehört, seine Knöchel nachzufahren, und sah zu der Stelle. Rauch stieg auf.

»Da hat sich also jemand in die Tiefe gestürzt wegen Chemtrails?«

»Da oben ist man ja durchseucht davon«, sagte Lorenz und warf Karla einen ruhigen, vernünftigen Blick zu.

Karla prüfte, ob Marianne auch wirklich außer Hörweite war. Sie stand bei dem Nachbarn mit dem Fernglas und lieh sich dieses Fernglas aus, um es auf die aufsteigende, fast schon niedliche Rauchwolke zu richten. Als würden dort Pfadfinder ein Lagerfeuer machen.

»Alles klar«, sagte Karla zu Lorenz. Es kam ihr so vor, als würde sie auf etwas antworten, das schon vor Ewigkeiten gesagt worden war. Nun war die Antwort überflüssig geworden. Karla zog ihre Strickjacke enger um den Körper, ihre Schultern entspannten und senkten sich und sie wiederholte: »Alles klar.«

Gugelhupf

Karla stand in Marianne Hubers Waschraum und wusste nicht weiter. Eine bildgewordene Überforderung. Lärm und Gekreische und irgendein Poltern, das man nicht zuordnen konnte, drangen bis zu diesem ausgebauten Kellerraum. Karla konnte nicht nachdenken, sie schloss die Tür. Noch mal besah sie sich die Lage. Rechts von der Waschmaschine mit der geöffneten Luke, aus der es muffig roch, stand der Trockner. Darüber die Leinen, die sich durch den ganzen Raum spannten und auf denen Sachen hingen, die trotz aller Versuche fleckig blieben. Die Maschinen waren umringt von Chaos. Aus dem sowieso schon hohen Rattanwäschekorb ragte ein Gebirgsmassiv hervor. In einem großen Radius um ihn herum lagen Klamotten. Inmitten der Sachen fanden sich kleinere Spielzeuge und eine halbgegessene Eiswaffel. An dem schmalen Fenster konnte Karla sehen: Es war noch hell und das würde es noch eine Weile bleiben. Aber Karla ging nicht davon aus, hier herauszukommen, bevor es dunkel wurde. Danach würde sie die kurze Entfernung von Mariannes Haus zu ihrem zurücklegen, ihr Schlafzimmer betreten, halbtot ins Bett fallen und morgen würde alles wieder von vorne anfangen. Und so noch mindestens fünf Tage, bis diese Leute wieder wegfuhren.

Karla wandte sich wieder der Wäsche zu, beugte sich hinunter und begann alle dunkleren Sachen vom Boden aufzusammeln und in die Waschmaschine zu stopfen. Es waren T-Shirts dabei mit einem Tyrannosaurus Rex auf der Brust; Schlüpfer mit Superman-Emblem vorne und Bremsspuren innen; Leggings mit einem Muster aus Schmetterlingen und schwarzen Flecken unklarer Herkunft; zwei Regenjacken mit reflektierenden Streifen; Socken, die um ihre verschollenen Partner trauerten; winzige Badeanzüge und Badeshorts und dazwischen, wie Fremdkörper, eine einfarbige Bluse von Marianne und ein Sommerschal. Karla schaltete das Schnellprogramm ein. Nach einer halben Stunde müsste sie das nasse Zeug herausnehmen und in den Trockner daneben stecken und eine neue Ladung für die Waschmaschine zusammenstellen. Vorher musste allerdings die fertige Ladung aus dem Trockner, der die Sachen halbklamm herauswarf statt duftig frisch, aufgehängt werden. Und davor musste alles heruntergenommen und zusammengelegt werden. Immerhin konnte sie hier den Kindern aus dem Weg gehen.

Zwei Tage zuvor hatte alles angefangen. Die Luft war feucht und heiß gewesen, kurz vor dem erlösenden Gewitter wie vor einem Orgasmus, aber nichts passierte. Im Landratsamt hatte Karla den alten knackenden Ventilator direkt auf ihren Oberkörper gerichtet, auch wenn sie dann die Papiere auf ihrem Schreibtisch beschweren musste und ihre formlos glatten Haare danach wie schlecht geföhnt herunterhingen. Es war der letzte Arbeitstag vor ein paar Urlaubstagen. Karla fuhr durch Schönsee, mit aufgesetzter Sonnenbrille, in der sie sich kein bisschen cool vorkam, und auf der Straße vor ihrem Haus ging etwas vor, das dort sonst nie passierte: Kinder spielten.

Karla setzte ihre Brille ab, streckte die Hand aus dem offenen Fenster, klopfte an das warme Äußere der Autotür und fuhr dann äußerst vorsichtig in die Einfahrt.

Nach dem Aussteigen ging sie nicht in ihr Haus, sondern erneut auf die Straße und beobachtete verwirrt, wie ein Junge etwa im Grundschulalter gegen einen Ball trat, der in weitem Bogen zu einem Mädchen in einem verdreckten weißen Kleidchen flog.

Dahinter stand neben Marianne Hubers Haus ein dunkelgrauer Minivan, der so wirkte, als ob er nur dann gewaschen wurde, wenn es regnete. Und das war lange her. Die Tür hinten ging auf und ein Frauenfuß, dessen Knöchel von dickem Gips ummantelt war, wurde sichtbar. Es folgte der gesunde Fuß in einem Flipflop. Danach zwei Krücken. Eine Frau in einem Kleid mit übergroßen Blumen hievte sich auf die Krücken, hielt inne, um sich die kurzen braunen Haare aus dem Gesicht zu streichen, und bewegte sich auf Mariannes Haus zu. Kurz davor machte sie eine Pause, sah prüfend zu den Kindern, bemerkte dabei Karla und winkte lächelnd. Anschließend erklomm sie die Stufen.

Das kleine Mädchen kratzte sich – wie etwas suchend und nicht findend – am Hintern und verpasste dadurch den Ball. Der Ball rollte in eine Wiese und der Junge nannte sie einen Vollpfosten.

Wenige Augenblicke später kam Marianne aus dem Haus. Kaum war sie aus der Tür, begann sie ausladend mit den Armen zu fuchteln.

»Die Schwiegertochter hat sich den Knöchel gebrochen«, war ihr erster Satz.

»Oh nein«, sagte Karla. »Und was jetzt? Musst du auf die zwei da aufpassen?« Dabei deutete sie mit dem Kopf in Richtung der Kinder, die mittlerweile das Interesse am Ballspielen verloren hatten und stattdessen im Inneren des Vans etwas suchten.

»Es sind ja nicht nur die zwei. Mein Sohn hat sie alle hergekarrt. Die hatten die beiden und wollten unbedingt – Gott weiß warum – auch noch ein drittes. Wer will denn schon ein drittes? Ich hatte eins und das war genug. Und statt des dritten kam der Schicksalsschlag.«

»Was für ein Schicksalsschlag?«

»Zwillinge. Zwei Buben.«

»Oh Gott«, sagte Karla, ehrlich bestürzt.

»Zwillinge sind nicht einfach nur doppelt so viel Arbeit«, sagte Marianne. »Das ist eine der Leidensstationen unseres Herrn Jesu Christi. Neulich erst, schwör ich, hab ich in Altötting am Altar ein Bild davon gesehen«, sagte Marianne und auf ihrem breiten Gesicht mit der stets glänzenden Haut und den Augen, die gutmütig gealtert waren, ohne hart oder ausgelaugt zu wirken, tauchte ein Lächeln auf.

»Und wie alt sind sie jetzt, die Zwillinge?«

»Zwei«, sagte Marianne und sah sich nach den anderen Kindern um, die eine Ladung unzusammenhängender Sachen – Spielzeug, Snacks, Sonnenhüte, ein kaputter Federballschläger – aus dem Van auf den Asphalt befördert hatten. »Fransesca ist fünf und der Hilmar acht.«

»Hilmar?«

»Ist ein alter deutscher Name«, sagte Marianne.

»Fransesca wohl auch?«, sagte Karla.

Danach kam das Hilfsangebot von Karla und nach einigen Justierungen wurde es – zu Karlas Bestürzung – tatsächlich angenommen: Solange die sechs Besucher Mariannes Haus während der nächsten Zeit besetzt hielten, würde Karla aushelfen, wann immer sie es einrichten konnte. Mit der Wäsche, mit der Geschirrspülmaschine, mit Staubsaugen, Kochen und womöglich mit Einkaufen, denn sie war – wie Marianne sagte – nicht mehr »arg jung, wenn auch nicht alt genug für den katholischen Frauenverein«.

Eine Woche später wollte Karla den Kindern nicht mehr aus dem Weg gehen. Zu ihrer eigenen Überraschung hatte sie sich an sie gewöhnt. Karla war einundvierzig und allein. Es war rein rechnerisch noch möglich, jemanden in die Welt zu setzen, aber nur rein rechnerisch.

Hilmar, Fransesca und die Schreckenszwillinge Peter und Paul waren über Mariannes Haus hereingebrochen wie eine Horde Heuschrecken, die alles niedermäht. Es erinnerte an Fernsehaufnahmen von Bauern, die sich über ihr Los beschweren, während im Hintergrund eine dunkle Wolke über ihre Felder herfällt und skelettierte Ähren hinterlässt. Karla erledigte jeden Tag drei Waschgänge und wenn die Kinder im Wellen-Familien-Spaßbad schwimmen waren, waren es vier. Dagegen verschwanden die Eltern der Kinder wie blasse Vögel in einem Zoo voller Aras und Tukane. Mit Mariannes Sohn Adrian hatte Karla nur ein paar höfliche Worte in der Küche gewechselt, als sie die Geschirrspülmaschine ein- oder ausräumte oder sich ihren Kaffee oder ihre Brezen nahm. Mit der Schwiegertochter Junis – laut Marianne ein seltsamer Name, ausgesucht von seltsamen Eltern – hatte Karla bislang kein Wort gesprochen. Sie war ein immobiles Phantom geblieben, das sich irgendwo in einem Raum im Erdgeschoss ausruhte, aus dem Fernsehgeräusche drangen.

An einem Sonntag, der so heiß war, dass der Asphalt auf der Schönseer Straße schon vormittags flimmerte, war Marianne mit ihrem Sohn und sämtlichen Enkelkindern in das Spaßbad gegangen. Karla stand in Mariannes Küche, während im Keller erneut eine Wäscheladung lief, und räumte die Geschirrspülmaschine aus mit den Tassen, die Henkel an beiden Seiten hatten, und den Miniaturmessern, die überhaupt nichts schneiden konnten. Es war still. Nur das Geschirr klirrte. Karla gab sich Mühe, dass es weniger klirrte. Mariannes Einbauküche war in etwa so alt wie die Einbauküche von Karlas Eltern. Die ja mittlerweile ihre eigene war, noch immer musste sie sich daran gewöhnen.

Die Schranktüren waren aus diesem früher beliebten Holzfurnier, die Knöpfe rund und groß. Solange die Kinder nicht da waren, ließ Karla die Sicherungen an den Schranktüren offen. Sie räumte einen gut gelaunt gelben Teller weg und überlegte, dass Menschen zwar Brücken bauten und Satelliten durch das All kreisen ließen, aber als Kinder weinten sie, wenn die Erbsen im Reis ausgegangen waren, rannten wie von Sinnen durch die Gegend und zerbrachen ständig irgendwelche Sachen wie den zweiten gelben Teller, der gestern in großen Scherben im Müll gelandet war. Da hörte Karla eine Stimme. Jemand rief etwas. Karla hielt inne und räumte dann weiter die Teller aus.

Da hörte sie es wieder. Die Frauenstimme rief nach Marianne. Kurze Zeit später rief die Stimme: »Hallo!« Und noch mal, fragend aber bestimmt: »Hallo?« Karla stellte den Teller ab und ging in den angrenzenden Essraum, der mit seiner Vitrine wohl nur an Feiertagen genutzt wurde.

Karla öffnete die Tür, hinter der sie die letzten Tage nur Fernsehgeräusche gehört hatte. Der Raum war fast vollständig von einem Doppelbett eingenommen, auf dessen zerwühlten Laken Mariannes Schwiegertochter saß und ihren Gipsknöchel auf einem Kissen hochlagerte. Sie blickte Karla neugierig entgegen.

»Marianne ist nicht da. Sie ist mit den Kindern und Ihrem Mann ins Freibad gefahren«, sagte Karla.

»Ach, deswegen ist es so ruhig«, sagte Junis. »Ich bin Junis«, sagte sie und machte eine elegante Handbewegung wie die Assistentin eines Magiers in Richtung ihres Knöchels. »Die Invalidin.«

»Wie ist denn das passiert?«, fragte Karla. »Wenn ich fragen darf.«

»Auf der Jagd nach einem nordkoreanischen Doppelagenten bin ich gestürzt. Naja, fast. Bin im Kindergarten beim Abholen auf der Treppe umgeknickt. Nur eine Treppenstufe hab ich verpasst, das hatte schon gereicht. Da hatte der Kindergarten seinen Sommerurlaub und es war die Hölle los. Wir konnten nicht mehr. Mit Marianne hab ich Glück gehabt. Sie hat diese Aktion hier vorgeschlagen. Aber ich glaube, so einen Überfall hat sie nicht erwartet«, sagte Junis.

»Es ist viel«, sagte Karla und kam sich, im Türrahmen stehend, nutzlos vor. »Deswegen helfe ich ein bisschen aus. Marianne war mit meinen Eltern befreundet.«

»War? Haben sie sich zerstritten?«

»Meine Eltern sind gestorben«, sagte Karla und ein kurzer, aber scharf elektrischer Schlag durchzuckte ihr Herz.

»Mein Beileid«, sagte Junis. »Aber irgendwann müssen sie gehen, die Eltern, und wir auch, einfach alle. Das tröstet mich immer, dass wirklich jeder stirbt. Auch die Reichen und die Schönen. Oft ist das Leben für die Leute besser, aber nicht in diesem Punkt. Ich denke mir dann: Auch Brad Pitt wird sterben. Auch Emmanuel Macron wird sterben. Auch Heidi Klum. Für alle und überall gelten die Naturgesetze.«

Karla erschrak. Sie wusste vom Gegenteil. Zwar nur auf ein paar Quadratmetern, aber trotzdem.

»Haben Sie nicht«, sagte sie, »gerufen vorhin?«

»Doch, doch«, sagte Junis. »Sollen wir uns nicht duzen? Ist doch lächerlich.«

»Klar«, sagte Karla.

»Wie du siehst, Karla«, sagte Junis und beschrieb wieder einen eleganten Bogen, »hab ich hier alles. Ich hab hier alles, außer etwas Ordentliches zu Essen. Und heute hab ich schon Probleme, heil auf die Toilette zu kommen. Die Hitze, der Knöchel ...«

Junis beendete den Satz nicht, sie sah Karla nur an, aufrecht mit dem Rücken an das Kopfende des Bettes gelehnt, an der gegenüberliegenden Wand lief der Fernseher lautlos und daneben stand die Tür zu einem winzigen Bad offen, in dem aus irgendeinem Grund mitten an diesem Sommertag Licht brannte.

»Aber sicher«, sagte Karla. »Was wollen Sie? Ich meine: Was willst du?«

»Marianne meinte, dass von gestern Mittag noch kaltes Brathendl übrig ist. Das und einen Almdudler, wenn noch einer da ist.«

»Ich schau mal«, sagte Karla, zögerte, bevor sie sich umdrehte, und ging schließlich. Als sie ein paar Schritte vom Zimmer entfernt war, hörte sie, wie der Fernseher wieder auf laut gestellt wurde.

Karla hatte für sich selbst auch einen Almdudler mitgenommen und saß jetzt angespannt auf der Bettkante, weil Junis darauf bestanden hatte, dass sie eine Pause machte und mit ihr fernsah. Es ging in der Sendung um die Vermittlung von Heimtieren. Gerade wurde ein Paar aus Bützow vorgestellt, das sein Haus vollständig für die Bedürfnisse der sechs Frettchen umgebaut hatte, die bei ihnen lebten. Karla bemerkte aus dem Augenwinkel, wie Junis mit ihrem Strohhalm im Almdudler spielte.

»Wo hast du denn diesen Strohhalm her? Die sind doch längst verboten.«

»Die Marianne arbeitet doch im Hospiz. Naja, arbeiten. Freiwillig meine ich. Fährt eine Dreiviertelstunde hin und eine Dreiviertelstunde wieder zurück.« Junis beschrieb mit der Limonadenflasche eine gerade Linie in der Luft nach rechts und wieder nach links. Als würde die Hand wohlbehalten auf Schienen fahren, obwohl hier natürlich nur die Urlauber mit der Waldbahn fuhren und beinahe jeder ein Auto besaß. »Als die im Hospiz von dem Gesetz erfuhren, haben sie sich eingedeckt mit den Strohhalmen. Zu Hunderten. Nein, zu Zehntausenden. Sie weichen nicht auf und man kann sie ineinanderstecken. Guck mal. So«, sagte Junis, beugte sich – der Knöchel blieb unbewegt auf dem Kissen liegen – nach rechts zu ihrem Nachttisch, auf dem der Teller mit den abgenagten Hähnchenknochen stand, und nahm aus einer Tüte mehrere Strohhalme heraus. Sie stellte ihre Flasche auf dem Nachttisch ab, steckte die Halme mit den Enden ineinander, bis sie so trinken konnte, während sie aufrecht im Bett saß. Junis nahm einen Schluck, aus einigen der Zwischenverbindungen tropfte es auf das Bett. »Voilà!«

»Wahnsinn«, sagte Karla in einem unaufgeregten Ton, in dem sie auch in der Bäckerei ihre Semmeln bestellte. Dann behielt sie etwas von der Limonade im Mund, bis die Kohlensäurebläschen die Innenseiten ihrer Wangen betäubten.

»Wusstest du nicht, dass Marianne im Hospiz aushilft?«, fragte Junis.

»Doch, doch. Hatte es nur vergessen.«

Karlas Vater hatte am Schluss zwei Wochen in diesem Hospiz verbracht. An Strohhalme konnte sie sich nicht erinnern, aber an Eiswürfel, die er lutschen sollte. Und an seine Nase. Ihr kam es vor, als hätte sie irgendwann nur noch auf diese Nase gestarrt. Sie schien spitzer geworden zu sein als früher und verfremdete sein Gesicht. Kurz musste sie an die arme Maus denken, verscheuchte aber den Gedanken.

Auf einmal, in einer Sprechpause der Moderatorin im Fernsehen sagte Junis: »Du hältst mich sicher für faul.«

Karla drehte sich um. Junis schwenkte die ausgetrunkene Flasche in der Hand.

»Wie kommst du auf so was? Dein Knöchel ist hinüber. Was sollst du sonst machen?«, sagte Karla.

Junis richtete die Fernbedienung auf den Fernseher und stellte ihn auf lautlos.

»Ich bin Löwe«, sagte Junis. Sie machte eine Pause, als wäre jetzt alles geklärt.

»Aha«, sagte Karla.

»Ich meine, mein Sternzeichen ist Löwe. Aber ich bin auch so, abgesehen vom Sternzeichen, ein Löwe. Naja, eine Löw-in!«, sagte sie und hob dabei den Finger in die Höhe.

Karla wusste nicht, was sie darauf sagen sollte.

»In den Löwengruppen jagen immer die Weibchen. Das ist eine unglaubliche Anstrengung, vor allem in der Hitze. Die flitzen durch die Savanne und erledigen eine Antilope und bringen sie zurück zur Gruppe. Das ist viel Arbeit.«

Karla wusste noch immer nicht, in welche Richtung das ging.

»Aber wenn sie nicht jagen«, sagte Junis. »Liegen sie nur unter irgendeinem Strauchbaum und machen rein gar nichts.«

»Und was ist mit der Jungenaufzucht?«, fragte Karla.

»Ach, das machen die nebenbei. Das wird immer überschätzt. Außerdem fressen die Löwenmännchen manchmal ein paar Junge. Dann ist das schon entspannter.«

Junis lehnte sich wieder zurück, spielte mit der leeren Flasche in ihrer Hand und wollte gerade wieder den Ton des Fernsehers einschalten.

»Darf ich dich was fragen?«, sagte Karla.

»Frag.«

»Wann wusstest du, dass du Kinder haben willst? War das ein starker Wunsch?«

Junis legte die Fernbedienung weg und überlegte. Ihr Alter war schwer zu schätzen. Ihr junges Gesicht neigte zu Falten, die wie dünne Fäden quer über die Stirn gespannt waren.

»Ich glaube, so etwas gibt es gar nicht. Bei mir zumindest nicht. Man kann zu Tode verhüten und man kann auch zu Tode überlegen, ob man Kinder will oder nicht«, sagte Junis. »Irgendwann muss man einfach springen.«

Karla nickte. Sicherlich war unten im Keller die Wäscheladung fertig und zerknitterte nun in der Maschine, sicherlich würden Marianne und die anderen bald zurückkommen. Sicherlich würde Junis mit ihrer Familie irgendwann wieder fahren und alles wäre wieder wie früher.

»Hast du Kinder?«, fragte Junis.

»Nein.«

»Naja«, sagte Junis und zog in freundlicher Gleichgültigkeit die Schultern hoch. »Dann halt nicht.« Sie lehnte sich zur Seite und versuchte die leere Limonadenflasche auf der vollen Ablagefläche des Nachttisches abzustellen.

»Du hattest also keinen starken Kinderwunsch? Auch nicht vor Hilmar?«

»Wie soll sich das anfühlen, ein starker Kinderwunsch? So eine hormonverrückte Tante mit Eierstöcken so groß wie zwei Melonen? Das passiert vielleicht einem Fisch, aber nicht einem Löwen. Nein«, sagte Junis und schüttelte den Kopf. »Naja, ich hab mir einfach gedacht. Also ich und Adrian. Was ist, wenn man fünfzig ist? Oder für uns Frauen« – sie klopfte Karla spaßig gegen die Schulter – »ja noch viel früher. Da hockt man da ohne Kinder. Will man das? Ich hab einfach an die Zukunft gedacht.«

»An die Zukunft«, sagte Karla.

Sie hörten beide, wie sich der Schlüssel in der Tür drehte und die vierfache Zukunft samt Marianne und Adrian zurückkam. Was die Lautstärke betraf, wurde sofort von null auf hundert beschleunigt. Junis lachte auf und schaltete den Fernseher aus. Sie gehörte zu den Leuten, für die das Leben etwas leichter war als für die anderen, dachte Karla, sprang auf und lief hinaus. Sie sah gerade noch, dass Hilmar mit einem blauen Slushy wie mit einer Trophäe in die Küche rannte. Sie ging die Treppe zum Keller in den Waschraum hinunter. Karla hatte recht gehabt, die Ladung war durchgelaufen. Sie atmete auf. Sie kam sich sehr geschäftig vor. Und diese Geschäftigkeit war das Richtige gegen die Unruhe, die in ihr aufgestiegen war.

Die letzte Woche war dahingaloppiert. Und dann, an einem berstend heißen Freitag, um halb zehn Uhr abends, beobachtete Karla aus einem Fenster ihres Wohnzimmers, wie der Familienvan beladen wurde.

Der eigentlich silberne Lack war noch matter als bei der Ankunft. Der Van war an den Rädern verdreckt und ansonsten in gelblichen Staub gehüllt. Auf der Heckscheibe war mit Hilfe des Wischers eine deutlich konturierte Fläche von diesem Staub befreit worden, gerade genug, um einigermaßen sicher fahren zu können. Marianne stand in Pantoffeln und einem weiten Sommerkleid vor dem Auto und hielt sich die Hände immer wieder vor das Gesicht. Sie bedeckte ihre Augen und rieb sie.

Junis humpelte auf Krücken aus dem Haus. Ihr Knöchel war nicht mehr eingegipst, sondern bandagiert, wodurch er nicht mehr so einen Gegensatz bildete zu ihren nicht gerade formschönen dürren Beinen. Adrian, ein hoch aufgeschossener

Mann, neben dem seine Mutter noch kleiner erschien, lief hin und her zwischen Marianne, Junis, dem Kofferraum und dem Haus, aus dem er immer noch mehr Koffer und Taschen schleppte. Zum Schluss wurde die zerbrechlichste Fracht verladen. Vier müde bis schon schlafende Kinder.

Hilmar, mit einer rot-gelben Spielzeugkettensäge in der Hand, seinem – das wusste Karla inzwischen – Lieblingsspielzeug, setzte mühevoll einen Fuß vor den anderen und rieb sich ununterbrochen die Augen. Er ließ die Kettensäge hängen und stellte sich kurz auf die Zehenspitzen, als er Marianne umarmte.

Fransesca wurde halb schlafend von Adrian aus dem Haus getragen. Ihr dunkler, beinahe schwarzer Schopf lag auf Adrians Schulter, aber sie hob ihn kurz hoch, als sich Adrian herunterbeugte und Marianne das schmale Mädchengesicht mit beiden Händen umfasste und küsste.

Mit Peter und Paul kam man alleine nicht zu Rande. Adrian ging in das Haus, kam kurz darauf wieder zurück und holte Marianne. Als sie herauskamen, trug jeder von ihnen einen tief schlafenden Jungen. Wer von beiden wer war, konnte Karla unmöglich sagen. Die Zwillinge wurden vorsichtig auf ihren Autositzen festgeschnallt für eine Fahrt, die sich Karla als eine lange Karawane durch die Nacht vorstellte, in der die Erwachsenen nur flüsternd miteinander redeten und die Armaturen wie die Cockpitlichter in einem Raumschiff leuchteten. Bei Tagesanbruch müssten sie Berlin erreichen.

Sie waren also tatsächlich gefahren, Schönsee war wieder ruhig und am nächsten Tag, nach einem kurzen, befreienden Regen, stand um die Mittagszeit Marianne vor Karlas Tür. Ihre Augen waren noch ein wenig gerötet und die Lider geschwollen.

In ihren Händen hielt sie einen Teller. Darauf erhob sich ein Gugelhupf von der Farbe sonnenbeschienenen Ahornsirups.

Marianne saß an dem Tisch, an dem Karla ansonsten ihr spärliches Frühstück aß, und spielte mit ihrem Schlüsselbund, während sich der Kaffeeduft aus der knatternden Maschine im Raum ausbreitete.

Karla ließ das Messer fallen, bevor sie den Kuchen anschnitt. Mit hibbeligen Fingern hob sie es wieder auf, setzte an der schräg geriffelten Krone des Gugelhupfs an und fuhr nach unten.

»Tiroler Nusskuchen«, sagte Marianne.

»Danke«, sagte Karla. »Wann hast du den überhaupt gebacken?«

»Heute Morgen.«

»Heute Morgen, nachdem sie gestern so spät gefahren sind?«

Karla drehte sich um. Marianne mit ihrer rundlichen Gestalt saß am Tisch und sah sie an, sie spielte nicht mehr mit dem Schlüsselbund. In Karlas Innerem breitete sich eine fast schmerzhafte Wärme aus. Dass jemand nach einer anstrengenden Nacht nach noch anstrengenderen Wochen einen Kuchen für sie gebacken hatte, rührte sie zu Tode.

»Für mich nur ein ganz, ganz schmales Stück«, sagte Marianne. »Ich will nur schauen, ob es was Gescheites geworden ist. Der Rest ist für dich. Für die ganze Hilfe. Junis wollte sich mit Adrian noch unbedingt verabschieden, aber du warst leider nicht da.«

»Ja. Schade«, sagte Karla. Sie schnitt ein Stück, das so schmal war, dass es zerbrach, als sie es auf den Teller legte.

Sie warteten ein paar Augenblicke des Schweigens ab, bis die letzten Tropfen Kaffee durch die Maschine gelaufen waren, dann schenkte Karla ein und setzte sich zu Marianne. Karla probierte und lobte den Kuchen. Er war durchdrungen von Haselnüssen in jeder Daseinsform, ob gemahlen oder in Stückchen, und der Teig war so saftig und fett, dass er feucht war. Als Karla einem abtrünnigen Stück auf die Gabel half, blieb auf der Fingerkuppe ein glänzender Abdruck zurück.

»Schwer wars«, sagte Marianne. »Von Peter und Paul konnte ich mich nur noch verabschieden, als sie schon schliefen.«

»Kannst du sie auseinanderhalten?«

»An einem Tag ja, am anderen wieder nicht.«

Karla nickte und aß weiter. Es war für kurze Zeit nichts anderes zu hören als das Geräusch der auf dem Teller aufschlagenden Gabeln. Karla stimmte dieses Geräusch immer etwas traurig. Das Leben kam ihr dann so klein vor.

»Ich hoffe, Fransesca kann sich als einziges Mädel in der Bande behaupten«, sagte Marianne.

»Machst du dir Sorgen um sie?«

»Immer mal wieder«, sagte Marianne. »Ist dir aufgefallen, wie schwarz ihre Locken sind?«

»Sie sieht auf jeden Fall anders aus als die Buben«, sagte Karla.

»Das mit der DNA ist ein verrücktes Roulette. Manchmal wird eine Generation übersprungen. Und manchmal wird etwas weitervererbt von ganz abseitiger Stelle.«

»Was meinst du damit?«

»Fransesca, die schon bei der Geburt so ein dunkelhaariger italienischer Verschnitt war, sieht genauso aus wie meine Schwester früher. Die ist gestorben, als ich sieben war.«

»Ach Gott«, sagte Karla.

»Irgendwann zeig ich dir ein Foto, wenn du willst«, sagte Marianne und verstaute ein Kuchenstückchen in der Wange.

»Woran ist sie denn gestorben?«

Marianne schaute sie an. »An Tollwut.«

»Tollwut?«, fragte Karla und legte ihre Gabel ab. »Da sterben noch Leute dran?« Eine ungute Nervosität, die sie beim Anblick von Marianne an ihrer Tür verspürt hatte und die sich danach wieder gelegt hatte, kehrte zurück.

»Hier bei uns nicht mehr. Aber das waren die Sechziger, unten am Chiemsee. War auch da schon selten.«

»Wie alt war sie?«

»Fünfzehn. Sie war eigentlich schon längere Zeit in einem Internat. Ich hab sie jeden Tag vermisst. Als es passierte, kam sie zurück«, sagte Marianne und schob mit der Kuchengabel von Karlas Eltern die Krümel auf ihrem Teller sanft hin und her. »Wär sie lieber nicht zurückgekommen, so wie sie war.«

»Und Fransesca sieht ihr ähnlich?«

»Die dunklen Haare, die Himmelfahrtsnase, alles.«

»Wie hieß deine Schwester?«, fragte Karla.

»Franziska.«

»War das Absicht?«

»Es war von Adrian und meiner Schwiegertochter als Geschenk gedacht«, sagte Marianne und nahm den Schlüsselbund wieder zur Hand. »Kurz vor Schluss, bevor sie endgültig bettlägerig wurde, gab es diese Zeit, da war sie ganz dammisch. Wie ein Dämon«, sagte Marianne und drehte die Schlüssel auf dem Ring hin und her. »Ich weiß, das war eine Phase der Krankheit, ich weiß das. Mittlerweile weiß ich alles über

Tollwut. Aber damals«, sagte Marianne und fuhr die Zacken eines Schlüssels mit dem Finger nach wie das Profil eines Gesichtes, »damals aber war das für mich furchteinflößend. Wir hatten ein großes Haus. Sie blieb immer in ihrem Zimmer, meine Mutter oder mein Vater trugen ihr Essen hinein, wie das mit dem Rest lief, weiß ich nicht. Sie kam nie raus. Es ging nicht. Es hieß, ich soll da nicht reingehen. Nur zum Schluss, als sie schon bettlägerig war, durfte ich sie sehen.«

»Du durftest nicht rein?«, fragte Karla.

»Einmal bin ich heimlich rein.«

»Und?«

»Ich dachte erst, das Zimmer wär leer. Auf einmal wirft mich meine Schwester auf den Boden, ich hatte sie gar nicht gesehen. Sie hockte oben auf dem Kleiderschrank und ist auf mich gesprungen. Geschrien hab ich wie eine erstochene Sau. Es hat meine Eltern und meine Oma gebraucht, um sie von mir wegzuzerren. Sie sah nicht mehr aus wie sie selbst. Sie sah verschoben aus.«

»Ist das dann nicht furchtbar für dich, wie sehr ihr Fransesca ähnelt?«

»Nein. Eine Wiedergutmachung ist das. Nichts anders. Die Kleine sieht so aus, wie meine Schwester ausgesehen hat vor der Krankheit. Erst nach dem Tod hatte ich sie wiedererkannt. Da sind sie also«, sagte Marianne und klopfte sich herzhaft auf den Oberschenkel. »Die lustigen Geschichten von früher. Da komm ich an mit einem Gugelhupf und erzähl dir so was. Furchtbar von mir. Verzeih, Karla. Und was ist bei dir los? Was ist mit dem Haus? Hast dich mittlerweile eingelebt?«

Marianne lehnte sich zurück. Sie blickte sich in der Küche um, als wäre sie zum ersten Mal hier.

»Ich hab nur oben ein bisschen was verändert. Um eine Einbauküche neu zu machen, braucht es Zeit und Geld und Nerven. Meine Mutter hatte schon, als ich noch in der Schule war, immer gesagt: Das ist die letzte Küche meines Lebens.«

Sie lachten beide. Marianne vielleicht etwas lauter als Karla.

»Ich muss mal ins Bad«, sagte Marianne und stand auf.

Karla stand ebenfalls auf. Sie schreckte förmlich hoch.

Karla hörte die Spülung und kurz darauf den Wasserhahn. Sie wartete im Flur.

»Hast mich erschreckt«, sagte Marianne, als sie die Tür wieder geschlossen hatte. »Was hast du denn jetzt oben alles verändert? Darf ich mal sehen? Ich kann mich noch erinnern, wies früher war.« Marianne linste an Karla vorbei zur Treppe.

»Nur ein paar Zimmer neu eingerichtet. Ein anderer Läufer im Flur. Solche Kleinigkeiten«, sagte Karla und blieb stehen.

»Darf ich nicht mal sehen?«, fragte Marianne. »Zwecks der alten Zeiten?«

»Es ist nur Kleinkram.«

»Kleinkram macht auch Mist«, sagte Marianne. Sie wollte an Karla vorbei, aber Karla machte einen Schritt zur Seite. Ein bisschen wie beim Cha-Cha-Cha.

»Es ist nur so«, sagte Karla und verschränkte die Arme. »Da oben siehts schlimm aus.«

»Da hab ich Erfahrung, du weißt ja jetzt, wie es nach den vieren bei mir ist.« Marianne machte mit ihrer Hand eine Wischbewegung. Als könnte sie all das Durcheinander der letzten Wochen – die durchweichten Frühstücksflocken auf dem Tisch; die ständig irgendwo herunterkrachenden Dinosaurierteller und Glitzergläser; all die verletzten Erwachsenenfüße, die auf Matchboxautos und Legosteine getreten waren – als könnte sie all dieses Durcheinander einfach beiseitewischen und sich nur noch an die Glücksaugenblicke mit den Kindern erinnern, die in dem Wust aus Verzweiflungsaugenblicken steckten.

»Es geht nicht«, sagte Karla. Dann trat sie einen Schritt zurück. Sie hatte es wohl sehr laut gesagt. »Ich hab Kopfschmerzen«, sagte sie noch. Obwohl sie niemals Kopfschmerzen hatte.

»Wenn das so ist«, sagte Marianne und machte eine kurze Pause. »Dann geh ich jetzt lieber.«

In der Tür sagte sie: »Den Teller kannst irgendwann zurückbringen. Es eilt nicht. Irgendwann halt.«

Karla wartete noch einen Moment und verriegelte dann die Tür. Wieder in der Küche, spürte sie noch immer ihren Herzschlag. Der angeschnittene Gugelhupf, die zwei Teller, der erkaltende Kaffeeduft und vor allem die kleinen Kuchengabeln, das alles wirkte so gewöhnlich. Diese Gewöhnlichkeit tröstete und regte sie zugleich auf.

Sie war müde, der Besuch hatte mehr von ihr gefordert, als sie dachte. Karla öffnete die Tür zu dem Zimmer. Sie wartete noch. Es war wie das Warten auf ein Wunder. Dann rannte sie hinein. Und mitten im ersten Schritt nach der Schwelle passierte es. Karla wollte noch mit dem rechten Fuß abspringen, als er mitten in der Bewegung begann sich vom Boden zu heben.

Karla fing an zu schweben. Langsam und gleichmäßig stieg sie nach oben.

Karla ruderte nicht mit den Armen, sie radelte nicht mit den Beinen, sie ließ sich unter der Decke treiben wie in einem Swimmingpool, mit ausgebreiteten Gliedmaßen und freiem Kopf. Ihr Herzschlag verlangsamte sich. Hier war sie wieder. Schwebend. Sie war hier reingegangen nach dem Gespräch mit Junis. Sie war reingegangen, als sie sich im Landratsamt mit der neuen Kollegin gestritten hatte. Als der Seitenspiegel ihres Autos von irgendeinem Idioten auf dem Supermarktparkplatz zerschlagen worden war. Hierher war sie gekommen, nachdem Adrian und Junis mit den Kindern weggefahren sind und sich vorher verabschieden wollten, sie war hier reingegangen, nachdem sie so getan hatte, als sei sie nicht zu Hause. Sie war reingegangen, als die Hitze unerträglich geworden war. Als kein Regen kam. Als der Regen doch noch kam. Nach all diesen Ereignissen war Karla nach oben gegangen, hatte die Tür zu dem Zimmer geöffnet und sich dem, was auch immer hier drin war, hingegeben. Sie kam rein, schwebte. Und entkam.

Das Genesungsgeschenk

Der Arzt hatte es verordnet und so wurde es gemacht. Jeden Morgen zum Frühstück goss sich Frau Rührlich eine halbe Piccoloflasche Rotkäppchen-Sekt – trocken selbstverständlich – in ihr blaues Spiegelauer Kristallglas und trank es mit den kleinen nachdenklichen Schlucken einer fast Hundertjährigen.

Der Arzt hatte keine Angaben bezüglich der Menge gemacht, er hatte nur gesagt: »etwas Sekt«. Das war vor fast fünf Jahren gewesen, er hatte die Praxis erst eröffnet und mittlerweile standen die Leute Schlange wie vor einer beliebten Bäckerei. Er war – er ist – ein fescher Mann mit vollem Haar. Durch seine Brille mit dem feinen Metallrand sah er Frau Rührlich an, hielt seine Hände ineinander gefaltet, als würde er gleich mit dem Beten beginnen, und hörte zu. Frau Rührlich war nach ihrem Kreislaufkollaps zu ihm gekommen. Von dem Tag in der Notaufnahme des Kreiskrankenhauses hatte sie sich eine Woche lang erholen müssen. Inmitten von Gute-Besserung-Karten und Kuchen bringenden Nachbarn und ihrer Tochter, auch schon über siebzig, die um sie herumgeschwirrt war mit einer lebenslang verbliebenen Grundnervosität. Der neu zugezogene Arzt war der Einzige, der Frau Rührlichs Frage ernst genommen hatte: Was konnte sie tun, damit das nicht noch einmal passierte?

Alle anderen hatten auf ihr Alter verwiesen. Dreiundneunzig, damals, vor fünf Jahren. Irgendwann hatte sich dieses Alter verselbstständigt, es hatte kaum noch etwas mir ihr zu tun, schien aber für ihre Umgebung das Entscheidende an ihr zu sein. Wenn Frau Rührlich im einzigen Buchladen der Stadt wieder mal ein Buch in Großschrift kaufen wollte, sah sie manchmal die Karten durch. Auf den Beileidskarten war entweder ein Kreuz gezeichnet oder ein dürrer Winterbaum. Bei den vielen Hochzeitskarten lagen neuerdings eine mit zwei Männern in Smokings vor pastellblauem Hintergrund und eine mit zwei Mädels in weißen Kleidern vor rosa Hintergrund. Bei den Geburtstagskarten gab es die größte Auswahl, aber jenseits der Siebzig nahm sie ab. Für die Neunzig lag nur noch eine einzige Karte da, eine blumig goldene Monstrosität. Danach war Schluss. Frau Rührlichs Alter war bei dieser Auswahl nicht vorgesehen, und sie fühlte sich gar nicht mal so schlecht dabei.

Der neue Arzt hatte ihr gegenüber gesessen und sich alles angehört, nachdem er die Papiere aus der Notaufnahme entgegengenommen, überflogen und auf seinem Tisch abgelegt hatte. Nur einmal während ihres Monologs, der ihr selbst im Nachhinein zu lang vorkam, schnellte sein rechter Zeigefinger unerwartet flink hervor und korrigierte den Sitz seiner Brille. Dann war es wieder still geworden um die Gestalt im weißen Kittel. Am Schluss hatte er das mit dem Sekt gesagt.

»Natürlich geht auch Prosecco oder Crémant. Oder Champagner, um Gottes willen«, hatte er gesagt und dabei aufgelacht.

Frau Rührlich hatte auch gelacht, aus Höflichkeit, und sich dann mehrfach bedankt. Er war ein guter Zuhörer mit handfesten Ratschlägen. Sie wollte eine umgängliche Patientin sein. So war es, das Leben, man achtete auf Kleinigkeiten, bis man verstand, dass sie das große Ganze ausmachten und dass dieses große Ganze früher oder später vorbei sein würde, zum Beispiel nach einem Kreislaufkollaps im neunten Lebensjahrzehnt. In wenigen Tagen würden sich dieser Kollaps und der Aufenthalt in der Notaufnahme zum fünften Mal jähren. In Frau Rührlichs Kalender mit saisonal abgestimmten Fotos der »schönsten Landschaften Deutschlands« war dieses Datum jedes Jahr mit einem unscheinbaren Kringel markiert.

Nach den ersten Schlückchen hob Frau Rührlich das Glas in die Höhe. Es war die erste Hälfte der Piccoloflasche, die darin perlte, das hieß, dass es morgen etwas lauer zugehen würde, übermorgen wieder spritzig und so weiter. Frau Rührlich konnte trotz der tiefblauen Farbe und der Verzierungen des Kristallglases sehen, wie die Bläschen nach oben eilten. Wie geschäftige Leutchen, die sich verspäteten. Sie trank einen weiteren Schluck und stellte das Glas neben ihrem Frühstücksteller ab. Darauf lag eine Schwarzbrotscheibe, dünn mit Butter bestrichen, als müsste man noch immer mit ihr sparen. Daneben stand ein Eierbecher. Frau Rührlich hatte nie die Art von Menschen verstanden, die ihr Frühstücksei oben vorsichtig schälten, sie köpfte es. Darauf lief der dickflüssige Dotter in einer einzelnen Spur zur Seite aus. Frau Rührlich schob ihn mit dem Löffel wieder zurück. Sie mochte Drei-Minuten-Eier. Sie mochte nicht nur die Beschaffenheit, darüber hinaus waren sie auch ein Zeichen der Freiheit, denn viele ihrer Freunde und Bekannten, alle jünger als sie selbst, mussten sich im Altersheim mit »Knalleiern« – wie Frau Rührlich sie despektiertlich nannte – begnügen, da die Leitungen dort höllische Angst vor Salmonellen hatten.

Frau Rührlich senkte, nachdem sie ein Stück Brot fertiggekaut hatte, ihren Löffel in das Ei. Da klingelte das Telefon. Es klingelte unglaublich lange. Als Frau Rührlich den Hörer in der Hand hielt, schrie und schluchzte jemand am anderen Ende der Leitung.

In diesem Haus musste man sich die Schuhe nicht ausziehen. Es war sogar besser sie anzulassen. Frau Rührlich in Korksandalen und Karla Weißhaupt in Römersandalen standen in einem großen Wohnzimmer mit niedrigen Decken, in dem es überraschenderweise nicht stank, und bewegten sich nicht von der Stelle. Frau Rührlich stützte sich auf Karlas Arm ab. Sie waren umgeben von Hunden. Welpen. Länglichen, herumkullernden Kurzhaardackelwelpen.

»Das sind die, die schon bereit sind. Die anderen Wuzerl sind noch zu klein«, sagte die Züchterin und zeigte in eine Ecke des Zimmers, die mit einem blauen Zaun für Kinder abgetrennt war. Dahinter regte sich auf dem mit Decken weich ausgelegten Boden etwas sehr Kleines, sehr Langsames.

Ein Welpe flitzte an Frau Rührlichs Beinen, die in grauen Leinenhosen steckten, vorbei. Erschrocken drückte sie Karlas Hand.

»Tja, Frau Rührlich«, sagte Karla. »Die Qual der Wahl.«

Frau Rührlich nickte. Sie war nicht oft überfordert. Aber in diesem Raum voller Hundewelpen, an diesem Spätsommertag, der mit der zweiten faden Hälfte der Piccoloflasche begonnen hatte, war sie es.

»Vielleicht sollten wir mal nach Charakter gehen«, sagte die Züchterin, eine etwa fünfzigjährige Frau, deren schwarzes, kurzes Haar von grauen Strähnen durchzogen war, und die andauernd lächelte. »Wie soll er denn sein, der Hund? Haben Sie schon eine Vorstellung?« In ihren Händen hielt sie einen weißen Frotteelappen mit ominösen braunen Flecken und wrang ihn wie einen Schwamm.

Frau Rührlich sah sich um. Ihr wurde etwas schwindelig von dem Gewusel.

»Das ist vielleicht wirklich eine gute Frage«, sagte Karla und klopfte Frau Rührlich auf die Hand. »Wie soll denn der Kleine sein? Eher ein Netter oder eher ein Frecher?«

Frau Rührlich straffte sich, obwohl sie ohnehin immer gerade stand wie eine Figurine auf der obersten Etage einer Hochzeitstorte, ließ Karla los und sagte: »Er soll viel Arbeit machen, aber nicht unverbesserlich sein.«

Frau Rührlich stellte das Porzellangeschirr von »Essen auf Rädern«, für das sie einen Aufpreis bezahlte, um nicht wie auf einem schäbigen Flug aus Plastiknäpfen essen zu müssen, neben das Spülbecken und ging in ihr Schlafzimmer. Sie öffnete die Türen des Kleiderschranks und nahm von einem der Bügel, auf denen die Hosen mit den Beinen zwischen zwei schmale Platten gepresst werden, ihre hellgraue Leinenhose herunter. Ihre Draußenhose.

Die erste Station war die Bank. Sie hob vierhundert Euro ab. Die Summe kam ihr gigantisch vor. Viel zu viel. Andererseits wusste sie nicht, wie viel sie brauchen würde. Vierhundert war großzügig geschätzt. Fünfhundert wäre eine rundere Zahl, aber Fünfhundert wäre nur dekadent gewesen.

Nach dem kurzen Aufenthalt in der klimatisierten Bank, in der es Frau Rührlich angenehm fröstelte, hielt sie ihre Tasche noch fester an den Körper gepresst und ging durch die Seitengasse am Rathaus vorbei Richtung Stadtkern.

Die Sonne stand senkrecht am Himmel und strahlte gnadenlos herab. Ein Auto nach dem anderen passierte die ovalförmige Hauptstraße um den Stadtkern. Frau Rührlich ging mit kleinen Schritten stur zum Stadtberg. Ihre Sandalen federten gut, trotzdem zog es an den Fersen, ein bekanntes Gefühl, das sich nach ein paar Minuten legen würde. Sie kam an der italienischen Eisdiele vorbei, aus der ein Kellner mit glänzender Stirn herauskam und einen bienenförmigen Teller zu einem der Tische trug. Beim Herrenfriseur ließ sich jemand die Nasenhaare kürzen. Frau Rührlich grüßte zwei Leute. Sie näherte sich dem Anstieg des Stadtbergs. Sie blickte sich noch einmal um nach dem Maibaum, die weiß-blauen Schleifen auf dem Kranz ganz oben wehten leicht im Wind, als neben ihr ein Auto abbremste. Es kam vor dem Zebrastreifen zum Stehen. Das Fenster wurde heruntergelassen und aus den schattigen Tiefen rief jemand: »Frau Rührlich!«

Frau Rührlich schirmte ihre Augen ab, ging auf das Fenster zu und beugte sich vor.

»Karla«, sagte sie.

Hinter ihnen hupte ein Auto.

»Frau Rührlich, kann ich Sie mitnehmen?«, sagte Karla Weißhaupt, mit einer Hand stützte sie sich auf dem Beifahrersitz ab.

»Gut, so machen wir das«, sagte Frau Rührlich und werkelte am Griff, bis Karla sich vorbeugte und die Tür von innen öffnete. »Nimm mich mit.« Frau Rührlich stieg ein, ohne sich auch nur ansatzweise vom Hupen hinter ihnen drängeln zu lassen.

»Fahr mich zum Zoo Wolf«, sagte Frau Rührlich und legte die Handtasche auf ihren Schoß. Sie duzte Karla Weißhaupt nicht deshalb, weil sie ihr besonders vertraut war, sondern weil für sie jeder unter fünfzig ein Baby war, und da sie Karlas Familie ein wenig kannte und da Karlas Alter ihrer Zählung nach mit einer Vier begann, war sie erst recht ein Baby, ein Fötus praktisch. Die Vierziger. Diese Zeit hatte Frau Rührlich seit einem halben Jahrhundert hinter sich gelassen.

»Zum Zoo Wolf? Brauchen Sie einen neuen Schlüssel oder legen Sie sich ein Haustier zu?«

»Ich will einen Hund. Aber nicht für mich, sondern für meine Tochter.«

»Ich bin mir ziemlich sicher, Frau Rührlich, dass die da keine Hunde haben.«

»Na, schauen wir mal. Man kann immer erst mal schauen«, sagte Frau Rührlich und sah aus dem Fenster auf die sommerliche Straße hinaus. Leute gingen die Bürgersteige entlang, nicht wenige mit Waffeln in der Hand, in denen die Eiskugeln in der Sonne glitzerten. Viele Geschäfte standen leer, aber durch die ortstypische Ordentlichkeit machte das keinen verwahrlosten Eindruck, sondern wirkte wie eine kurzfristige Übergangslösung. Als ob nach der Mittagspause jemand zurückkommt, anfängt durchzusaugen und die Regale einzuräumen.

An Karlas Rückspiegel war ein blauer Duftbaum aufgehängt, darauf stand »Sportfrische«. In den Lederfalten des Schaltknüppels sammelten sich Staub und Krümel. In allen Fächern lagen leere Verpackungen, vor allem von Süßigkeiten. Ein Saustall, dachte Frau Rührlich. Aber das machte nichts. Auch nette Leute lebten manchmal in Sauställen.

Dann hörte das gondelartige Berganfahren auf und Karla Weißhaupt parkte ruckartig neben Zoo Wolf.

»Frau Rührlich?«, sagte sie.

Frau Rührlich blickte auf, sie war gerade dabei gewesen, sich vom Gurt zu befreien.

»Frau Rührlich, wir haben uns mal auf dem Friedhof gesehen und da haben Sie gesagt, dass es dauert, bis man den Grabstein aufstellen kann. Jedenfalls, ich war sehr kurz angebunden und das tut mir leid.«

»Was?«, fragte Frau Rührlich. Sie knetete das Leder ihrer Handtasche. In Augenblicken wie diesen kam es ihr vor, als wollte man sie prüfen, ob sie schon dement war oder noch nicht. »Ich kann mich nicht recht erinnern, Karla. War das heuer?«

»Nein, das war letztes Jahr«, sagte Karla.

»Letztes Jahr?«

»Genauer gesagt vor eineinhalb Jahren. Ungefähr.«

»Vor eineinhalb Jahren?«, sagte Frau Rührlich. Sie ließ ihre Handtasche los und suchte in Karlas Gesicht nach Zeichen von Geisteskrankheit. Eineinhalb Jahre?!

»Wie dem auch sei, es tut mir leid«, sagte Karla, stieg schnell aus und lief auf Frau Rührlichs Seite, um ihr die Tür zu öffnen. Frau Rührlich stieg aus und spürte sofort die Hitze, die ihr nach dem liebkosenden Fahrtwind vorkam wie ein Glutnebel.

Sie blickten auf den Hintereingang von Zoo Wolf. Gleich neben der offenen Tür hieß es auf einem Schild: »Schlüssel nachmachen lassen in 15 Minuten« und direkt darunter »Alles für den Tierbedarf«.

Frau Rührlich und Karla standen vor einer dreistöckigen Käfigkonstruktion hinter Glas. Dahinter, auf Sägespänen oder Pellets, in Heutunneln und Näpfen schlief, fraß, kratzte sich etwas, etwas sehr Kleines.

»Keine Hunde«, sagte Frau Rührlich. Sie fuhr mit einer Hand zu ihren feinen, akkurat gelegten Haaren und überprüfte deren Sitz.

»Wo hätte man die hier auch unterbringen sollen?«, sagte Karla.

Neben bis zur Decke vollgestopften Regalen, die lediglich gefährlich schmale Gänge frei ließen, gab es eine weitere Glaswand, aber aus übereinander gebauten Aquarien. Hinter der Kasse stand der Tisch für die Metallarbeiten und an einer Tafel hing eine Auswahl von Schlüsseln mit verschiedenfarbigen Kappen, was an die Rezeption eines Hotels erinnerte. Frau Rührlich kam das Geschäft vor wie eine Abstellkammer, die von zwei sehr unterschiedlichen Menschen geteilt wurde.

Sie wandte sich wieder den Käfigen zu. Im zweiten Stock spazierte eine weiß-schwarz gefleckte Maus mit aufgeblähten Hoden über den Rand eines Napfes und legte sich dann in das Körnerfutter hinein, kratzte sich aber vorher ausgiebig an besagten Hoden. Im untersten Stock knabberte ein Meerschweinchen an einer Gurke. Das Fell sah aus, als hätte man das Tier mit dem dicklichen Wurstkörper unter Strom gesetzt. Im obersten Stock schlief in einer ausgehöhlten Kokosnuss am Eingang etwas, dessen Fell ein- und ausatmete.

»Ist das da oben auch Ungeziefer?«, fragte Frau Rührlich und zeigte auf dieses sich hebende und senkende Grau.

»Was für Ungeziefer?«

»Mäuse. Mäuse sind Ungeziefer. Schädlinge.«

Karla Weißhaupt beugte sich vor und las das von Hand beschriftete Schildchen. »Das ist ein Dsungarischer Zwerghamster.«

»Sowas«, sagte Frau Rührlich.

»Ja, sowas«, sagte Karla. »Vielleicht weiß der Wolf selbst, wo wir in der Nähe einen Hund finden. Ich kann Sie auch fahren. Sind Sie sicher, dass Sie nicht lieber so eine kleine Fellkugel wollen?« Sie deutete auf den Dsungarischen Zwerghamster im Tiefschlaf, dessen Körper sich beim Einatmen aus dem Eingang seiner Kokosnusshöhle hervorquoll, so dass man am liebsten hingehen und ihn mit dem Finger zurückstupsen wollte.

»Ganz sicher«, sagte Frau Rührlich. »So ein kleines Viech, das mag man, aber man liebt es nicht. Das versteht dich ja überhaupt nicht. Und es macht zu wenig Arbeit. Die Arbeit, die du damit hast, lenkt dich nicht ab.«

»Hatten Sie selbst mal einen Hund?«

»Meine Mutter. Ein kleiner Mischling war das. Ging bis zu den Knien. Er sollte nur eins machen: Die Hühner beschützen. Einmal hat er aber eines gerissen. Er hatte nur den Hals durchgebissen und sonst nichts damit veranstaltet. Da steckte meine Mutter seine Schnauze in den stinkenden Kadaver und sagte: Noch einmal, dann bist du weg.«

»Und?«

»Er blieb ein Frecher, und laut war er, der Golo. Aber danach war er der beste Hühnerschutzhund, den man sich vorstellen kann. Weil er verstanden hat. Mit Hunden kannst du verhandeln.«

Karla nickte. Ihre stets leicht schattigen Augen blieben nur ganz kurz auf Frau Rührlich, dann wanderten sie zum obersten Käfig. Dort erwachte gerade der Bewohner der Kokosnuss.

Karla räusperte sich und ging zur Kasse. »Entschuldigen Sie ...«

»Wie wollen Sie ihn nennen?«, hatte Karla bei der Züchterin gefragt.

»Wilhelm.«

»Guter Name. Dackel haben immer so etwas Kaiserliches an sich.«

Jetzt stand der kleine Kaiser in Frau Rührlichs Küche und wedelte mit dem Schwanz. Sie sah zu ihm hinunter und er sah zu ihr hoch. Wilhelm war zehn Wochen alt, klein und schmal, sein Rücken war eine gerade Linie mit adlig schwarz glänzendem Fell. Die Haut seiner hängenden Ohren war dünn, und sie schlenkerten bei jeder seiner aufgeregten Bewegungen hin und her. Sein Bauch hatte die Farbe eines hellen Fuchsschwanzes. Das erinnerte Frau Rührlich an die Fuchsstola, die ihre Schwiegermutter besessen und nicht ihr, sondern der Frau ihres anderen Sohnes vererbt hatte. Die Schwiegermutter war hager und ausgetrocknet gewesen, wie ein schon längst heruntergefallenes Ahornblatt, das man kurz vor Wintereinbruch noch immer nicht vom Gehsteig gefegt hatte. Doch die Fuchsstola um den Hals hatte ihrer Erscheinung das bitter benötigte Volumen zurückgegeben.

Wilhelm sprang hoch und tapste von rechts nach links und von links nach rechts, und wedelte derart mit dem Schwanz, dass man Angst bekam, der könnte gleich abfallen. Und er sah Frau Rührlich an wie einen ihm wohlgesinnten Gott, der alles Gute ermöglichen konnte, unter anderem das Futter, dessen Geruch ihm in die kleine Nase stieg. Frau Rührlich hatte eine Dose cremigen Welpenfutters geöffnet und leerte den Inhalt in einen Teller von »Essen auf Rädern«. Sollten die das mit ihren Hochleistungsmaschinen wieder sauber kriegen, es kam nicht in Frage, dass Frau Rührlich einen von ihren eigenen Tellern verwendete. Sie sah sich zufrieden den Hügel aus Fleischbrei an und die leere Dose, in der nur noch Glibber aus gelbem Fett hing. Auch diesen kratzte sie für Wilhelm heraus. Fett war gut. Für alles das wuchs zumindest. Frau Rührlich stellte den Teller mit dem Futter vor ihn hin und Wilhelm begann zu fressen. Fleischbrei spritzte auf das alte, wellig gewordene Linoleum in der Küche. Der Teller wurde auf dem Boden hin und her geschoben. Frau Rührlich beugte sich runter und strich über Wilhelms Kopf, der genau in ihre Handfläche passte.

»Heute Nachmittag kommt dein Frauchen«, sagte sie. »Dann holt sie dich ab. Dann wirst du bei ihr wohnen und jeden Tag werdet ihr spazieren gehen. Ihr werdet dann spazieren gehen müssen. Da wird dein Frauchen nicht drum herumkommen.«

Wilhelm fraß gierig weiter und wedelte mit dem Schwanz. Seine Vertrauensseligkeit war entwaffnend.

Der Sekt im blauen Kristallglas wurde warm und schal, während Frau Rührlich den Telefonhörer immer wieder von ihrem Ohr weghalten musste, so erbarmungswürdig wurde am anderen Ende der Leitung geschluchzt und geschrien.

»Annette«, sagte Frau Rührlich, dann etwas lauter: »Annette!«

»Die Kiste! Die Kiste!« Das waren die ersten verständlichen Worte seit Beginn des Telefonats.

»Welche Kiste, Annette?«

»Theo! Die Sachen von …«, sagte Annette mit großer Mühe, bevor sie wieder schluchzend abbrach. Sie, die mittlerweile über siebzigjährige Frau, schluchzte so rückhaltlos wie damals als Siebenjährige, als ein Nachbarmädchen sie auf offener Straße ins Gesicht geschlagen hatte wie ein Preisboxer. Und wie damals stieg von Elsas Herz beim Hören dieses Schluchzens eine Übelkeit ihren Hals hoch, bloß, dass sich dieser Schmerz nun dumpfer anfühlte.

»Und dein Kommunionskreuz!«, schrie Annette jetzt.

»Bitte, Annette. Mein Arzt hat mir Atemübungen beigebracht. Atme vier Mal ein und acht Mal aus. Oh nein, ich glaube, es war anders, du musst einatmen und bis vier zählen. Oder war es doch bis acht? Aber Annette, bitte atme!«

Am anderen Ende wurde abrupt der Hörer aufgelegt. Frau Rührlich hatte sich wieder an ihren Tisch gesetzt. Sie hielt den Telefonhörer noch immer in der Hand. Nach zwei oder drei Minuten klingelte es erneut, und sie drückte augenblicklich auf den Knopf. Als sie sich den Hörer an das Ohr hielt, hatte sie die ersten paar Wörter verpasst.

»… nur für eine Nacht weg die Karolin besuchen. Sie haben das ganze Haus ausgeraubt. In jedem Stockwerk, in jedem Zimmer ist Chaos. Sie haben die Kiste mit Theos Erinnerungsstücken mitgenommen. Aber sie haben ja nicht die Kiste selbst mitgenommen, sondern alles, was drin war, bis auf die Frontbriefe an dich. Niemand will mehr Frontbriefe lesen. Sie haben alles von Theo genommen, einfach alles. Den Ehering. Und sie haben auch dein Kommunionskreuz genommen. Das war auch in der Kiste. Dein Kommunionskreuz! Ich kann hier nicht mehr bleiben. Ich kann hier nicht mehr schlafen. Ich weiß nicht, was ich machen soll. Ich weiß nicht, wie ich über die Tage kommen soll. Ich werde nie wieder Schmuck tragen.«

Annette holte tief Luft und fing an zu wimmern.

Und so unspektakulär endete das Telefonat. Oder franste eher aus. Annette würde übermorgen kommen. Sie würde sich in ihrer Lieblingsferienwohnung einquartieren. Dort würde sie sich erholen und vor allem versuchen zu schlafen. Denn das Haus »macht Geräusche«, wie Annette sagte. Es hatte schon immer Geräusche gemacht. Es war alt, Theo war darin geboren worden, und übergebührlich groß war es mit seinen vierhundert Quadratmetern. Aber nachdem die Polizisten gegangen waren und die »zwei Damen von der Spurensicherung«, war es »so laut wie nie zuvor.«

Frau Rührlich saß da, erschlagen von dem Telefonat. Selbst die dünn gebutterte Brotscheibe auf ihrem Teller wirkte nun grimmig, wie sie angebissen dalag. Auf dem Dotter des geköpften Eis hatte sich ein netzfeiner Film gebildet. Der Kaffee war kalt und der Sekt warm.

Etwas Tröstendes hatte Frau Rührlich zu ihrer Tochter sagen wollen. Aber sie hatte nicht die Gelegenheit dazu gehabt, und ihr war auch nichts eingefallen. Sie kam sich vor wie ein altertümlicher Arzt, der gegen Lungenentzündung Aderlass verordnet. Frau Rührlich hatte es lediglich zu Stande gebracht zu sagen, dass ihr das Kommunionskreuz kaum noch etwas bedeutete – eine Lüge. Sie hatte gesagt, dass die Polizei Theos Ehering sicherlich finden würde – das glaubte sie selbst nicht.

Und zu guter Letzt hatte sie gesagt, dass es hätte schlimmer kommen können – das war nie ein Argument. Alles Gesagte war falsch gewesen und fahl.

Aufgebracht blickte sich Frau Rührlich in ihrer Küche um. All die Dinge darin erforderten ständige Beachtung, all diese dämlichen Kleinigkeiten des Lebens. Dass das Kristallglas nicht matt verkalkte. Bei den Witzen des Arztes höflich mitlachen. Sich beim Eierkaufen auf dem Wochenmarkt anhören, welche Probleme die Hühnerfrau wieder mit der Sprinkleranlage hatte. Den Himmel bemerken. Vor allem die Wolkenformationen. Für all das hatte Elsa Rührlich seit fünf Jahren eine neue Aufmerksamkeit. Ein unscheinbarer Kringel in ihrem Kalender zeugte davon.

Als die Leute gefragt hatten, wie es gewesen sei in der Notaufnahme, ob man sie gut behandelt hätte und Ähnliches, hatte Frau Rührlich ihre Antworten mit der Zeit zunehmend angepasst und gekürzt.

Zunächst hatte sie gesagt, dass man ihr einfach hätte Riechsalz geben sollen, da im Buchladen am Stadtplatz. Riechsalz weckt noch die totesten Toten. Doch niemand habe mehr Riechsalz parat. Stattdessen hatten sie die Sanitäter gerufen, diese »netten Buben« – drei Männer, von denen der jüngste in seinen späten Zwanzigern war. An den Kollaps selbst konnte sie sich nicht erinnern, als wäre ein Stückchen aus ihrem Leben herausgeschnitten worden.

Wenn die Leute daraufhin Frau Rührlichs »Unverwüstlichkeit« lobten oder besorgt den Kopf schüttelten oder gar herzlich lachten, als würden sie einem Kind zuhören, das von einer albernen Kränkung im Kindergarten berichtete, wusste sie, dass die Leute sie nicht verstanden und auch nicht verstehen würden.

Danach erzählte Frau Rührlich lieber von den körperlichen Dingen. Das beruhigte die Leute, sie stellten dann auch aushaltbare Fragen. Frau Rührlich sprach dann von dem Tropf, an den man sie gehängt hatte und der nach einigen Stunden durch einen neuen ersetzt worden war. Adern waren etwas, das man eigentlich nicht spürte, aber in der Notaufnahme hatte sie die Ader in ihrem linken Arm gefühlt. Ein Schmerz, als hätte man ihr eine Häkelnadel hineingeschoben.

Aber darum ging es nicht. Es ging auch nicht um die Lautstärke in der Notaufnahme, die sich zusammensetzte aus endlos piepsenden Geräten, den Gesprächen der Pfleger und Ärzte, dem allgemeinen Rauschen. Es ging auch nicht um die anderen Patienten. Etwa um die erst einundfünfzigjährige Frau im Nachbarbett, bei der Frau Rührlich durch die Stoffparavents mitangehört hatte, wie sie von einem »wandernden blinden Fleck« in ihrem Sichtfeld erzählt hatte. Sie wurde am schnellsten von allen behandelt. Es ging auch nicht um den jungen Drogensüchtigen, der dabei war, an einer Sepsis zu sterben. Oder um den älteren Mann, der laut verkündete, dass er Blut pinkle.

Das, worum es ging, weshalb Frau Rührlich zu dem zugezogenen Arzt gegangen war und mit einem neuen Gesundheitsregime begonnen hatte, das war nicht wiederzugeben. Es ging um ein Gespräch zwischen drei Pflegern.

Seit ein paar Stunden hatte Frau Rührlich mittlerweile dagelegen, frierend im Hochsommer, mit einem schmerzenden Venenzugang. Sie hatte nach oben geblickt, der Beutel mit der klaren Flüssigkeit war schon recht eingedellt gewesen. All diese

Mühen schienen ihr fehl am Platz. Eine Verschwendung. Sie war entnervt gewesen.
Die Pfleger kamen und gingen, aber gerade schien etwas Ruhe einzukehren. Eine sehr junge, sehr zierliche Pflegerin mit langem blondem Zopf trank gierig aus einer Wasserflasche, die bei jedem Schluck knackte. Als zwei ihrer Kollegen dazukamen, setzte sie die Flasche ab, wischte sich ein paar Tropfen von der Oberlippe und richtete den Gummi, der ihren Zopf zusammenhielt. Der eine Pfleger war gedrungen und hatte militärisch kurzes Haar. Der andere war hochgewachsen, schlank und hatte einen dunkelblonden Pferdeschwanz tief im Nacken sitzen. Frau Rührlich war er bereits aufgefallen, weil er so groß war und immerzu lächelte. Ob beim Heraustragen einer Schale mit Erbrochenem, beim Legen eines Venenzugangs, beim Austausch mit dem diensthabenden Arzt. Immer zeigte er sein weißes regelmäßiges Gebiss.

»Wie gehts mit dem Senf?«, fragte der Hochgewachsene.

»Ess ich jetzt weniger«, sagte die Pflegerin. »Nicht mehr ein Glas jeden Feierabend. Wegen der Fettleber, gell?«

»Genau. Da ist Branntweinessig drin«, sagte er und lächelte.

»Sonst bekomm ich nach ein paar Jahrzehnten eine Fettleber, gell?«

»Genau. Und das wollen wir doch nicht.«

»Es ist eigentlich ganz logisch, wirklich. Du hast es auch so gut erklärt.«

Nun schaltete sich der andere Pfleger ein, der Gedrungene. »Als ich es dir erklärt hab, hast du nur gesagt, das wär Blödsinn.«

Frau Rührlich hatte das gesehen und mitangehört. Ihr Arm schmerzte sehr, ihr Kopf schien nur wackelig auf dem Hals angebracht und fühlte sich auf eine ungute Art leicht an. Und trotz all dem hatte Elsa Rührlich lächeln müssen. Denn genau das, dieser schäkernde Blödsinn, war ein Grund weiterzuleben. Wenigstens noch ein bisschen. Es hörte nämlich niemals auf. Das Kleinliche, Leichtsinnige, Gemeine, Verliebte, Drängende, Eitle an den Menschen. Und das war gar nicht so schlecht. Es lohnte sich, noch eine Weile dabeizubleiben und mitzumachen.

Wie hätte Frau Rührlich das jemandem erklären können? Dass dieses Dreiergespräch ihr Genesungsgeschenk war? Die Leute hätten nur herzhaft, oder schlimmer noch schalkhaft, gelacht.

Frau Rührlich stand auf und legte den Telefonhörer auf die Station zurück. Es war genau das, was Annette jetzt brauchte, etwas, das sie wieder zurückholte. Etwas, um das man sich kümmern musste, das einem Ärger bereitete und alles durcheinander brachte, das man liebgewann, das einen enttäuschte. Da gab es eigentlich nur eine Möglichkeit.

Nach dem Fressen wollte Wilhelm nach draußen. Frau Rührlich stieg mit ihm die ganzen Treppen aus dem dritten Stock hinab. Im Sonnenschein ging sie mit ihm eine halbe Stunde spazieren, an der kleinen evangelischen Kirche und am Haus des Stadturologen vorbei, am Friedhof entlang. Wilhelms Körper war wie ein gespannter Pfeil nach vorne gerichtet. Außer in den wenigen Augenblicken, in denen er pinkelte, war die Leine gestrafft. Schließlich gingen sie die vielen Stufen wieder hoch, und kaum waren sie oben, pinkelte Wilhelm auf den Wohnzimmerteppich. »Alles an ihm ist noch klein, auch seine

Blase«, hatte die Züchterin gesagt. »Sie müssen oft mit ihm rausgehen.«

Das Fassungsvermögen von Wilhelms Blase war tatsächlich sehr gering, denn kurze Zeit später, als Annette ahnungslos und verweint in der Wohnung auftauchte und Frau Rührlich ihr »das Geschenk« vorstellte, bepinkelte Wilhelm sich schon wieder. Dieses Mal allerdings vor Freude. Er war noch so jung und so dumm. Er wusste gar nichts. Und trotzdem, dachte Frau Rührlich, während sie auf dem Sofarand saß und beobachtete, wie Annette unter Tränen ihr Geschenk liebkoste, und trotzdem schien er zu verstehen, dass diese Frau, diese ältere, aber immer noch jüngere Frau als Frau Rührlich, sein neuer Fixpunkt war. Und er schien zu wissen, wie und was er von nun an sein würde. Er war nämlich plötzlich ein Grund aufzustehen und sich die Haare zu kämmen, weil man nach draußen in die Welt gehen musste. Wilhelm würde viel Arbeit machen, genauso aber dazulernen. Auch wenn Annette aus irgendeinem Grund sofort damit begonnen hatte, ihn Willie zu nennen. Dann eben Willie. Wie dem auch sei. Annette hielt ihn auf dem Arm und er leckte ungelenk ihr Gesicht ab. Frau Rührlich saß auf dem Sofa und lächelte. Mit Hunden konnte man eben verhandeln.

Long Island Iced Tea

Auf dem Rand von Bennies Schreibtisch klebte nach einem halben Jahr immer noch die Rainackerer Sonderpostkarte zum Millennium. Links stand auf ihr, in Dunkelheit gehüllt, der lichtgeschmückte Weihnachtsbaum auf dem Stadtplatz. Rechts war, auf einem Hintergrund aus rosa und gelben Farbverläufen, feierlich die Zahl 2000 aufgedruckt. Nach oben hin kamen weitere, immer kleiner werdende Zahlen dazu – 2001, 2002, 2003 und schon ganz verschüchtert die 2004. Wie ein unaufhaltsamer Zug strebte die Zeit auf der Postkarte von dannen. Der gottverfluchten Zukunft entgegen, mit der man vieles anstellen konnte, außer sich auf sie vorzubereiten.

Lisa trank ein Schlückchen von ihrer Sangria, die in ein großes Wasserglas eingeschenkt worden war. Sie kaute an einer aufgeweichten Erdbeere herum und betrachtete, auf ihrem Sitzkissen wippend, die Postkarte.

Die Tür ging auf und nach einer langen Zeit betrat Karla Weißhaupt das Zimmer. »Servus?«, sagte sie, als würde sie es fragen.

Sie begrüßten sich, Lisa war sich nicht einmal bei dem Nachnamen sicher. Einmal spät in der Nacht auf der Abiturfeier hatte sie sie »Klara« gerufen.

»Lang ists her«, sage Karla und setzte sich gegenüber auf einen grünen Sitzsack, der dabei leise raschelnde Geräusche machte.

»Fast ein Jahr«, sagte Lisa. »Wo ist Bennie?«

»Ich hab Salsa und Chips mitgebracht«, sagte Karla. »Kennst ihn ja, der sucht jetzt nach dem richtigen Teller und überlegt, wie er es anordnen soll, kannst ja nicht einfach alles auf einen Haufen schütten.« Sie versuchte eine halbwegs würdevolle Sitzposition zu finden.

Lisa schmunzelte. »Willst Sangria?«

»Eh klar.«

Lisa ging in die Küche und kam zurück mit einem bis obenhin gefüllten Glas, in dem Dosenfrüchte schwammen wie in einer dicken Suppe.

»Danke« und »Prost« sagte Karla, als sie das Glas nahm und sie anstießen. Danach schwiegen sie wieder. Wenn Karla ihr Bein umstellte, rasselte der Sitzsack unter ihr, und wenn Lisa trank, klimperten die Eiswürfel an die Glaswände, manchmal wurden sie vom Obst abgefedert.

»Was studierst du noch mal?«, fragte Lisa und sah sich in Bennies Zimmer um. Die Poster an den Wänden (einschließlich eines grantigen James Hetfield von Metallica, der dreinblickte, als würde er einem gleich einen Bescheid mit einer saftigen Steuernachzahlung in die Hand drücken), die Jugendmöbel, die Lavalampe, in der die Blasen violett-blau aufstiegen und träge wieder hinuntersanken. Außer Kleinigkeiten wie der Millenniumskarte hatte sich seit Teenagertagen nichts verändert. Warum auch, wenn man gleich nebenan in Passau studierte?

»Betriebswirtschafslehre«, sagte Karla und strich ihr Haar hinter die Ohren zurück. Mit ihren schlenkernd dünnen Gliedmaßen saß sie nun endgültig eingesunken in dem Sitzsack wie im Kelch einer riesigen fleischfressenden Pflanze, die sie gleich verschlingen würde. »Und du?«, fragte sie.

»Englisch und Deutsch auf Lehramt«, sagte Lisa. »Glaubst, Bennie kommt noch irgendwann?«

Im nächsten Augenblick kam Bennie herein mit einem Teller von der Größe eines Festtagstabletts, auf dem die Tortillachips überlappend in einer Spirale angeordnet waren um ein auseinanderfließendes Häufchen Salsa in der Mitte. Als Bennie den Teller auf dem Boden abstellte, sahen sich Karla und Lisa an und lachten. Karla hielt sich sogar mit der Hand den Mund zu und schüttelte mit gesenkten Augen den Kopf.

»Wo bleibt denn Alex?«, fragte Karla. Sie lehnte sich aus dem linken offenen Fenster von Bennies Zimmer. Ihr leeres Glas Sangria mit den blass rot eingefärbten Dosenfrüchten hielt sie über der Straße. »Kommt der überhaupt noch?«

Bennie quetschte sich mit Lisa in den Rahmen des linken Fensters. »Der hat vorhin angerufen«, sagte er. »Kommt nicht mehr. Hat sich was eingefangen.«

»Und das im Sommer«, sagte Karla und blickte nach unten. Über die leere Straße unter ihnen tapste eine Ratte. Lisa nahm aus ihrem Glas eine Dosenweintraube und warf sie nach unten.

»Was soll das denn?«, sagte Karla. »Die wird doch besoffen davon. Die Arme.«

»Nein, die vertragen alles«, sagte Bennie. »Schau her.«

Und sie sahen gemeinsam dabei zu, wie die Ratte vorsichtig an der Traube schnüffelte. Zuerst nahm sie einen kleinen Bissen und trug dann nach offensichtlichem Gefallen die ganze Frucht in ihrem Maul weg.

»Nachts ist hier gar nix los«, sagte Lisa und schob sich aus dem Fenster in das Zimmer zurück.

»Das weißt doch jetzt gar nicht. Bis zum Stadtplatz sinds ja noch ein paar Meter«, sagte Bennie und setzte sich auf den Teppich zum Teller mit den salsaverschmierten Krümeln. »Vielleicht sitzt ja noch jemand im Café Carré.«

»Das hat doch schon lang zu«, sagte Lisa und trank den Rest ihres zweiten Glases aus. »Und selbst wenn es auf wär, würde da jetzt niemand mehr sitzen.«

»Das glaub ich auch«, sagte Karla.

»Ich wette sogar«, sagte Lisa. »Man könnte jetzt nackt über den Stadtplatz gehen und keiner würd es merken. Nachher ist es, als wärs nie passiert.«

Bennies Blick war schon umnebelt und die Wangen seines stets stoppeligen Gesichtes waren gerötet.

»Was willst jetzt damit sagen?«, fragte Karla. Sie blieb am Fenster stehen und die im Vergleich zum aufgeheizten Zimmer kühle Sommerluft wehte zu ihnen herein, bis zu Lisa.

»Ja, was willst damit sagen?«, sagte Bennie und leckte einen Streifen Salsa vom Teller ab.

»Ich wette, einer von uns könnt sich ausziehen.«

»Nackig?«, unterbrach Bennie.

»Ganz und gar«, sagte Lisa. »Und eine Runde auf dem Stadtplatz drehen.«

»Um das ganze Oval herum?«, sagte Karla. Mit ihrer freien Hand machte sie eine Bewegung, die an alles Mögliche erinnerte, außer ein Oval.

»Genau«, sagte Lisa. »Und niemandem, keiner Sau, würd es auffallen.«

»Aber was ist«, sagte Bennie und musste aufstoßen, »wenn dich jemand aus dem Fenster sieht? Die rufen den Haering von der Polizei und das wars dann.«

»Aber da wohnt ja keiner. Nur in dem einen Haus der Typ von der Bücherei. Aber der schläft doch jetzt. Selbst wenn er nicht schläft, schaut er ganz sicher nicht aus dem Fenster. Was will er denn da sehen?«

»Und was ist, wenn dich doch jemand sieht oder ein Auto vorbeifährt?«, sagte Karla.

»Dann ist die Wette verloren«, sagte Lisa.

»Was für eine Wette überhaupt?«, sagte Bennie. »Das ist doch ein Schmarrn.« Er sammelte ein paar Chipskrümel auf. »Du hast ja nicht mal einen Einsatz.«

»Fünfzig Mark von jedem«, sagte Lisa.

»Ich hab gar keine fünfzig da«, sagte Bennie.

»Dann halt zwanzig.«

»Zwanzig«, sagte Karla.

Sie sahen sich alle drei an. Bennie hörte auf, seine Chipskrümel zu kauen. Karla legte das Glas in ihren Händen schief, so dass die Früchte feucht auf die Seite klatschten.

Von der Wohnung von Bennies Eltern bis zum Stadtplatz hatten sie wenige Minuten gebraucht. Sie hatten entschieden mit einem Auto zu fahren. In so einem Fluchtauto konnte man sich schließlich auch umziehen. Lisa saß auf dem Rücksitz und sah nach vorn. Karla war am wenigsten betrunken von allen, also saß sie am Steuer. Obwohl nur ein einziges anderes Auto auf dem Parkplatz vor dem Sport Eder stand, mühte sie sich ab, ordentlich einzuparken, als würde ihr Fahrlehrer neben ihr sitzen. Neben ihr saß aber Bennie. Er legte den Wohnungsschlüssel auf das Armaturenbrett und sah sich nach rechts und links um, als würden sie gleich irgendwo einbrechen. Auf seinem Hawaiihemd, auf dem hübsche Bikiniblondinen surften, entdeckte Lisa einen Sangriafleck am Ärmel.

»Alles klar«, sagte Karla und schaltete den Motor aus. Sie drehte sich zu Lisa um. »Du musst das jetzt nicht machen. Wir habens kapiert. Du bist ein Desperado.«

Bennie drehte sich zu Lisa um und nickte.

»Ihr seid herzig«, sagte Lisa. Sie hatte bereits damit angefangen, ihre Hose aufzuknöpfen. »Aber ich will beweisen, wo wir hier wohnen. Am Pickel am Arsch der Welt. Wenn auch mit netter Landschaft. Und ich will meine vierzig Mark.«

Sie musste sich nach hinten in den Sitz drücken und das Becken hochheben, um den Reißverschluss ihrer Dreiviertelhose zu öffnen. Die Hose war militärgrün, aus schwerem Jeansstoff und hatte beim Kauf vor einem Jahr noch nicht so eng gesessen. Es war ein Glück, dass Lisa an diesem Tag ihr neues geblümtes Höschen trug. Mit diesem Höschen musste sie sich nicht schämen. Es war auch ein Glück, keine Monatsblutung zu haben. Alle diese Sachen spielten ihr zu in dieser Nacht.

Als Lisa ihre breitriemigen Sandalen abstreifen musste, um die Hose auszuziehen, hielt sie inne und sagte: »Darf ich nackt, aber in Schuhen gehen? Das Pflaster ist arg gewölbt. Sind Schuhe satisfaktionsfähig?« Sie schmunzelte, denn sie hatte ein Wort verwendet, das in ihrem Alltag sonst nie vorkam.

Karla zog ihre dunklen und dünn gezupften Augenbrauen zusammen. Halb eingedreht blickte sie aus der

Windschutzscheibe nach vorne zu den vielen Stühlen, die an die Tische vor dem Café Carré angekettet waren, zu den zusammengeschnürten Sonnenschirmen, deren Stoffenden sich kein bisschen aufbauschten, so windstill war es.

Bennie meldete sich mit ungewohnter Entschlossenheit: »Schuhe gelten nicht als Kleidung. Deswegen sinds ja Schuhe. Die Wette gilt. Trittst auf einen rostigen Nagel, brauchst wieder eine Tetanusimpfung wie letztes Jahr, da helfen dir die vierzig Mark auch nicht.«

Und so stellte Lisa ihre Sandalen neben sich auf dem Autoboden ab und begann damit, ihr T-Shirt auszuziehen, auf dem das Empire State Building in die Höhe ragte, obwohl sie noch nie in den Vereinigten Staaten, geschweige denn New York City gewesen war. Darunter hatte Lisa einen roten BH an, der offensichtlich nicht zum Höschen passte. Aber wann passten die zwei schon je zusammen?

Bennie hatte sich wieder nach vorn gedreht und sah hinaus, nicht einmal der Name vom Café Carré war beleuchtet. Karla saß immer noch etwas schräg da und vermied es, Lisa anzusehen, mittlerweile wirkte sie völlig nüchtern. Lisa schob ihren Oberkörper vor und verrenkte ihren Arm nach hinten, sie fand die Haken des BH-Verschlusses nicht sofort, aber sie fand sie. Nun, beinahe nackt, zog sie noch ihr Höschen herunter und legte es auf den Sitz neben sich. Die letzte Amtshandlung bestand darin, die Sandalen wieder anzuziehen. Im Auto war es vollkommen still.

»Auf gehts«, sagte Lisa, öffnete die Tür und stieg aus.

Mitten in der Nacht – es war etwa zwei Uhr von einem Montag auf einen Dienstag – war es nicht wirklich kühl, sondern lauwarm. Nackt fühlte sich das phänomenal an. Es war das Gegenteil der Sommerhitze während des Tages, die einem die Klamotten am Körper kleben ließ. Diese Luft konnte sie nicht einmal richtig fühlen, sie erinnerte Lisa an das, was ihre Cousine ihr einmal gesagt hatte. Als sie Mutter geworden war, durfte Lisa die Kleine einige Male mit dem Fläschchen füttern. Die Cousine sagte, dass die Milch dann die richtige Temperatur hat, wenn man sie auf der Haut nicht spürt. Lisa beugte sich noch einmal nach unten, ihr Bauch legte sich dadurch in Röllchen. Sie winkte Karla und Bennie zu. Zaghaft winkten sie zurück. Bennies Lippen bewegten sich und er sagte etwas zu Karla.

Lisa richtete sich wieder auf. Sie blickte über das Dach des Autos hinweg. In keinem einzigen Fenster der Häuser um sie herum brannte Licht, keine einzige Seele war draußen unterwegs. Lediglich mit Tieren konnte man rechnen. Angeblich wurden die Waschbären immer dreister. Lisa fühlte sich wie ein Entdecker auf einer Expedition durch menschenleere Gefilde. Es war ein Gefühl, das sich mit nichts vergleichen ließ.

Die Idee mit den Sandalen war grandios gewesen. Schon nach den ersten Schritten spürte Lisa die Unebenheiten des Pflasters. Es war ihr so noch nie aufgefallen. Nackt achtete man eben auf andere Dinge. Sie passierte die Fensterluke im Café Carré, durch die man im Sommer sein Eis bekam. Die Tische und Stühle und Sonnenschirme ließ sie hinter sich. Ein Zebrastreifen führte über die Straße zum Schreibwarenladen Lokust. Lisa musste lachen, als sie immer noch nach rechts und links sah, bevor sie die leere Straße überquerte. In dieser wolkenlosen Nacht leuchteten die Zebrastreifen im gleichen kalten Blauweiß wie der Halbmond und die Sterne.

Ohne Halt zu machen ging Lisa weiter. Ihre Brüste wippten ein bisschen bei den Bewegungen. Die Bünde der Unterwäsche und vor allem des engen Hosenverschlusses waren noch auf der Haut sichtbar. Lisa neigte seit ein oder zwei Jahren zu etwas Bauchbildung. Aber obwohl er nicht so flach war wie bei Karla und einigen anderen, fand Lisa die Haut an ihrem Bauch makellos und blass und prall. Es kam ihr so vor, als ob ihr genau jetzt bewusst wurde, dass sie jung war und sie es auch zu schätzen wusste, und es war unmöglich, sich vorzustellen, dass sie irgendwann einmal nicht mehr jung sein würde.

Erneut musste Lisa einen Zebrastreifen überqueren. Das hieß, sie war bei dem Haus mit dem Versicherungsbüro angelangt. Am Tag war es altrosa, jetzt grau. Gleichzeitig hieß das auch, dass sie das eine Ende des Ovals des Stadtplatzes bereits hinter sich hatte. Sie war niemandem begegnet. Sie hatte nicht einmal in der Ferne ein Auto gehört.

Die Feuchtigkeit zwischen Lisas Beinen wurde sachte betont durch die Luftzüge, die beim Gehen entstanden. Ihre Schritte hallten. Etwa auf Höhe des Eis-Italieners konnte Lisa das Auto wieder sehen. Sie winkte. Die Lampe im Inneren ging an und Lisa erkannte Karla und Bennie. Sie saßen unbewegt da, wie zwei Dummys, die gleich den Abhang hinuntergeschickt würden. Dann griff Karla nach oben und schaltete das Licht wieder aus. Unbekümmert ging Lisa weiter. Sie ließ den Herrenfriseur hinter sich, dessen Vater schon Herrenfriseur gewesen war und davor dessen Vater und so weiter. Hinter Lisa lag nun in etwa die Hälfte des Weges. Dass es fast vorbei war, machte sie wehmütig. Sie versuchte sich noch einmal alles einzuprägen: die eigene Nacktheit; die irrsinnige Sternenfülle des Himmels, durch den gerade jetzt ein Flugzeug seinen Weg zog, dessen Passagiere keine Ahnung davon hatten, was hier unten geschah; die Stille durchsetzt mit einzelnen Zirplauten; die perfekt temperierte Luft; die schweigenden Häuser; die im Auto Wartenden; zuletzt aber unvergesslich der in der Luft stehende, nur schwach wahrnehmbare Geruch von etwas Sommerlichem, wie frischem Heu.

Und dann war es fast vorbei. Noch ein Zebrastreifen, das Schmuckgeschäft Stiegl, die Bäckerei Moser und so weiter. Das geparkte Auto rückte näher und näher. Lisa hätte darauf zulaufen können. Aber sie wollte nicht laufen. Die letzten Schritte verlangsamte sie sogar, bis sie so weich und schleichend auftrat, dass ihre Sandalen auf dem Pflaster nicht mehr hallten. Zurück am Auto, atmete Lisa auf und begann sofort damit, sich anzuziehen.

Diese Nacht bildete das Ende ihrer Freundschaft mit Bennie und den Anfang ihrer Freundschaft mit Karla. Und noch jetzt – gute zwanzig Jahre später –, als Lisa mit zwei fast berstenden Tüten vom neuen Rewe über den Stadtplatz lief, dachte sie mit einer Wärme an diese Nacht zurück, die sie bis in alle Ecken ausfüllte.

Denn wenn sie ehrlich war, musste sie zugeben, dass es nach dem nackten Gang bergab gegangen war. Das war die große unerreichte Heldentat ihres Lebens gewesen und sie hatte sie in ihrem Herzen verwahrt in einem Kokon aus Liebe, Stolz und Glückseligkeit. Immer wieder hatte Lisa versucht, sich so zu fühlen wie damals. Aber es war ihr nie gelungen.

Nun stellte sie die Tüten mit den Flaschen in ihren Kofferraum, nahm ihr Telefon zur Hand, und schrieb an Karla: »Bin in zwanzig Minuten da.«
Lisa war in fünfzehn Minuten da. Durch die Kurven fuhr sie schon immer schnell wie ein Tourist. Nach dem Einparken vor Karlas neuem altem Haus griff Lisa in ihre geräumige Handtasche. Sie wollte sich vergewissern, dass die Zahnbürsten da waren.

Zum ersten Mal kurz nach ihrem dreißigsten Geburtstag hatte sie damit angefangen, in der Patiententoilette der Zahnarztpraxis von Beck Junior die Einmalzahnbürsten zu stehlen. Aus dem vollen Strauß in dem Becher nahm sie immer nur drei oder vier mit, so dass es nicht auffiel. Die Zahnbürsten waren aus hellblauem durchsichtigem Kunststoff und der Bürstenkopf enthielt pulverisierte Zahnpasta, die durch die Berührung mit Wasser schäumte. Für Lisa waren diese Zahnbürsten Unabhängigkeit und Zahngesundheit in einem. Als die Abende sich bis in den Morgen zu ziehen begannen oder sie in einer fremden Wohnung landete oder vom Partyort zur Arbeit in die Bank fahren musste, konnte Lisa zumindest Zähne putzen.

Lisa kramte bis zum Ellbogen in ihrer Tasche, bis sie am Boden zwei verpackte Einmalzahnbürsten fand. Die Folien war übersät mit weißen Krümeln zerbrochener Pfefferminzpastillen. Lisa steckte die Bürsten in die Tasche zurück. Zeit für einen Freundschaftsbesuch.

»Was ist der Cocktail der Woche?«, fragte Karla in der kleinen Küche, als Lisa die Taschen auf den Tisch stellte.

Sie hatten sich begrüßt und umarmt; Lisa hatte mit zwei bedeutungslosen Füllwörtern (»so« und »aha«) etwas zum unteren

Stockwerk des Hauses angemerkt, das aussah wie jedes andere. Karla hatte nach Lisas letztem Mann gefragt (wie sich herausstellte, war der, an den sie gedacht hatte, der vorletzte gewesen) und da standen sie nun.

»Long Island Iced Tea«, sagte Lisa.

Feierlich holte sie eine Wodka- und eine Ginflasche aus der Tüte. Sie stellte beide auf die zerkratzte Theke, die seit den Achtzigerjahren vor der Jahrtausendwende nicht mehr ausgewechselt worden war.

»Das kommt da beides rein? Gin und Wodka?«

»Nein, da kommt noch mehr rein. Die großen fünf: Gin, Wodka, Rum, Tequila, Triple Sec.«

»Lisa«, sagte Karla und schüttelte den Kopf. »Ich hab gesagt, ich mach mit beim Cocktail der Woche. Aber nicht beim Harakiri.«

Lisa sagte nichts. Sie hielt die Tequilaflasche in der Hand, von deren Schraubverschluss ein silbergrauer Sombrero gerutscht war. Sie befühlte den Hut und steckte ihn dann wieder auf die Flasche, obwohl sie ihn in hoffentlich nur wenigen Minuten wieder abnehmen müsste.

»Aber wir haben uns doch so lange nicht mehr gesehen.«

»Es ist nicht meine Schuld, dass du dein Telefon in ein Dixi-Klo schmeißt.«

»Es ist mir runtergefallen«, sagte Lisa.

»Du hast über einen Monat gebraucht, um dir ein neues zu besorgen.«

»Du hast gesagt«, sagte Lisa und blickte in die Tüte, in der noch zwei Fläschchen Limettensaft und eine Literflasche Cola übrigblieben. »Du hast gesagt«, wiederholte Lisa, »dass du mal wieder den Cocktail der Woche mitmachst. Wie lange ist das schon her? Du und ich und der Cocktail der Woche. Eineinhalb Jahre?«

»Oh Gott«, sagte Karla. Sie schien tatsächlich zu rechnen. Sie rieb sich die Stirn und zog ihre Beine in den Leggings zu einem Schneidersitz hoch. »Was war der letzte Cocktail der Woche?«

»Ich glaub, das war Tremblement de terre. Das Erdbeben«, sagte Lisa und lehnte sich mit dem Rücken an die Küchentheke. »Hälfte Cognac, Hälfte Absinth.«

»Der war brutal«, sagte Karla. »Hat den nicht jemand Bekanntes getrunken?«

»Henri de Toulouse-Lautrec«, sagte Lisa und hob bei jeder betont französisch ausgesprochenen Silbe den Zeigefinger in die Höhe, als würde sie einen Chor dirigieren.

»Der hat was vertragen«, sagte Karla. »Aber Lisa, beim Erdbeben waren geschmacklich ja noch – wie soll ich sagen – Ambitionen dahinter. Hier mischst du einfach alles zusammen. Wie soll denn das schmecken?«

»Aber schau her, Karla, der Triple Sec gibt doch noch was Feines dazu.«

»Ich weiß nicht mal, was Triple Sec ist.«

»Orangenlikör. Die Deppen beim Rewe hatten nur Cointreau.«

»Ach, meinetwegen«, sagte Karla nach einer Pause. »Misch.«

»Bekomme ich jetzt also Ihre vollste Aufmerksamkeit?« sagte Lisa und stellte die Stamperl neben die hohen Gläser. »Die Klasse fängt gleich an.«

»Jawohl, Frau Lehrerin«, sagte Karla und beobachtete, wie die Spirituosen über die Eiswürfel in die Gläser flossen und Risse im Eis verursachten, die man bersten hören konnte.

»Entstanden ist das Ganze wahrscheinlich – weiß man ja nie genau – 1972. Hören Sie zu? Nachher wird abgefragt!«

»Schreiben wir etwa eine Extemporale, Frau Seumer?«

Das Spiel war vor allem deshalb lustig, weil Lisa das Lehramtsstudium nie abgeschlossen hatte und nie Lehrerin geworden war.

»Es ging eigentlich um einen Wettbewerb. Von einer Triple Sec Firma ausgerufen. Einzige Bedingung: Triple Sec muss drin sein«, sagte Lisa und nahm den kleinen Sombrero von der Tequilaflasche ab. Sie goss je ein volles Stamperl Tequila in jedes Glas.

Karla saß hinter ihr und lagerte erneut die Beine um, so dass der Stuhl auf den alten Fliesen knackte. Sie fuhr mit den Fingern die Nähte ihrer Ärmel nach, als sei sie nervös, aber sie saß still da und hörte zu.

Lisa öffnete Flaschen und füllte Stamperl und goss die Stamperl in die Gläser. Dieser vertraute Vorgang erhob und erdete sie zugleich. Dann waren die Cocktails fertig und sie stießen an.

»Schmeckt nicht so furchtbar, wie ich dachte. Eigentlich überhaupt nicht«, sagte Karla. »Verdächtig mild. Nach Cola mit irgendwas anderem drin. Aber ich könnt nicht sagen, was sonst noch reingemischt ist, wenn ich es nicht wüsste.«

Mittlerweile waren sie auf dem Weg ins Wohnzimmer.

»Siehst?«, sagte Lisa. Sie trank, während sie Karla folgte. Als sie sich auf das Sofa setzten und Karla ihr fast noch volles Glas drehte und hochhob, um die Farbe des Cocktails zu würdigen, geschah etwas Seltsames. Lisa hatte sich an diese Seltsamkeit beinahe gewöhnt, aber nur beinahe. Sie richtete immer noch kurzzeitiges Chaos in ihr an. Lisa bemerkte nämlich, dass ihr eigenes Glas bereits leer war. Wann war das passiert? Es war wie ein Zaubertrick, den Lisa regelmäßig vollführte, ohne zu wissen, wie.

Dann tat Lisa das, was sie immer tat, wenn es wieder so weit war mit dem Rätsel des verschwundenen Cocktails: Sie mischte sich einen neuen.

»Oh Gott«, sagte Karla. Sie stöhnte.

Wie ein Hund, wie eine Katze, wie ein Tier stand sie auf allen vieren. Plötzlich knickten ihre Ellbogen ein. Ihr Oberkörper fiel nach unten, aber sie konnte noch ihren Kopf halten. Wie nach etwas suchend schwankte er dicht über dem Boden. Dann legte sie langsam die Stirn ab auf die kalten braunen Flurfliesen, nur wenige Schritte vom Badezimmer entfernt.

Lisa musste sich sammeln. Sie war gerade erst zu sich gekommen. Es war einer ihrer »Ausfälle«. Ihre Hausärztin hatte es als »alkoholinduzierten Blackout« bezeichnet und dabei sehr ernst dreingeschaut. Es hatten sich niedliche Zornesfalten zwischen ihren Augenbrauen gebildet. Dieser Blick brachte Lisa immer noch zum Lachen. Aber nun musste sie sich konzentrieren. Bei den Ausfällen brach alles immer plötzlich und überraschend auf sie ein. Das Leben war dann eine aufregende Fahrt durch ein unbekanntes Land. Wie jetzt zum Beispiel. Lisa war aus Raum und Zeit herausgerissen und hierher katapultiert worden. Karla lag stöhnend zusammengesunken auf dem Boden. Das Licht im Badezimmer war bereits eingeschaltet. Der Fernseher lief irgendwo im Hintergrund. Lisa richtete den Blick langsam auf ihre rechte Hand: Sie hielt ein halbvolles Glas Long Island Iced Tea hoch, ohne Eiswürfel.

Das wievielte Glas war das? Lisa trank davon und musste wieder lachen, als sie an den Blick ihrer Ärztin dachte. Diese betreten aufeinander zueilenden Augenbrauen, dieser gerade Strich von einem Mund. Aber jetzt war keine Zeit für lustige Erinnerungen. Jetzt musste sie sich sammeln und handeln. Karlas Stöhnen übertönte das Publikumslachen aus dem Fernseher. Warum brannte eigentlich das Badezimmerlicht? Waren sie dort schon drin gewesen?

Lisa ging hinein und stellte ihr Glas auf dem schmalen Regal unter dem Spiegel ab. Es passte dort gerade so hin. Die Toilettenbrille war nach oben geklappt, ein Badvorleger in unbestimmbarer Farbe lag verschoben auf dem Boden. Daneben stand, aus der Halterung herausgenommen, die Toilettenpapierrolle. Immer noch oder schon wieder stöhnte Karla. Im Fernsehen lachte das Publikum. Lisa stellte sich über Karla, umschloss sie mit den Beinen, hob sie an den Achselhöhlen hoch und brachte sie zur Toilette. Ungelenk half Karla bei diesem Krankentransport mit.

»Jetzt kannst speiben«, sagte Lisa, nahm Karlas Haar in einem Pferdeschwanz zusammen und hängte ihre Freundin über die Schüssel.

Sofort ging es los. In regelmäßig über sie hereinbrechenden, gewaltsamen Wellen erbrach sich Karla in die Toilettenschüssel. Ein sauer milchiger Geruch stieg auf. Dann furzte Karla. Dazu schwitzte sie, als hätte sie Fieber oder Angst. Lisa klopfte ihr begütigend auf die Schulter. Sie hatte Geduld und Mitleid für das Leid der Trinkamateure, vor allem für das körperliche. Sie selbst kannte es nicht mehr. Sie war darüber hinausgewachsen. Sie kannte nur noch die unerwartet zustechenden Schmerzpunkte hinten im Kopf nach einer Nacht wie dieser. Dafür gab es Ibuprofen 800. Sie kannte nur noch die Augenringe, dafür gab es Abdeckstifte. Sie kannte nur noch das niedergeschlagene Gefühl, sich bis zur Leere verausgabt zu haben, und den Vorsatz, weniger zu trinken, aber dann verging der Tag und am nächsten Abend bei dem ersten Schluck des Cocktails der Woche spielte es keine Rolle mehr.

Karla hatte aufgehört, sich zu erbrechen. Lisa riss etwas Papier von der Rolle und wischte ihr damit den Mund ab. Was die »Ausfälle« anging, dachte Lisa, war dieser einer der besseren. Sie war schon nach seltsameren Geschehnissen wieder zu sich gekommen.

Das nächste Aufwachen war auch ganz in Ordnung: Lisa stand an der Küchentheke und mischte sich einen neuen Long Island Iced Tea. Sie kam in dem Augenblick zu sich, als sie etwas schlampig Rum in ein Stamperl goss. Nachdem sie verstanden hatte, dass sie wieder anwesend war, verfolgte sie ihre eigene Hand dabei, wie diese den Rum in das Glas kippte. Siehe da, dieses Mal erfreute einen auch wieder, wie bei zivilisierten Cocktailtrinkern üblich, die Anwesenheit von Eiswürfeln. Lisa langte als Letztes nach der Colaflasche, die mittlerweile warm war wie stehengebliebener Tee.

Mit dem Glas in der Hand ging Lisa zum Küchenfenster: Es herrschte dunkelste Nacht. Schönsee war kein Ort, der einen willkommen hieß. Im Grunde, dachte Lisa, war er nichts weiter als ein Schlauch mit zu beiden Seiten hingewürfelten Häusern.

Die Uhr am Backofen zeigte irgendetwas mit einer Drei vorn. Lisa fragte sich, ob sie zur Toilette musste, manchmal vergaß sie das in den Ausfällen. Und solange man anwesend war, musste man die Gunst der Stunde nutzen. Sie ging in den Flur. Die Tür zum Badezimmer stand immer noch (oder schon wieder?) offen, das Licht war eingeschaltet. Als würde sie alles wieder von Neuem durchmachen, hörte sie auch dieses Mal die Lachgeräusche aus dem Fernsehen.

Auf der Toilette sitzend, während die Tür offenstand und irgendwo in den Tiefen dieses Hauses Karla sich vom vielen Übergeben erholte, merkte Lisa, als sie ihr Höschen herunterzog, dass es urinnass war. Einmal hatte sie es heute also nicht rechtzeitig geschafft. Während sie pinkelte, nahm sie ihr Glas vom Boden und trank. Lisa dachte, dass sie gerne einen gezähmten Körper hätte. So wie die anderen. Andere schienen weniger zu schwitzen, andere schienen ihren Urin halten zu können – komme, was da wolle –, außer Lisas Schwester nach der dritten Schwangerschaft. Ansonsten hatten alle offenbar eine Eins mit Sternchen im Urinhalten, als hätten sie das in der Kollegstufe im Leistungskurs belegt. Lisa zog sich an und drückte die Spülung. Mochte sein, dass die Körper der anderen gezähmt waren und dass das angenehm im Alltag war, aber sie hatten dafür nicht Lisas Spaß, beileibe nicht.

Wieder im Flur, mit dem Glas in der Hand, folgte Lisa den Fernsehgeräuschen in das Wohnzimmer. Es lief diese Serie über die jungen Physiker, von denen einer in seine Nachbarin verliebt ist.

»Hallo?«, sagte eine Stimme aus dem Sofa.

Lisa kam näher. Karla lag auf der Seite. Ihr Arm war nach vorn gestreckt und auf dem Boden darunter stand ein Eimer.

»Wie gehts?«, fragte Lisa und setzte sich daneben.

»Das Erdbeben von Lautrec war nix dagegen. Wir sind schon so lange befreundet, warum hast du versucht, mich umzubringen?«

Lisa lachte. »Welche Folge ist das?«, fragte sie und deckte Karla mit der Fleecedecke zu, die sie auf der Lehne gefunden hatte.

»Die mit dem Ausflug nach Las Vegas«, sagte Karla. Sie klang schwach. Als würde sie sich von einer schweren Grippe erholen. Durch das Licht des Fernsehers sah sie geradezu grünlich aus. Ihr Arm war vor ihr in die Luft gestreckt und sie öffnete und schloss die Faust. »Schauen wir einfach noch a bisserl. Aber keine Cocktails mehr. Kein Long Island Iced Tea mehr.«

»Nur noch den einen«, sagte Lisa und wendete sich wieder dem Bildschirm zu. Dort aßen sie gerade Shrimps von einem Buffet. Die Shrimps waren blassrosa wie wundes Fleisch.

»Keine Cocktails mehr«, sagte Karla noch einmal.

Und Lisa sagte noch einmal: »Nur noch den einen.«

Lisa hörte einen gellenden Schrei, der in ein Röcheln überging. Danach noch einen und noch einen. Immer wieder wurde dasselbe Wort geschrien. Dann verstand sie: Sie war diejenige, die schrie. Und das Wort, das sie schrie, war »Karla«. Blasses Frühmorgenlicht erleuchtete das Zimmer gerade genug, um sehen zu können. Da stand ein Sessel und dort eine niedrige Kommode und unter Lisa auf dem Boden lag ein zerbrochenes verschüttetes Glas. Lisa sah das Glas unter sich, sie sah die Möbel unter sich, sie schrie, denn sie schwebte.

Sie konnte das nicht verstehen. Knapp unter der Decke schwebte sie in einer Art liegender Position. Ihr kinnkurzes

Haar hing herunter zu beiden Seiten. Es war, als würde sie sich auf der Wasseroberfläche eines Pools befinden. Genau wie im Wasser endete jeder Versuch, auf den Grund hinabzusteigen, mit einem erneuten Auftauchen. Bei einem anderen ihrer »Ausfälle« war Lisa einmal davon aufgewacht, dass sie auf einem fremden Mann saß und seinen Penis in sich hineinschob. Ein anderes Mal wachte sie auf dem Parkplatz vor ihrem ehemaligen Gymnasium auf, in der Hand hielt sie einen angefangenen warmen Hamburger, der nächste McDonalds befand sich aber zwanzig Kilometer weit entfernt. Einmal wachte sie in der Regionalbahn auf der letzten Teilstrecke nach München auf, um vier Uhr morgens an einem Donnerstag. Und einmal wachte sie auf, als sie auf eine Freiluftbühne starrte und nach und nach verstand, dass dort Bruce Springsteen stand und »Glory Days« sang, sie hatte sich umgesehen, sie war mittendrin im feiernden Publikum, sie hielt ein Glas Bier in der Hand, es war nicht einmal verschüttet. Stets versuchte Lisa das Beste aus ihren »Ausfällen« zu machen. Sie begann den Refrain von »Glory Days« mitzusingen, »Glory days, well they'll pass you by. Glory days, in the wink of a young girl's eye«; sie aß den Hamburger zu Ende und starrte dabei ihr altes Schulgebäude an; sie vögelte den fremden Mann, als würde sie ihn kennen; sie stieg in München aus und spazierte eine halbe Stunde durch die morgenfrischen Straßen, bevor sie den nächsten Zug zurück nach Hause nahm und zur Arbeit fuhr. Sie gab sich den Begebenheiten hin und ordnete sie als Abenteuer ein. Aber das hier, was war das?

»Karla! Karla!« Lisa hatte wieder angefangen, Karlas Namen zu schreien.

Lisa vollführte mit ihren Armen Schwimmbewegungen, zuerst war es Brustschwimmen, dann ging es über in Paddelbewegungen wie ein Hündchen, das eifrig die Schnauze über Wasser hält. Die Luft in diesem Zimmer war aber nicht wie Wasser, sich schwimmend fortzubewegen brachte überhaupt nichts.

Lisa schrie weiter. Es war das Einzige, das ihr übrigblieb. Irgendwann schrie sie »Hilfe«. Sie schrie so lange, bis eine Gestalt im Türrahmen auftauchte, erleuchtet von der aufgehenden Sonne.

Karla wirkte nicht mehr betrunken oder krank vor Übelkeit. Ihr Gesicht war so verschlossen und wütend wie eine Faust, die gleich zuschlägt.

»Karla! Karla, hilf mir. Was ist hier los? Ich schwebe!«

Karla sah zu Lisa hoch und sagte: »Nein. Tust du nicht.«

Im Wartezimmer standen ein durchgesessenes dunkelbraunes Ledersofa und ein Couchtisch aus Rattan. Zwischen dem Flechtwerk hatte sich Staub gesammelt. Auf dem Tisch lag ein Bildband mit dem Titel »Traktoren – vom Dieselross zum Riesenschlepper«. Lisa drehte ihren schmerzenden Nacken und sah sich die Pflanzen zu beiden Seiten des Sofas an. Rechts stand eine Palme, links eine Aloepflanze mit gefährlich spitz in die Höhe ragenden Blättern.

Ihre Hände hatte sie auf den Oberschenkeln abgelegt und nahm sie nun hoch. Im unschmeichelhaften Licht der Büroleuchte an der Decke sahen Lisas Hände kränklich gelb und faltig aus. Der Ehering der Oma passte nur knapp auf den kleinen linken Finger. Für alle anderen Finger war er zu klein. Lisa konnte nicht richtig denken, sie wunderte sich, warum sie den Ring heute überhaupt angezogen hatte. Sie drehte die Hände ein wenig, damit das Gold im Licht aufblitzte. In ihre Ohren drang ein beruhigendes Rauschen. Als würde sie sich Muscheln an den Kopf halten. Dann konnte sich Lisa wieder erinnern, warum sie den Ring angezogen hatte: weil sie genau wusste, wo sie heute schlafen würde. Und auch wie, nämlich nüchtern.

Das Eigenartige an Lisas Händen war, dass sie eigentlich aussahen wie immer. Der Ring war lange nicht mehr getragen worden (während Lisas Schwester, die Streberin, den Ehering des Opas zu einem Kreuzanhänger hatte einschmelzen lassen und ihn immer trug, vor allem bei den Geburten sämtlicher Kinder), aber abgesehen davon sahen die Hände so aus wie immer. Das konnte gar nicht oft genug betont werden. Denn innerlich zitterte sie. Nicht körperlich. Sie fühlte sich eher wie ein Seismograf, der die Wellen von etwas aufzeichnete, das weit weg Schaden anrichtete.

»Frau Seumer?« Die Tür zum Nachbarzimmer wurde geöffnet und ein Mann stand in der Schwelle, leider in etwa gleichalt, leider durchaus nicht hässlich.

Lisa seufzte. Dem hier musste sie nun also alles beichten. Die gutaussehenden Therapeuten sollten sie gleich zu Beginn der Ausbildung aussortieren.

»Kommen Sie, Frau Seumer?«, sagte der Mann.

Lisa hatte gedacht, Doktor Flens würde fragen: »Warum trinken Sie?« oder auch: »Warum trinken Sie so viel?« Stattdessen nahm er die düstere Sturmwolke, in der ihr Leben steckte, einfach hin wie einen Schicksalsschlag, mit dem es sich nicht mehr zu hadern lohnte, und fragte nur nach den nackten Begebenheiten.

»Wie viel trinken Sie?«, war zum Beispiel so eine nackte Begebenheit.

»Kommt drauf an«, sagte Lisa.

»Worauf?«, sagte Dr. Flens.

»Was es so gibt und mit wem«, sagte Lisa und hielt ihre linke Faust mit der rechten Hand fest.

»Gut. Reden wir von den Zeiten. Wann, im Durchschnitt, trinken Sie Ihr erstes alkoholisches Getränk am Tag?«

»Nachmittags, wenn jemand auf der Arbeit Geburtstag hat. Dann stoßen wir mit Sekt an und es gibt Torte. Nach meinem trink ich auch das Glas einer Kollegin aus. Oder vielleicht die Gläser von zwei Kollegen.«

»Und wenn niemand Geburtstag hat?«

»Halb sechs. Aber auch nicht jeden Tag. Oft erst ab sieben. Für wen halten Sie mich?«

Dr. Flens antwortete nicht. Er zeigte weder Abscheu noch Zustimmung, er tippte nur immer wieder etwas in seinen Computer ein. Lisa betrachtete seine Hände. Die langen Finger mit den gewölbten glatten Nägeln drückten routiniert die Tasten auf der veralteten Tastatur. Vielleicht war er tatsächlich jemand, der helfen konnte.

»Und was ist Ihr Getränk der Wahl?«

»Cocktails. Irgendwann hab ich mir als eine Tradition angewöhnt, den Cocktail der Woche zu mischen. Ich recherchiere die Geschichte dazu, ich weiß, wer ihn erfunden hat und wann. Verstehen Sie? Es ist eine Kulturleistung dahinter. Ich sauf nicht einfach drauf los. Ich hab eine

Universitätsausbildung. Vielleicht keine abgeschlossene, aber trotzdem.« Lisa umfasste ihre linke Faust noch fester mit ihrer rechten Hand. Die Knöchel der rechten Hand wirkten nun heller und die Sehnen, die von ihnen abgingen, zeichneten sich schattig ab.

»Und was war der letzte Cocktail der Woche?«

»Long Island Iced Tea.«

»Gut.« Dr. Flens nahm seine Hände von der Computertastatur. »Gut.«

Lisa wusste nicht, wohin sie blicken sollte. Auf die sich lichtenden Schläfen von Dr. Flens und das Gesicht darunter, das immer ein bisschen zurückhaltend zu lächeln schien? Auf die ausgebeulte Brusttasche seines abendblauen Hemdes? Auf das Fenster hinter ihm und wie es auf den Innenhof der Klinik zeigte mit Backsteinmauern und weiß gerahmten Fenstern?

»Wollen Sie erzählen, was passiert ist? Weshalb haben Sie sich entschlossen, zu uns zu kommen?«

»Darüber lässt sich schwer reden. Es ist etwas passiert, während ich …«

»Ich versichere Ihnen, wenn es einen sexuellen Übergriff …«

»Nein, nein. Kein Sexueller. Kein Übergriff. Hat nichts mit Sex zu tun«, sagte Lisa und umfasste mit ihrer linken Hand ihre rechte Faust. Sie drückte diese Faust an verschiedenen Stellen ein. »Ich bin«, sagte Lisa. Und es wäre ihr bedeutend lieber gewesen, die nächtliche Regionalzugfahrt nach München zu beichten oder das Aufwachen im Bett eines freundlichen erigierten Fremden oder was auch immer, nur das nicht. »Ich bin geschwebt«, sagte Lisa und atmete aus.

»Geschwebt? Wie meinen Sie das?«

»Ich meine, ich bin geschwebt in einem Zimmer. Oben in der Luft, wie ein Heliumballon.«

Dr. Flens nahm seine ineinander gefalteten Hände auseinander und legte sie über die Tastatur, ohne zu tippen. Nach einer kurzen Pause sagte er: »Sie meinen, Frau Seumer, Sie dachten, dass Sie schwebten?«

»Ja, natürlich. Tut mir leid. Ich dachte, ich würde schweben. Ich dachte es. So was kann man doch nicht denken, oder? Aber es fühlte sich genauso an. Wirklich genauso. Ich war bei meiner Freundin, eine meiner ältesten Freundinnen. Und sie hat mir gesagt, dass ich nicht schwebe, dass ich mir das einbilde. Dann hat sie mich heruntergeholt. In der Küche roch es nach Kaffee. Sie hat einen getrunken, sie hat mir nicht mal einen angeboten, dann hat sie mich nach Hause gefahren. Mein Auto hab ich erst heute wieder abgeholt. Sie hat kein Wort gesagt. Während der ganzen Fahrt kein einziges Wort. Sie hat meine Haustür für mich aufgeschlossen. Ich hatte zu viel … ich war einfach sehr … Ich konnte die Tür nicht mehr aufschließen. Sie kam gar nicht mehr mit rein, sie hat nur gesagt, nein, geschrien, dass ich zu viel trinke und dass das schon … dieser Zustand ist schon …«

»Wir sprechen hier von Delirium.«

»Ja«, sagte Lisa.

Dr. Flens schloss seinen Mund auf eine verständnisvoll wirkende Art, als würde er mitfühlen, als hätte er es ohnehin schon geahnt. Nun fielen seine Finger hinab auf die Tastatur und tippten und tippten und in seinen klaren braunen Augen spiegelte sich der Computerbildschirm.

»Delirium, das ist schlecht, oder? Ein schlechtes Zeichen?«

»Wir sehen es nicht gern, Frau Seumer. Würden Sie nach dieser Erfahrung selbst sagen, dass Ihr Trinken problematisch ist?«

Lisa schwieg eine Weile, aber es war so, als würde sie etwas sagen, dann antwortete sie: »Ich komm wohl nicht mehr in Ihr ambulantes Programm, oder? Ich muss hierbleiben.«

Dr. Flens nickte und schloss dabei für einen Augenblick seine Augen. »Sehen Sie, wir versuchen …«, und er setzte an mit Erklärungen und erwähnte ein Medikament gegen die Entzugserscheinungen und sah dabei für einen kaum wahrnehmbaren Augenblick Lisas Hände an, die auf ihrem Schoß lagen. Er tippte etwas ein und drehte den Computerbildschirm zu ihr. Er zeigte auf irgendetwas. Es spielte keine Rolle. Lisa hörte und verstand kaum noch seine Worte, denn an ihre Ohren wurden riesige Muscheln gehalten, die ein Rauschen in ihrem Kopf erzeugten, das alles übertönte. Und außerdem kam aus ihrem tiefsten Inneren, wie aus dem flüssigen Kern der Erde, in immer stärkeren Wogen ein Grollen an die Oberfläche, das Lisa nicht mehr verstecken konnte. Lisa nickte Dr. Flens immer wieder taub zu und konnte nur an eines denken: Jetzt war es so weit. Jetzt war es so weit. Jetzt. War es. So. Weit. Das Leben, wie es war, würde nie wieder so sein. Sie hatte einen guten Lauf gehabt, aber jetzt. War es so weit.

Die Zärtlichkeit der Männer

Karla trat hinaus in sonnigstes Morgenwetter. Die Vögel zwitscherten wild. Im Gegensatz zu ihrer eigenen zubetonierten Einfahrt war hier in den satten Rasen ein Weg aus halbmondförmigen Steinen gelegt worden. Karla atmete die feuchte Luft ein und ging den Weg entlang. Mittendrin hielt sie inne und sah sich das Gras an. An einigen Stellen glitzerten Pfützen, darin waren Löwenzahnblätter eingeknickt. An anderen Stellen schmolzen die Reste der Hagelkörner.

Ihr Auto stand schief in der Doppelgarage. Ein Scheinwerfer war vollständig zerdeppert, ein anderer war angeknackst, die Motorhaube war verbeult, Karla drückte darauf, sie ließ sich nicht mehr schließen. Unter dem Auto war der Zementboden nass dunkel. Und ein einziges Hagelkorn lag dort. Am liebsten hätte sie es als Andenken aufgehoben. Karla hatte einmal gelesen, dass die europäischen Astronauten vor dem Abflug mit der Besatzung und ihren Familien Torte essen, den Rest einfrieren und nach der sicheren Landung die aufgetaute Torte zu Ende essen.

Nachdem sie aus der Einfahrt gebogen war, fuhr Karla die Straße hinunter. Erst erschien links die vernachlässigte evangelische Kirche. Dann kam rechts die Grundschule. Karla schätzte, dass sie vielleicht zwei Stunden geschlafen hatte. Sie ermahnte sich immer wieder, sich auf die Straße zu konzentrieren, vor allem in der Hauptverkehrszeit vor der Arbeit.

An einigen anderen Autos erkannte sie Sturmschäden, nahe dem Friedhof war ein Baum umgestürzt und sein Wurzelwerk ragte in die Höhe. Manche der Pfützen wirkten richtiggehend tief. Die Regenrinne über Zoo Wolf war teilweise abgebrochen und hing lose in der Luft. Knapp an den Wänden der Häuser am Stadtberg entlang waren die Hagelkörner nicht geschmolzen und lagen da wie Schmucksteine. Kurz vor dem Landratsamt war wegen eines umgekippten Baums eine Straße gesperrt. Das Auto hinter Karla hupte. Sie stand in der Schlange, das Geräusch der Sirene der Freiwilligen Feuerwehr nahm immer mehr Raum ein. Karla legte beide Hände auf das Lenkrad und hörte sich mit einer freundlichen Neugierde Sirene, Hupen und das Geschimpfe des Polizisten an, als hätte sie diese Dinge noch nie gehört. Es kam ihr so vor, als wäre das ganze Blut, das durch ihre Adern floss, ersetzt worden. Durch seine Kammern pumpte Karlas Herz nun Licht.

Der Seniorentag des Volksfestes war in diesem Jahr auf einen bewölkten, nicht zu heißen Samstag gefallen. Die rauchenden Sanitäter am Rand der zerschundenen Parkplatzwiese würden nicht viel zu tun haben, nur die üblichen Alkoholvergiftungen.

Karla schulterte ihre Tasche und schloss ihr Auto ab. Die durchsichtige Folie des Geschenks knisterte bei jeder Bewegung. Es war eine akustische Zumutung. Außerdem sah die Folie so aus, als würde Karla ein riesiges Guadl verschenken.

Bis zum Festplatz waren es gut fünf Minuten Weg, trotzdem konnte Karla schon die gellenden Sirenenlaute der Karusselle hören und die Startsignale der Autoscooter. Kurz blieb sie stehen und sah zu, wie vor dem Hintergrund des blassgrauen

Himmels eine pink und blau leuchtende Karussellkabine von einem Pendel in die Höhe geschmissen wurde. Einige Augenblicke später hörte man das Schreien. Das Pendel ging nach unten. Und tauchte wieder auf. Kurze Pause. Erneutes Schreien. Und so weiter.

Von überall kamen Menschen an. Die Teenagermädchen hielten sich an den Händen, die Teenagerjungen spähten nach ihnen, in der ständigen Angst, dabei ertappt zu werden. Enkel zerrten an ihren Großeltern wie Hunde an ihren Besitzern. Die Enkel konnten es nicht erwarten, im Zuckerrausch von Bratmandeln an den lauten Buden vorbeizuflitzen. In diesem Jahr hatte Karla großzügigerweise drei statt zwei Biermarken und zwei statt einer Brathendlmarke von der Arbeit bekommen. Wann sollte sie zwei ganze Vögel verdrücken?

Es war Karlas erster Festtag in diesem Jahr, obwohl das Volksfest schon seit zwei Tagen lief. Und der letzte, dachte sie, während sie am Pendelkarussell vorbeiging und im Trubel von einem Jungen angerempelt wurde, der einen giftrot glasierten Apfel in die Höhe hielt wie eine lebensrettende Fackel. Links ertönte das Signal für die Autoscooter und sofort, als würden Balletttänzer in einer Choreografie aufeinander zustreben, füllte sich die Fahrfläche mit den sausenden, einander anstoßenden Autos. Der Stand rechts verkaufte gebrannte Mandeln (und alles andere, das nur im Mindesten dazu geeignet war, »gebrannt« zu werden), der Stand gleich daneben verkaufte Fischsemmeln. Die Geruchsmischung war … naja. Der erste und letzte Festtag, dachte Karla. Dann war das selbstverständlich blau-weiß gestreifte Bierzelt in Sichtweite. Sie musste nur noch die Meile der Klassiker passieren. Den starken Lukas, den in diesem Augenblick keiner hauen wollte, weil die Leute noch nicht betrunken genug war. Und das Kettenkarussell. Und beim Kettenkarussell stand Lisa. Sie hatte abgenommen. In ihrer Speziflasche steckte ein Strohhalm, sie sog daran. Ihr Blick ging nach oben zu den sausenden Kindern.

»Lisa?«

»Servus, Karla«, sagte Lisa auf eine Art, wie man nie »Servus« sagte.

»Es ist lange …«, begann Karla und brach rechtzeitig ab. »Bist wieder … Gut, dass wieder da bist.«

»Ich wollt mich schon noch melden. Bin erst seit letzter Woche aus der Klinik raus. Sich aus der Klinik zu melden, hat keinen Sinn gemacht. Und jetzt …« Lisa sog etwas Spezi aus dem mitleidig ausgefransten Papierstrohhalm. »Ich pass auf den Flori auf«, sagte sie und deutete mit einer müden Kopfbewegung zum Karussell, wo Karla nach etwas Suchen einen Jungen im Grundschulalter wiedererkannte, der mit herausgestreckter Zunge durch die Luft flog.

»Bin unterwegs zur Geburtstagsfeier der Rührlich«, sagte Karla.

»Die wird hundert, oder?«, sagte Lisa und beobachtete, wie sich das Karussell verlangsamte und die Sitze von außen nach innen fielen.

»Ja, hundert. Kannst dir das vorstellen?«

»Nein«, sagte Lisa schnell. Sie ging ein paar Schritte vor und streckte ihre Hände empfangend aus.

Inmitten des Lärms sah Karla etwas verloren dabei zu, wie Flori mit breitestem Lachen in seinem Bagger-T-Shirt auf Lisa zuwankte. Er fing sofort damit an, ohne Luft zu holen von seinem großen Abenteuer zu erzählen. Lisa antwortete immer wieder mit einem matten »Mh-Hm« und brachte den dauerquasselnden Jungen zu der Stelle zurück, an der Karla stand.

»Kommst mit?«, fragte Karla.

»Wohin?«, fragte Lisa und gab Flori aus ihrer Tasche den Rest einer riesigen Festbrezen.

»Zur Rührlich.«

Lisa schüttelte den Kopf. »Da wird das Bier in Strömen fließen. Also nein. Nein, danke.«

»Du kannst doch weiter deine Spezi trinken«, sagte Karla.

»Es ist zu früh«, sagte Lisa und zerknüllte die Servietten in der Hand, während der Junge die Brezen vertilgte.

Karla hielt ihre Tasche fester denn je, aus der die Geschenkfolie in die Höhe ragte, und dachte über eine Entschuldigung nach, als jemand ihren Namen rief.

Lisa und Karla drehten sich um.

»Meli«, rief Karla zurück.

Der Junge lief seiner Mutter entgegen.

Meli versuchte abgelenkt, ihre beiden anderen Kinder im Blick zu behalten und gleichzeitig ein Gespräch zu führen. Sie fragte Karla zwei Mal hintereinander, ob sie noch beim Landratsamt arbeite. Als eine Sprechpause eintrat und Melis etwa vierjährige Tochter begann, unentwegt an der Dirndlschürze ihrer Mutter zu ziehen, sah Karla Lisa an und die zwanzig Jahre Freundschaft zerbröselten leise.

»Lisa«, sagte Karla. »Komm, fahr ma mit dem Kettenkarussell. Meli passt kurz auf den Flori auf.«

»Wir sind zu alt dafür«, sagte Lisa.

»Wir sind doch erst vierzig.«

»Wir sind schon vierzig. Schon.«

»Seit wann denkst du so?«, sagte Karla. »Man muss sich doch mal was gönnen.«

»Ich hab mir jetzt zwanzig Jahre lang was gegönnt«, sagte Lisa. »Wenn nicht länger«, setzte sie hinzu und schloss ihren Mund barsch um das Strohhalmende. »Jetzt reichts.«

Am Ende fuhren sie doch. Nach der Klinikzeit passte Lisa in den Sitz. Meli stand unten und hielt sowohl die Tasche ihrer Schwester als auch die von Karla. Die Korsage ihres Dirndls war so eng geschnürt, dass man den Eindruck gewann, ihr Busen werde ihr auf einem Tablett gereicht. Die Kinder zogen an ihr und Flori merzte den Rest seiner Brezen aus. Das Karussell begann sich zu drehen. Sehr bald schon wurden sie in ihren Sitzen nach außen geschleudert, bis sie beinahe auf der Seite lagen. So sausten sie durch die von Festlärm und Gerüchen erfüllte Rainackerer Luft an einem Tag, der nie ganz Tag werden wollte, sondern immer nur verschlagen bewölkt blieb.

Einmal streckte Karla den Arm nach Lisa aus. Nachdem Lisa das gesehen hatte, versuchte auch Lisa ihren Arm auszustrecken. Er blieb aber nur kurz in der Luft und selbst in dieser kurzen Zeit schien er nicht vollständig durchgestreckt, sondern auf eine geheimnisvolle Art geschwächt, als würde Lisa nun etwas fehlen, das sie die ganze Zeit über künstlich aufrechtgehalten hatte.

Wieder am Boden, umarmten sie sich, nahmen ihre Taschen zur Hand und Lisa sagte: »Das erinnert mich an etwas.«

»An was denn?«

»Spielt keine Rolle mehr.«

Karla fragte nicht nach. Sie musste nicht nachfragen. Nach der Verabschiedung ging sie in Richtung Bierzelt und Lisa zog mit ihrer Schwester und den Kindern weiter. Einmal noch drehte sich Karla um. Lisa war dabei, in der Menge zu verschwinden. Der Junge zog sie an der Hand zu einer Bude, bei der man auf durchlöcherte Blechhasen schießen konnte.

Karla stellte ihr knisterndes Körbchen auf dem Geschenktisch ab. Ungefähr drei Viertel der Gaben für Frau Rührlich bestanden, genauso wie die von Karla, aus der immergleichen Kombination von Sachen: loser Tee, Kandiszuckerstangen von gletscherweiß bis bernsteingelb, Feinkostmarmeladen, eigentümliche Honigsorten (»Südfranzösischer Lavendelhonig mit Verveine« oder »Griechischer Thymianhonig mit Walnüssen«). Und all diese Geschenk-»Ideen« befanden sich, genauso wie die von Karla, in Körben, umwickelt mit Folie. Beinahe jeder hatte offensichtlich ähnliche Probleme gehabt. Was soll man einer Hundertjährigen schenken? Was wollen Hundertjährige? Wollen die überhaupt noch irgendwas? Wie verhindern, dass die Kinder oder Enkel am nächsten Tag oder wahlweise in zwei Jahren alles würden entsorgen müssen? Und so kamen alle auf die Tees, Marmeladen, Feinkostkleinigkeiten, mit dem Ergebnis, dass Frau Rührlich mit der Menge Tee noch in weiteren hundert Jahren beschäftigt sein würde.

Der Seniorentag des Volksfestes war dieses Mal überwältigend gut besucht. Frau Rührlichs Geburtstag war die Party des Monats. Fast ein Drittel der Tische und Bänke im Zelt war besetzt von den Stadtsenioren, von denen unweigerlich jeder Rührlichs Gast war. Sie saß an einem Tisch, über dem drei goldene Folienballons schwankten, eine Eins und zwei Nullen. Manchmal verhedderten sie sich und über Frau

Rührlichs fein gelegtem Haar flöteten die Zahlenfolge 001 oder 010.

»Soll ich dir ein Stück Torte bringen?«

Karla erschrak und drehte sich um. Vor ihr stand Emil. Sobald seine Lippen etwas mehr von den kürzlich gebleichten Zähne offenbarten, wurde das Weiß von den Lampen beleuchtet, die in Girlanden um die Mittelstreben des Bierzeltdaches gewunden waren und in einem Kronleuchter endeten.

»Servus, Emil. Wo solls hier eine Torte geben?«

Emil zeigte auf einen Tisch unweit des Geschenkesammelsurium. Dort stand tatsächlich eine dreistöckige Torte, auf deren oberster Plattform die pastellrosa Zahl 100 thronte und gleich daneben eine einzelne, weiß gekleidete Frauenfigur, als feiere hier jemand eine Hochzeit mit sich selbst.

»Ganz klar«, sagte Karla. »Das ist eine Wucht. Probieren wirs.«

Emil ging wie ein Butler hin und schnitt ihr ein großes Stück aus der mittleren Ebene ab, die Schichten des dunklen Schokoladenteigs standen düster da wie eine Mauer.

»Sollen wir uns setzen?«, sagte Emil, als er Karla den Teller gab und eine kleine Gabel darauf legte.

»Nimmst du nicht auch ein Stück?«

»Auf keinen Fall«, sagte Emil.

Karla sagte nichts. Sie versuchte, nicht an ihm herunterzusehen. Die Schulternähte waren so überschnitten, dass sie sich irgendwo auf den Oberarmen befanden, die schwarze Polyesterhose schlenkerte an ihm.

Sie setzten sich an einen Tisch in Sichtweite von Frau Rührlich. Außer einer Begrüßung und knappen Gratulation hatte

Karla noch nicht mit ihr reden können. Immer noch war das Geburtstagskind belegt durch die Plaudereien mit dem Bürgermeister, der – mit einem Anstecker »Freie Wähler für Bayern« auf seinem Trachtenjackett – neben ihr saß, langsam, aber sicher seine Maß leerte und gestikulierte.

An einem beinahe leeren Biertisch (nur noch ein Teenagerjunge hockte da, starrte zum Eingang und hörte Musik mit Kopfhörern) setzten sich Emil und Karla. Er aß nichts, er trank nichts, er sah nur Karla an und stützte seine Arme auf dem Tisch ab.

Karla beschäftigte sich sofort mit ihrem Stück Torte. Der Teig war angenehm feucht, die Marmeladenschicht dazwischen (Marille) satisfaktionsfähig, nur die Marzipanglasur enttäuschte wie so oft.

»Woher kennst du die Frau Rührlich?«, fragte Karla.

»Ich kenn sie nicht, meine Mutter kennt sie. Die Mama war mit der Tochter der Rührlich befreundet«, sagte Emil und sah zum Geburtstagstisch, an dem diese Tochter sich – mit einem völlig überreizten Dackel auf dem Schoß – gerade zu ihrer Mutter wendete.

»Der Hund da, das ist Wilhelm«, sagte Karla. »Ich hatte damals geholfen, ihn auszusuchen. Obwohl, ich glaube, seitdem heißt er Willie.«

»Liebes Viech«, sagte Emil.

»Und kommt deine Mutter noch nach?«

Emil richtete seinen Blick unter dem angenehm beginnenden Grau seiner Haare auf Karlas Mund. »Die kommt nicht mehr nach. Die geht nirgendswo mehr hin. Letzten Monat war die Beinamputation, linker Unterschenkel, Diabetes.«

»Oh, das tut mir leid!«, sagte Karla und ließ das Stück Torte liegen, das sie gerade aufgespießt hatte. Dringend versuchte sie sich daran zu erinnern, ob sie diese gesundheitlichen Schrecklichkeiten über Emils Mutter nicht schon mal in den Mittagspausen gehört hatte, aber dann wiederum, noch letztes Jahr hatte niemand gegenüber Karla von Elternleiden berichtet aufgrund ihrer eigenen Lage. Emil hatte sie damals ohnehin nicht wahrgenommen. Erst vor Monaten, nach und nach, war er in ihre Umlaufbahn geraten.
»Komisch«, sagte Karla. »Dass einem niemand sagt, dass man sich irgendwann von einem Tag auf den anderen um die Eltern kümmern muss.«

»Bei dir wars vielleicht urplötzlich. Bei mir nicht. Der Papa ist schon vor fünf Jahren gestorben, die vom Maurer haben uns einen Sarg maßanfertigen müssen. So fett war der Papa. Die Mama jetzt wie ein gestrandeter Wal im Bett in der Klinik. Den einen Opa hab ich gar nicht kennengelernt, der andere war nur so eine vage pfundige Erinnerung. Alle in der Familie, alle fett und krank.«

»Alle außer dir«, sagte Karla und versuchte zu lächeln. Sie dachte, den aufgebracht pochenden Herzschlag Emils bis zu sich hören zu können. Er hatte sich in Rage geredet, aber er war nicht laut geworden.

»Ja, nicht mehr. Zweiundvierzig Kilo abgenommen.«

»Zweiundvierzig? Das ist ja ein ganzer Mensch! Ein Teenager zum Beispiel. Oder die Frau Rührlich! Die wiegt bestimmt nur zweiundvierzig.«

»Seit Februar halt ich das. Kein halbes Kilo zugenommen. Dreimal die Woche wieg ich mich. Selber Tag, selbe Uhrzeit.«

»Gratuliere«, sagte Karla kauend. »Aber warum fährst du dann nicht zum Garhammer und kaufst dir neue Sachen für dein neues Gewicht?«

»Nein. Ich muss mich jeden Tag noch daran erinnern, wie fett ich mal war. Jeden Tag.«

Er sagte, dass er nur knapp seinen Genen entflohen sei, er erzählte, wie er sich fast zwei Jahre mit dem Abnehmen abgerackert hatte, da franste das Gespräch aus, denn am Geburtstagstisch gab es eine Personaländerung. Der Bürgermeister stand auf, zum Abschied schlug er mit der Hand spielerisch gegen einen der Nullerballons und begann – wie ein pflichtbewusster Bräutigam – die Seniorentische für kurze Gespräche aufzusuchen. Jetzt konnte Karla Frau Rührlich ausführlich gratulieren.

»Alle habens gesehn«, sagte Karla gerade und jeder am Tisch nickte pietätsvoll: Frau Rührlich, Annette, auf deren Schoß Willie saß, und Emil, der etwas feindselig den Hund fixierte.

»War der sofort tot?«, fragte Frau Rührlich und trank von ihrem Glas Wasser mit kaum zitternden Händen.

»Der hat sich mit dem Flieger auf direktestem Wege in den Wald gestürzt«, sagte Karla. »Da gabs nix zu retten.«

Wieder nickten alle, bis Annette, die jetzt schon deutlich älter war als Karlas Eltern, sagte: »Der Kaplan macht jetzt aber doch noch den Fliegerschein. Und mir hat er erzählt, dass …«

»So, jetzt reichts«, unterbrach sie Frau Rührlich. Sie stützte ihre zierlichen Hände auf dem Biertisch ab und begann damit, sich langsam, aber unbeirrt, wie eine Hebebühne, nach oben zu stemmen. Dort angekommen blickte sie über den schweigenden Tisch und sagte: »Recht wars und viele Junge haben gratuliert – danke, Karla –, aber jetzt reichts. Lang genug hats gedauert. Jetzt wird heimgegangen.«

Und so, im Dunst einer herumwuselnden Annette, mit einem hin und her trippelnden Willie als Entourage, verließ Elsa Rührlich am Seniorentag des Rainackerer Volksfestes das Bierzelt. Um kurz nach halb fünf nachmittags endete damit die Feier zu ihrem hundertsten Geburtstag. Die Folienballons tänzelten weiter in der Luft.

Als die zwei Frauen und der Hund außer Hörweite waren, sahen sich Karla und Emil an und mussten lachen.

»Was ist mit den ganzen Geschenken?«, fragte Emil.

»Ich glaub, die bringt ihr jemand«, sagte Karla. »Vielleicht der da«, sagte sie und deutete mit dem Blick auf einen Mann im Rollstuhl, der von seiner Enkelin in Richtung Torte geschoben wurde, während er aus seiner Maß trank. »Ich hol mir jetzt was zu Essen«, sagte Karla. »Ich hab ja noch die ganzen Markerl. Willst du auch was?«

»Auf keinen Fall.«

Karla ging in Richtung Essensausgabe und sah sich noch einmal nach ihm um. Sie konnte sich noch erinnern, wie er damals anfing, aus der Maßlosigkeit seines Körpers aufzutauchen. Es war um die Zeit herum gewesen, als Karlas Vater krank wurde und ihre Mutter abbaute. Da hatte Karla mit Emil immer wieder ein paar Worte in der Teeküche gewechselt.

Allmählich beschleunigten die Kellnerinnen ihre Schritte. Die abendliche Hauptsaufzeit war zwar noch nicht angebrochen, aber es war nicht mehr zu verneinen, dass die Senioren weniger wurden, die Firmenbelegschaften die Biertische übernahmen und gerade irgendwo in der Nähe die Instrumente der Lederhosenband gestimmt wurden, die abends die Feiermeute unterhalten sollte. Der späte Nachmittag war schon fast der frühe Abend. Karla reihte sich in die Schlange für die Essensbestellungen ein und suchte in ihrer Tasche nach einer Brathendlmarke. Vor ihr stand eine ältere Frau in einem hochgeschlossenen Dirndl und hielt eine Tupperdose von gigantischen Ausmaßen in den Händen. Jemand stellte sich hinter Karla an. Sie drehte sich um. Hinter ihr stand ein Mann mit einem dichten Vollbart, dessen Haare wie die Baumkronen im Bayerischen Wald im November nur ganz leicht bepudert waren. Er nickte ihr zu. Er war um die fünfzig Jahre alt und trug ein kurzärmeliges Hemd in einem blau-weißen Paisleymuster, das man als »lebensfroh« bezeichnen konnte. Karla drehte sich wieder um.

Die Schlange bewegte sich kaum vorwärts. Die Frau vor Karla steckte sich die Tupperdose unter den linken Arm und richtete ihre schwarze Dirndlschürze. Eine Kellnerin mit der Statur eines Arbeitsochsen eilte vorbei. Mit panisch konzentriertem Blick schleppte sie, an ihr Dekolleté gepresst, sieben volle Maß zu einem Tisch. Die besten unter ihnen konnten elf Maß schleppen.

»Ob wir das Essen kriegen, bevor das Musikantenstadl loslegt?«

Der Mann hinter Karla hatte das gesagt. Nach einer Pause drehte sie sich um. Er hatte es zu ihr gesagt.

»Sagen Sie bloß, Sie freuen sich nicht auf die Gaudi am Abend?«, sagte Karla.

»Spätestens wenn jemand mit einem Akkordeon die Bühne betritt, hatte ich vor zu fliehen.«

Nun lachte Karla. Sie dachte, das sei das Ende der beiläufigen Unterhaltung, und sie sollte sich wieder umdrehen. Aber sie drehte sich nicht um.

»Wofür stehen Sie an?«, fragte der Mann.

»Das Brathendl. Ich hab von der Arbeit zwei Marken bekommen. Großzügig. Wenigstens muss ich daheim nicht kochen.«

»Wo arbeiten Sie denn?«

»Im Landratsamt. Und Sie?«

»Im Landvogt-Berchtersstein-Gymnasium. Seit fünfzehn Jahren schon.«

»Im LBG? Da war ich! Da war ich Schülerin! Also vor Ihrer Zeit. Sind noch einige Lehrer von früher da?«

»Beamte tendieren nicht dazu, um die Welt zu ziehen«, sagte der Mann und steckte seine linke Hand, deren Sehnigkeit durch die Armbanduhr betont wurde, in die Hosentasche. Karla dachte nach, wie lange es her war, dass sie das Wort »tendieren« in einem Gespräch gehört hatte.

»Wen hatten Sie denn zum Beispiel?«, fragte er und machte einen Schritt vor. Die Schlange bewegte sich weiter.

Karla ging einen Schritt zurück und sagte: »Ich muss überlegen. Aber der Herr Braumandl in Biologie war schon ein Ereignis. Er hat immer aus den Tümpeln im Nationalpark Wasserproben genommen und von den Einzellern, die er unter dem Mikroskop fand, Schwarz-Weiß-Filme gedreht. Diese Filme hat er uns dann tatsächlich in Biologie vorgeführt.«

Der Mann klatschte sich mit der freien Hand auf die angenehm glänzende Stirn. »Ob Sie es glauben oder nicht, aber der

Braumandl zeigt den Klassen immer noch seine Tümpelfilme und sitzt grad am Tisch und wartet, dass ich das Essen bringe.«

»Er sitzt an Ihrem Tisch?«

»Wollen Sie mich nicht duzen?«

»Nur, wenn Sie mich duzen. Karla«, sagte Karla und streckte ihre Hand aus.

»David«, sagte der Mann, und schüttelte Karlas Hand mit einem festen, nicht zu lang andauernden Handschlag.

Die Frau vor Karla klappte die sehr lauten Verschlüsse ihrer Tupperdose auf. Irgendwann hatten sie sich vorwärts bewegt, bis sie nun fast am Tresen standen.

»Ich bin mit ein paar Spezis vom Gymnasium hier. Willst du dich dazusetzen?«, sagte David. »Kannst mit den Lehrern von früher dich unterhalten. Oder wirst du irgendwo erwartet?«

»Nein, nein, werd ich nicht«, sagte Karla. »Ich setz mich dazu«, und nach einer kaum auszumachenden Unterbrechung schob Karla nach: »David.«

Am Seniorentag des Rainackerer Volksfestes kehrte Karla nicht mehr zu Emils Tisch zurück. Im Vorbeigehen sah sie, dass Frau Rührlichs Tochter wieder da war und zusammen mit einer jungen Frau die Geschenke in riesige blaue Tüten steckte, während Willie ein Stück Einpackpapier in die Pfoten bekommen hatte und nun eine persönliche Fehde damit ausfocht. Karla blieb bis zum Abend am Tisch von David und traf ihren alten Biologielehrer wieder und ihre alte Musiklehrerin und als David sich einmal umdrehte, bemerkte Karla, dass auf der Sehne seines Halses, etwas südlich vom linken Ohr, ein Muttermal saß wie ein Kuss.

Am übernächsten Tag holte David Karla von der Arbeit ab und sie gingen ins Café Carré. Karla konnte in dieser Nacht kaum schlafen – sie trank sonst nie so spät Kaffee. Daran musste es wohl liegen, das Nichtschlafenkönnen, am Kaffee. Das war an einem Montag. Am Dienstag kam Karla zu spät zur Arbeit. Als sie dann da war, stand vor ihrer Tür eine junge Frau, deren Reisepass nicht mehr gültig war, obwohl sie – wie sie Karla in einer ermüdend schnellen Geschwindigkeit erzählte – in zwei Monaten eine Forschungsreise nach Papua-Neuguinea unternehmen sollte. Als Karla gefragt hatte, worum es in der Forschungsreise ging, hatte die Frau nur wirkungsvoll gesagt: »Vögel.«

Karla war zu spät gekommen, weil sie morgens zu viel Zeit im Zimmer verbracht hatte. Sie schwebte knapp unter der Decke, schloss ihre Augen und dachte über David nach. Ob sie wollte oder nicht, sie dachte nun immer öfter an David.

Am Mittwoch tauchte er in der Mittagspause auf – die Kollegen bemerkten ihn tuschelnd – und er brachte Karla ein Stück Mohnstreuselkuchen von der Bäckerei Moser. Auf einer roten Karte, nicht größer als ein Tischkärtchen, stand »Opium für das Volk. Das schöne.«

Am Donnerstag musste er wegfahren zu einer Lehrerfortbildung in Regensburg. Nach der Arbeit lief Karla als Erstes in das Zimmer hinein und sah von oben zu, wie eine Träne auf den Boden fiel. Das war kitschig. Aber was sollte man machen? So war es nun mal.

Am Freitag, in der Mittagspause, tat Karla etwas, das sie sonst kaum je tat: Sie starrte ihr Telefon an. Emil kam in die Teeküche, Karla grüßte, er sagte nichts. Danach holte er seine Tupperdose aus dem Kühlschrank und ging.

Am Samstag, nach der beendeten Fortbildung, verbrachte David etliche Stunden in einem Stau auf der A3. Karla schwebte währenddessen. Das tat sie nun so oft wie zu Beginn der Entdeckung. Karla dachte dort nach und sie wollte entkommen. Sie überlegte, was es bedeutete, dass sie sich am nächsten Tag treffen sollten. Und schließlich brach der nächste Tag, ein Sonntag, tatsächlich an.

Als Einzige saßen sie im Café Carré unter einem Schirm, der nicht notwendig war, da der Himmel sich zugezogen hatte, trotzdem war es geradezu unausstehlich heiß. Ein Schweißtropfen rann von Davids Schläfe herunter und verschwand auf Nimmerwiedersehen in seinem Bart. Karla wischte sich mit dem Handrücken die feuchte Stirn ab.

»Die Noch-Frau ist überraschend weggefahren, für drei Tage angeblich«, sagte David und sah auf das bemitleidenswert schmelzende Kügelchen Zitronensorbet hinunter, das in einer Metallschale vor ihm stand.

»Wohin ist sie denn gefahren?«, sagte Karla und rührte in ihrer Eisschokolade.

»Über Details aus dem eigenen Leben reden wir nicht mehr. Nur noch die gröbsten Angaben. Zwecks der Organisation und zwecks Julius. Heute ist sie weggefahren, also musste ich ihn zu den Nachbarn geben, die haben selbst einen Hund, da ist er gut aufgehoben, er ist nicht gern allein. So läuft das zwischen der Noch-Frau und mir.«

»Und dein Sohn?«

»Den Heinrich wirst noch kennenlernen. Jeder Vater, jeder gute zumindest, also nicht der meine, ist stolz. Ich aber bin stolzer. Er studiert Geschichte in München.«

»Auf Lehramt?«

»Eben nicht! Für die Forschung.«

»Oh«, sagte Karla und versuchte so viel ehrfürchtige Anerkennung in diese Silbe zu legen, wie sie für die Errungenschaften fremder Kinder aufbringen konnte. Andererseits handelte es sich hier um ein Kind, mit dem sie vielleicht bald mehr zu tun haben würde.

»Jedenfalls, die Noch-Frau ist nicht da, ich kann ja nur die eine Etage mein eigen nennen, die Küche ist unten, vielleicht lässt du mich heute für dich kochen? Dann siehst mal, wie ... wie ich lebe.«

Er sah Karla an und sie sah ihn an und sie sagte zu und dachte, dass sie überhaupt nicht hungrig war, als etwas Schweres über ihnen auf den Schirm fiel. Sie schreckten auf.

»War das ein toter Vogel?«, fragte Karla.

Dann fiel wieder etwas auf den Schirm, rollte an den Markisen herunter und knallte auf den Boden. Dieses Mal sahen sie, was es war. Ein Hagelkorn von der Größe eines Golfballs, vielleicht nicht ganz. Karla und David blickten sich an. David zerrte Scheine aus seinem Geldbeutel. Karla erhob sich ungläubig und drückte ihre Tasche an sich. Im Eingang zum Café Carré stand eine Kellnerin und wischte immer wieder ihre ohnehin schon sauberen Hände an der Schürze ab. Die Kellnerin sah nach oben. Vom Himmel ertönte ein Grollen, das sich anhörte, als würden alle eingestaubten Möbel und Kisten auf dem Dachboden mit einem Mal umfallen. David ergriff Karlas Hand. Zusammen liefen sie zur Kellnerin und David steckte ihr zwei Zehnerscheine zu. Dann liefen sie weiter.

»Nein, ich hab beim Moser geparkt«, rief Karla und zog David weiter den Stadtplatz entlang.

Bislang fielen die Hagelkörner vereinzelt. Es schien so, als würden sie mit Wut vom Himmel geschmissen.

Sie erreichten das Auto, ohne von einem Hagelkorn getroffen zu werden. Sobald Karla am Steuer saß, knallte eines mitten auf das Dach. Die Lautstärke schockierte sie.

»Komm jetzt, schnell, fahr zu mir. Fahr bis zur Grundschule, ab da ist es nicht weit.«

»Bis Schönsee hätt ich es eh nicht mehr geschafft«, sagte Karla. Sie hatte das Gefühl, schreien zu müssen durch den zunehmenden Naturlärm. Es hörte sich an wie eine immer lauter werdende Brandung mit einzelnen Knallgeräuschen dazwischen. Der Stadtplatz war leergefegt. Ein Sonnenschirm vor dem Café Carré wurde durch den Wind umgeschmissen. Die Hagelkörner fielen immer regelmäßiger. Eines traf die Heckscheibe.

»Was ist das hier, die Bibel?«

»Naja«, sagte David und antwortete nichts weiter, als sie den Stadtberg hinauffuhren und neben Zoo Wolf ein Auto mit eingeschalteten Warnblinkern stehen sahen. Die Heckscheibe des Autos sah beschädigt aus.

»Oh Gott. Soll ich anhalten?«, sagte Karla.

Sie verlangsamten, obwohl Karla fürchtete, dass sie auf dem Stadtberg zurückrollen würden. David fuhr das Fenster auf seiner Seite herunter. Der Mann im Auto fuhr ebenfalls sein Fenster herunter. Er musste es herunterkurbeln. Währenddessen murmelte er immerzu: »O mei, o mei, o mei …«

»Brauchen Sie Hilfe?«, sagte David.

»O mei, o mei, was wird aus den Forellen?«, sagte er, blickte schräg an David vorbei in das Innere des Autos hinein. Er war in seinen Sechzigern, mit einem vollen, nachlässig rasierten Gesicht und wie von der Sauna geröteter Haut voller Porenkrater.

»Was für Forellen?«, sagte Karla und beugte sich vor zum Fenster. »Brauchen Sie Hilfe?«

»Der Teich! Der Teich!«, sagte der Mann, der bei dem heißen Wetter unerklärlicherweise ein Trachtenwolljackett trug. Immer wieder schlug er seine fleischigen Hände auf das ledertummantelte Lenkrad. »Meine armen Wuzerl. Wenn so Hagelkörner in den Teich klatschen? O mei, o mei …«

Karla bewegte sich wieder auf ihren Sitz zurück, sie hatte sich auf Davids Oberschenkel gestützt und spürte nun immer noch die Erinnerung an die Berührung.

»Wollen Sie bei uns mitfahren und den Sturm abwarten?«, sagte David. Er schrie es. Karla sah in dem dämmrigen Licht Speichel aus seinem Mund fliegen. Die Hagelkörner fielen immer wuchtiger. Mitten am Tag wurde es dunkel. »Wollen Sie mitfahren?«, wiederholte David.

»Mitfahren?«, sagte der Mann. Er sah David und Karla mit großer Überraschung an, als würde er sie zum ersten Mal sehen. »Ich fahr doch nicht mit«, sagte er und schüttelte den Kopf. Gleichzeitig begann er, sein Fenster wieder hochzukurbeln. »Fahrts ihr Kinder nur, fahrts …«, sagte er, der letzte Teil war nicht mehr zu verstehen, denn das Fenster war geschlossen und der Hagelsturm prasselte nieder. Karla dachte, so ungefähr müsste es sich anhören, mitten in einem Bombardement zu stecken.

»Fahr! Fahr!«, sagte David und schloss sein Fenster.

»Aber …«, sagte Karla und sah zu dem Mann in dem Auto mit den Warnblinkern. Er bewegte seine Lippen, dann trafen sich ihre Blicke und er machte forsche Vorwärtsbewegungen mit der Hand. Da fuhr Karla.

»Habt ihr keine Fernbedienung?«

Karla schrie aus dem Autofenster. Vor sich konnte sie kaum Davids Haus erkennen. Unter Mühen waren sie eingebogen – das einzige Auto in Rainacker weit und breit –, als der Hagelsturm in seine neue Phase überging. Mit irrer Durchschlagskraft bretterten die Hagelkörner auf diesen heimgesuchten Flecken Erde. Ihr Fallen vernebelte die Sicht und hinterließ nur etwas Verschwommenes, Graublaues, Wummerndes. David hatte es geschafft, unverletzt vom Auto zur Garage vorzulaufen. Er zog das Tor hoch, nachdem es auch noch geklemmt hatte, und schrie zurück: »Die Noch-Frau und ich sind nicht mehr ›wir‹! Seit …«

Den Rest hörte Karla nicht. Sie sah David auch nirgends, sie hatte das Fenster schließen müssen. Der Lärm des Sturms überforderte sie. Sie atmete laut ein und aus, aber auch das hörte sie nicht, sie wusste es nur. Auf einmal erschrak sie. David klopfte an ihr Fenster.

Er hielt etwas über seinem Kopf und deutete in Richtung Garage. Karla fuhr blind hinein. In der Garage, in der sie plötzlich wieder sehen konnte, stieß sie an ein altes Kinderfahrrad, das in seiner Wandhalterung wackelte.

Dann stieg sie aus. Vor ihr stand David, seine Hose nass, sein Blick erschrocken, über sich hielt er einen roten Plastikschlitten mit der Fahrfläche nach oben. Karla stellte sich hinter David, unter den Schlitten, unmittelbar unter den Sitz, David nahm vorsorglich die Haustürschlüssel in die Hand und zusammen liefen sie los.

Das Auftreffen der Hagelkörner auf den Schlitten klang harmloser als auf dem Metall, dafür war der Aufprall unheimlich nah zu spüren, es übertrug sich ein Zucken. Karla war beeindruckt davon, wie gut die Idee mit dem Schlitten funktionierte. Aber kurz vor der Haustür schrie sie auf. Ein Hagelkorn hatte sie links am Nacken getroffen. David öffnete die Tür, sie liefen hinein.

Im fein möblierten Flur ließ David den Schlitten auf den Teppichläufer fallen. Der Läufer war in einem klassischen Muster gehalten. Knospen und Blüten bahnten sich ihren Weg auf salbeigrünen Stängeln. Niemand beachtete es. Denn daneben, am Fuß der Treppe, immer wieder ein paar Stufen nach oben steigend, zog Karla David das Hemd aus, und er beugte sich hinunter und öffnete die Riemen ihrer Sandalen.

Alles hatte damit angefangen, dass sich Karla vor Schmerz den Nacken rieb, wo das Hagelkorn sie getroffen hatte. David warf den Schlitten auf den Boden, legte seine Hände auf Karlas Schultern und setzte auf die Stelle einen Kuss. Einen sachten Kuss auf einen zukünftigen blauen Fleck. Und die Barthaare stachen die Haut drum herum auf aberwitzige Art. Als David den Kopf hob, küssten sie sich. Karla küsste ihn, ihre Zungen trafen aufeinander. Die Zungen trafen zum allerersten Mal aufeinander und gleichzeitig kam es Karla vor, als wären sie lange getrennt gewesen und gehörten seit jeher zusammen. Und noch etwas: Durch Karla ging augenblicklich ein Geflecht von Elektrizität. Es fing an im Mund und raste nach unten durch den gesamten Körper. Karla war überrascht und erschrocken. Die Anwesenheit dieser Elektrizität war schon seit Jahrzehnten nicht mehr in ihrem Leben zu finden gewesen, und die Voltstärke erschien ihr deutlich höher als früher.

Mittlerweile waren sie fast oben im ersten Stock angelangt. Karla trug nur noch ihre Unterwäsche, David nur noch seine Shorts, die sich vorne ausbeulten. Karla glitt mit ihrer Hand in die Shorts und fuhr ihn nach oben und nach unten und das war der zweite Stoß von Elektrizität, der sie durchzog.

Die Treppe war erklommen, knapp vorbei an einem Unfall, aber die Treppe war notwendig, denn sie führte zum Schlafzimmer. Derweil drang noch ab und zu, in kurzen Augenblicken, der Schlag der Hagelkörner bis zu Karla. Dann verschwand das Geräusch von draußen wieder in dem glücklichen Tumult dessen, was drinnen geschah.

Sie kamen irgendwie bis zur Schlafzimmertür. David hatte sich immer wieder eilig umgeblickt, um die Richtung halten zu können. Karla zog noch ihren Arm durch den zweiten Träger ihres BHs und er fiel auf den Boden. David machte blind die Tür auf und machte sie nicht wieder zu. Niemand war zu Hause außer ihnen. Und schon in wenigen Minuten würde ihr Stöhnen aus dem ersten Stock das ganze Haus erfüllt haben, würde von den Wänden abprallen, während der vom Hagelsturm entstellte rote Schlitten auf dem Flurboden eine immer größer werdende Lache Schmelzwasser hinterließ.

Karla bekam nichts mit von diesem Zimmer, irgendwo aber stand ein Bett, sie sah die weiße Wäsche im Augenwinkel leuchten. Sie strauchelten in diese Richtung. Sie fielen auf die Decke. David zog Karlas letztes Kleidungstück aus. Karla schob Davids Shorts herunter. Es würde jeden Augenblick so weit sein. Jeden Augenblick würde es so weit sein. Und dann fuhr er in sie hinein und Karla spürte David in sich mit seinem Schwanz, den sie übrigens perfekt fand. Das war der dritte abschließende, alles hinter sich lassende, alles neu entzündende Schlag Elektrizität, der durch Karlas Körper und Seele ging und Jahre vorhalten sollte. Sie fickten einander, wie Gott es schon immer gewollt hatte. Damit hatte es sich. Das Leben war verändert. Ein zweifaches Stöhnen ging durch das Haus. Weit entfernt, im unwichtigen Draußen, stürmte es, bis es aufhörte zu stürmen und Karla hinaustrat in sonnigstes Morgenwetter. Die Vögel zwitscherten wild. Im Gegensatz zu ihrer eigenen zubetonierten Einfahrt war hier in den satten Rasen ein Weg aus halbmondförmigen Steinen gelegt worden. Karla blieb einen Augenblick stehen, atmete die feuchte Luft ein. Seit Langem trat sie in einen tatsächlich neuen Tag hinaus.

Night Life

Es war nicht so dunkel, wie es hätte sein sollen. Auch am Horizont des Parkplatzes war kein Tageslicht mehr zu erkennen, der Himmel war aber trotzdem nicht schwarz, sondern von einem aus sich heraus leuchtenden Lila. Karla stand am Fenster und versuchte sich diese Farbe zu erklären. Sie konnte sich nicht erinnern, in ihren elf Lebensjahren schon mal einen Himmel in so einer Farbe gesehen zu haben. Aber Karla hatte Theorien. Zum Beispiel, dass sich der durch die Straßenlaternen hell erleuchtete Parkplatz und die weißen Scheinwerfer der ankommenden Autos und die roten Rücklichter der abfahrenden Autos und das beleuchtete Krankenhaus auf eine rätselhafte Art vermischten mit dem daliegenden und neu fallenden Schnee und so den Nachthimmel lila färbten. Karla drehte sich um.

»Ich glaub, gleich ist Schluss. Gleich ist Besuchszeit zu Ende. Soll ich dir noch Tee bringen?«, sagte Karlas Vater und legte seine Hand neben die ihrer Großmutter.

»Tee? Pfui Teufel«, sagte Karlas Großmutter.

»Ich hab noch andere Sachen gesehen in der Küche.«

Karlas Vater drückte die Hand ihrer Großmutter, die reglos blieb. Diese Hand hatte gepflegte, deutlich gerillte Nägel, sie lag auf dem Rand des Bettes und tat so, als würde sie das alles nichts angehen. Weder der Besuch noch der lila gefärbte Himmel und schon gar nicht die Geräte, die am Kopfende des

Bettes unverständliche Dinge anzeigten. Die Hand lag so desinteressiert da wie die dazugehörige Frau, die blass und faltig die Wand anstarrte.

»Was haben die sonst noch?«, fragte sie jetzt.

»Äpfel«, sagte Karlas Vater und überlegte. »Ich glaub auch Zwieback. Und Kekse.«

»Kekse, soso«, sagte Karlas Großmutter.

»Mürbekekse mit Hagelzucker. Die magst doch. Komm, ich hol dir ein paar. Gleich ist Besuchszeit vorbei. Ich hol dir vorher noch ein paar.«

Karlas Großmutter atmete auf. »Dann holst mir eben vorher noch Kekse, ja mei«, und sobald sie das sagte, drehte sich Karla wieder zum Fenster um. Sie hörte ihren Vater aufstehen, irgendwas mit der Zimmernachbarin besprechen und hinausgehen. Karla wand sich dem Himmel zu und versuchte mit allem zu zeigen, wie sehr sie sich darauf konzentrierte, wie wenig sie gestört werden durfte. Der Himmel war immer noch lila, die Farbe war eindeutig und es gab, wie gesagt, Theorien dazu. Die eine lautete, dass sich die Lichter vermischten mit dem weißen Glühen des Schnees und so weiter. Aber Karlas zweite Theorie war düsterer. Sie besagte, dass der Himmel nur hier diese Farbe hatte, weil das Kreiskrankenhaus kein guter Ort war. Hier schnitten sie Leute auf und werkelten an deren kurzzeitig nicht schlagenden Herzen. Da konnten die nur seltsam werden und wie ausgetauscht. Und das Schlimme war, dass man dann auch noch hinfahren und diese ausgewechselten Leute besuchen musste. Da konnte der Himmel nicht anders, als so eine unnatürliche Farbe anzunehmen.

»Da hast also wieder die Oma besucht«, hörte Karla ihre Großmutter sagen.

Es ging nicht anders, Karla drehte sich um. Mit ihren Händen hielt sie hinter dem Rücken das Fensterbrett fest. »Ja, Oma«, sagte sie.

Die Großmutter nickte langsam und sah Karla mit einem ganz und gar unvertrauten Blick an.

»Willst noch a bisserl bei der Oma bleiben und einen Keks essen?«

»Nein, Oma, danke«, sagte Karla. »Ich mag gar keine Kekse.« Hinter ihrem Rücken hielt sie das Fensterbrett noch fester umklammert. Sie hoffte, dass die Oma das so gelten lassen würde, obwohl es restlos unglaubwürdig war, dass Karla keine Kekse mochte. Wo hatte man so was schon gehört? Aber die Oma nickte nur und als Retter in der Not, im passendsten Augenblick, kam Karlas Vater zurück. Sobald er das Zimmer betrat, drehte Karla sich wieder um und starrte weiter den Himmel an. Sie hörte ihren Vater einige Worte über die mitgebrachten Kekse sagen, sie hörte ihre Großmutter brummend antworten. Es war fast ausgestanden. Leider musste sie sich noch verabschieden. Karla, die von ihrem Vater zum Bett geschoben wurde, umarmte ihre Großmutter nicht, sondern drückte flüchtig und pflichtschuldig ihre Hand, als wollte sie eine Fremde trösten, bei der Gefühle peinlich waren. Dann standen sie Gott sei Dank draußen. In der kalten Luft wehten einem von allen Seiten Schneebrösel entgegen. Kurz bevor sie das Auto erreichten, rutschte Karla fast aus.

Als sie wieder fest auf dem knirschenden Boden stand, sagte sie: »Warum ist die Oma so sauer?«

»Wenn Leute so lang auf der Welt sind, werden sie manchmal einfach sauer«, sagte Karlas Vater.

Sie sah hoch zu ihm und atmete dann wieder in ihren feuchten Schal hinein.

Karlas Vater seufzte. »Schwer zu erklären«, sagte er dann. Er sah auf den Parkplatz, unter seinen Augen traten Schatten hervor, die sich wie Pfützchen auf sein schlecht rasiertes Gesicht ausbreiteten. Er überlegte. Das mochte Karla an ihrem Vater, er wollte ihr immer genaue Antworten geben. »Man sagt«, sagte er, »dass die Leute manchmal komisch werden oder traurig, nachdem sie so eine schwere Operation hatten wie die Oma.«

»Warum?«, fragte Karla.

»Weil man dabei das Herz anhalten muss. Und dann«, sagte Karlas Vater und schlug die Hände zu einem tonlosen Klatschen zusammen, »dann schlägt es eine Weile nicht. Verstehst?«

»Nein«, sagte Karla. »Aber können wir jetzt weg von hier?«

Karlas Vater wischte sich die laufende Nase mit dem Handrücken ab.

Auf dem Rücksitz kletterte Karla auf ihren Kindersitzrest, der nur noch eine Erhöhung aus Styropor war, auf dem Bezug tummelten sich UFOs mit daraus hervorlugenden lächelnden Aliens, Raketen und Planeten. Karlas Vater startete das Auto und sie fuhren los. Er hielt das Lenkrad mit beiden Händen fest und beugte sich mit eingezogenem Kopf nach vorne, als würde er vor sich einen alten Bekannten erkennen. Bis nach Hause waren es fast zwei Stunden Fahrt. Aber bei diesem Wetter konnte sich das schon mal verdoppeln. Man musste aufpassen. Bei den kurvigen Straßen auf dem hügeligen Land verunglückten dauernd Leute. Mir nichts, dir nichts ist man dann tot.

Sie fuhren in vollkommener Stille. Es war eine Besonderheit von Karlas Vater, dass er sich beim Autofahren nicht auch noch auf das Radio oder Gespräche konzentrieren konnte. Nur in Ausnahmefällen, wenn sie auf Autobahnen unterwegs waren, hörte er Radio für die Verkehrsmeldungen. Er drehte es dann so leise, dass jemand vorne im Auto zu murmeln schien, und immer wenn sie von einem Geisterfahrer berichteten oder einer Karambolage, einer Kuh oder Matratze auf der Fahrbahn, drang die Meldung laut in den Wagen.

Sie fuhren seit etwa zwei Stunden. Das Auto war kaum geschlittert bisher, das weckte Vertrauen. Karlas Angst, im Graben zu landen und zusammen mit ihrem Vater zu erfrieren, hatte abgenommen, auch weil es nicht mehr schneite. Das Kreiskrankenhaus fühlte sich mittlerweile beruhigend weit weg an. Zu Beginn der Fahrt hatte Karla noch in voller Montur – puffige Daunenjacke, Schal, Schlupfmütze um den Kopf – auf ihrer Erhöhung gesessen und zitternd aus dem Fenster geschaut, nicht vor Kälte, sondern vor Aufregung. Nicht die gute Aufregung wie vor Weihnachten, wenn nur noch wenige Schokolädchen im Adventskalender übrig waren. Eher wie das Gefühl vor dem Zahnarztbesuch bei Dr. Beck senior. Aber nach zwei Stunden ruckelnder Fahrt, bei der ihnen immer weniger Autos entgegenkamen, Siedlungen auftauchten und nach ein paar Häusern wieder aufhörten, saß Karla ohne Schlupfmütze, ohne Schal und mit offener Jacke hinten und starrte hinaus. Karla liebte es, wenn sie durch ein Waldstück fuhren. Dann kam es ihr so vor, als würden sie in eine finstere Höhle eindringen, die sich vorne für sie öffnete und sich hinter ihnen schloss. Die Höhle verschluckte sie, aber sie kamen heil wieder heraus. Die Bäume sah sie nur, weil der Schnee auf den Zweigen fluoreszierte. Wenn sie sich aber weit zum Fenster beugte und dabei mit der Stirn einen Fettfleck hinterließ, konnte Karla oben an den Baumwipfeln vorbeischauen und die Himmelsschneise sehen. Ein längliches Stück Nachthimmel, in dem Flugzeuglichter vorbeischwammen oder ein Stern blinkte oder still dastand. Ziemlich majestätisch war das.

Karla wurde müde, immer wieder knallte sie mit dem Kopf gegen das Fenster. Sie zog ihre Hand aus dem etwas zu langen Jackenärmel und rieb sich die Stirn.

»Papa?«

»Wart noch.«

»Papa.«

»Gleich ist der Wald zu Ende«, sagte er. Als nach wenigen Metern das Waldstück tatsächlich zu Ende war, richtete Karlas Vater seinen Oberkörper auf, als sei er jetzt stolz auf etwas. »Was hast denn?«, fragte er.

»Kann ich mich hinlegen?«

Von vorne kam keine Antwort.

»Papa?«

»Aber schmeiß den Sitz nach hinten.«

»Eh klar.«

»Und zieh Jacke aus und deck dich zu damit. Und zieh Schuhe aus. Pass auf, dass kein Dreck auf den Sitz kommt.«

Zuerst legte Karla ihren Schal und die Mütze neben sich zu einem Nest zusammen. Ein Nest mit einer Kuhle darin. Dann drückte Karla auf den Gurtknopf, der mit einem gut gelaunten Klicken aufsprang, und zog den Sitz unter sich weg. Sie legte ihre Handfläche darauf. Er war jetzt warm. Die Planeten und Raketen und UFOs waren von der Fahrt faltig geworden. Sie warf den Sitz in den Kofferraum des Kombis. Der Kofferraum war aufgeräumt und sauber gesaugt. Das Einzige, das dort lag, waren Karlas Sitz – den ihre Eltern, ihr zuliebe, wie sie vermutete, nicht mehr Kindersitz, sondern Jugendsitz nannten – und der zusammengeklappte schwarz-blaue Einkaufskorb. Karla zog ihre Jacke aus. Dann noch die gefütterten Stiefel. Sie legte sich hin und deckte sich zu. Ihr Kopf passte genau in die Kuhle des Nestes. Und als auch noch ein paar Haarsträhnen über ihre Augen fielen, dämmerte sie weg.

Karla hatte nur etwas von »Tanken« gehört. Sie war kurz wach geworden. Durch die Fenster drang helles Licht. Karla setzte sich auf. Alles lag im Schnee begraben, die Büsche am Straßenrand und der Laster, der höher war als das zwergenhafte Tankstellengebäude. Gerade noch sah Karla ihren Vater. Sein Rücken steckte in einer braunen, verwischt aussehenden Jacke mit Kordeln so weit das Auge reichte: am Kragen, an der Taille, am Abschluss. Karla kannte diese Jacke an ihm, seit sie sich erinnern konnte. Sie rieb sich die Augen und fiel zurück. Ihr Kopf fand sofort wieder die Kuhle, in die er gehörte. Karla deckte sich noch höher mit der Jacke zu, bis zur Nase, damit die Tankstellenlichter sie nicht blendeten. Der Schlaf kehrte sofort zurück.

Irgendwann knallte eine Autotür. Irgendwann war es ganz dunkel. Das fiel damit zusammen, dass sie losfuhren. Und dann spielte Musik. Unglaublich laut spielte aus dem Radio

Musik. Jemand sang auf Englisch. Karla setzte sich verschlafen auf ihre Ellbogen auf. Aus dem Fenster sah sie Felder und ein paar Häuser ziemlich schnell vorbeiziehen. Die Musik erfüllte das gesamte Auto. Karla setzte sich in die Mitte des Rücksitzes und starrte zum Fahrersitz. Dort saß eine fremde junge Frau am Steuer. Die Frau summte das Lied mit und klopfte mit den Fingern auf das Lenkrad.

Karla verstand nicht. Sie schaute sich um. Doch, das war das Familienauto, ein grauer Volkswagen Kombi, Baujahr 1987. Der Innenraum war immer sauber. Wenn Karla mal ein Guadl lutschte, warf sie das Papier nicht auf den Boden, wie sie es in den Autos ihrer Freunde beobachtet hatte, sondern legte das zusammengeknüllte Papier ehrfürchtig in das Türfach auf ihrer Seite, von wo es meistens schon am nächsten Tag verschwunden war. Das war das Familienauto. Karlas Mutter fuhr nur kurze Strecken und kommentierte dabei alles, was sie tat (»So, jetzt den Blinker anmachen …«), und Karlas Vater fuhr zwar auch die längsten Strecken, so wie letztes Jahr nach Bibione, aber er fuhr gemessen und radiolos. Vorne auf dem Fahrersitz saßen aber weder Karlas Vater noch Karlas Mutter.

Karla, die den Eindruck hatte, die letzten Augenblicke überhaupt nicht geatmet zu haben, beugte sich vor und fragte: »Wer sind Sie?«

Nichts passierte. Die Frau am Steuer sah nach links aus dem Fenster, sie sah nach vorn aus der Windschutzscheibe, sie sang das Lied aus dem Radio auf Englisch mit, sie sang »Ice Ice Baby«, dann legte sie blind ihre rechte Hand auf den Knüppel und Karla wurde von der Beschleunigung in den Sitz zurückgeworfen.

Das junge Herz in Karlas Brustkorb flatterte so stark, dass Übelkeit in ihr aufstieg. Die Lautstärke im Auto übermannte sie. Das Radio, das Mitsingen, die Geschwindigkeit, ihr eigener Herzschlag. Jetzt war offensichtlich, warum Karlas Vater nie Musik beim Fahren hörte, es war unerträglich! Karla beugte sich erneut vor und dieses Mal schrie sie jedes der drei Wörter: »Wer? Sind? Sie?«

Die Fremde kreischte. Karla hatte noch nie jemanden erlebt, der so erschrocken war. Einerseits steigerte das ihre Angst und andererseits tröstete es sie.

Nach dem Blick auf Karla riss die Frau ihren Kopf, der wie eine schwere Melone auf dem viel zu dünnen Hals saß, nach vorn zurück und drehte am Lenkrad. Sie kamen ins Schlittern.

Aufgrund der Filme, die sie mit ihren Eltern gesehen hatte, hatte Karla mit ohrenbetäubenden Quietschgeräuschen gerechnet. Aber nichts quietschte. Ging es im allgemeinen Lärm unter? Im Auto selbst kam zu dem plärrenden Radio noch das Schreien der Frau dazu und das Poltern aus dem Kofferraum. Aber als Karla aus dem Fenster hinaus in die schneeberuhigte Dunkelheit sah, dachte sie, dass das, was sie gerade taten – das Schlittern auf eisiger Fläche –, sich auf der leeren Straße wohl nach nichts anhörte, ein unheimlicher stiller Vorgang. Dann, auf einmal, spürten sie die Reifen wieder. Es gab einen Ruck. Sie kamen zum Stehen. Karla hielt sich am vorderen Sitz fest. Sie saß halb in der Hocke und umarmte den Sitz so fest sie konnte. Dann öffnete Karla ihre Augen. Sie standen in einem Bushäuschen. Ein Balken war wegen des Zusammenpralls eingeknickt. Die Hand der Frau schoss vor und schaltete das

Radio aus. Im nächstbesten Augenblick schnallte sich Karla an. Die Frau fing unmittelbar zu reden an.

»Ich bin Michaela. Die Michi. Kannst mich Michi nennen. Musst aber nicht. Kannst, musst aber nicht. Entführungen, das ist nicht mein Ding. Ich hab schon viel gemacht, aber Entführungen ist nicht mein Ding. Das kann mir niemand vorwerfen. Kidnapping. Weißt du, was das ist? Kid, das bist du. Auf Englisch. Hast du schon Englisch? Wie das Lindbergh-Baby. Aber eben nicht! Eben gerade nicht wie das Lindbergh-Baby! Furchtbare Geschichte. Kidnapping mach ich nicht. Rudi sagt heute, du bist wieder in der Phase. Blablabla. Die Phase, wieder die Phase. Der kapiert das nicht. Wir müssen uns nur zusammenraufen, du und ich. Keine Angst. Wirklich jetzt, keine Angst. Hast du Hunger? Ich hab Hunger. Aber nicht auf Essen. Auf das Leben! Oh Gott, diesen Satz hab ich eben gesagt. Ich hab gerade wirklich diesen Satz gesagt. Kannst du mir auf die Hand hauen dafür? Hau mir auf die Hand, los, hau schon!«

Damit hielt die Fremde, die Michaela hieß, Karla ihre Hand hin, mit der Handfläche nach unten. Karla hatte den Eindruck, dass sie wirklich zuschlagen sollte, aber bevor sie sich das ernstlich überlegen konnte, wurde die zu hauende Hand jäh weggezogen und die Frau lachte auf. Auch ihr Lachen war besonders. Wie alles an ihr wirkte es, als würde es in Zeitraffer abgespielt, viel zu schnell und viel zu kantig.

Nachdem Michaela sich selbst auf die Hand gehauen und gelacht hatte, redete sie noch eine ganze Weile weiter. Karla konnte nur einzelne Sätze ausmachen. Kurz blickte Karla nach draußen, als ein Auto an ihnen vorbeifuhr. Danach war es wieder ruhig und das Schneeweiß leuchtete die Nacht aus. Und genau das war der Punkt, an dem sich Karlas Angst ein wenig legte. Michaela fuchtelte mit ihren dünnen Händen mit den dünnen Fingern in der Luft herum, redete und drehte dabei an dem Regler für die Radiokanäle. Dann sah Michaela Karla an, kurz nur, aber wiederholt, zwischen dem Reden und dem Fuchteln, und Karla verstand, dass sie inmitten des Wustes, der auf ihr abgeladen wurde, schon mehrfach nach ihrem Namen gefragt worden war.

»Ich heiße Karla«, sagte sie. »Karla Weißhaupt. 6 B. Landvogt-Berchtersstein-Gymnasium.«

»Alles klar, Karla. Dann fahr ma da jetzt hin. Ich will ausgehen. Du vielleicht nicht. Aber ich. Ich bin älter, ich weiß, was das bedeutet. In ein paar Jahren weißt dus auch. Dann willst du auch die ganze Zeit ausgehen. Das ist das Einzige, das du dann im Kopf hast. Vor allem heute gings mir so miserabel. Weißt, was das heißt? Schlecht heißt es. Scheiße. Und da konnt ich …«

Und es ging weiter. Die Flut hörte nicht auf. Sie redete und redete und redete. Außerdem fuhr sie sehr schnell, so schnell sind Karlas Vater oder Mutter nie gefahren. Karla wollte nicht wegen dieser Michaela tot im Graben liegen. Denn tot zu sein, das war das Allerschlimmste, das war konkurrenzlos. Da konnte selbst das scheußlichste Kreiskrankenhaus nicht mithalten.

Sie fuhren eine Weile mit dem voll aufgedrehten Radio. Dann bogen sie ab auf einen Parkplatz vor einem Gebäude, das Karla noch nie gesehen hatte. Auf dem Dach blinkten zwei Wörter.

Das linke Wort »Night« blinkte in einem Pink, das Karla an das Haar ihrer Meerjungfrauenbarbie erinnerte. Das rechte Wort »Life« blinkte in einem Lila, das Karla an den Fischschwanz ihrer Meerjungfrauenbarbie erinnerte.

Dieser Parkplatz war anders als der Parkplatz vor dem Kreiskrankenhaus oder dem Supermarkt oder dem Gymnasium, das merkte Karla sofort. Michaela machte den Motor aus. Sie drehte sich zu Karla um und fing wieder an, auf sie einzureden. Währenddessen klopfte sie den Takt eines Liedes aus dem Radio auf das Lenkrad, selbst dann noch, als es vorbei war und der Moderator über das Wetter sprach. Am Hang auf der anderen Seite konnte Karla entfernt ein paar beleuchtete Häuser erkennen. Dorthin wünschte sie sich jetzt. In ein Haus, in dem Licht brannte, in dem es warm war, in dem die Leute die Klappe hielten.

»Du bleibst hier. Ich geh. Das ist nur für Erwachsene. Ich bin sechsundzwanzig. Ich bin erwachsen. Du bist klein, oder nein, eher dünn, wie auch immer. Ich muss heute ausgehen. Ich muss. Ich meine: dringendst. Seit letztem Jahr war ich in einem Loch, in einem tiefen schwarzen Loch und …«

Karla sah Michaela an. In was für einem Loch war sie denn gewesen? Erklärte das ihre Dürrheit? Denn dürr war sie. Ihr blondes Haar, das bei diesem Licht angeschimmelt grün schimmerte, war oben an der Kopfhaut dunkel und dieses Dunkel ergoss sich wie eine zähe Flüssigkeit über den Rest der Haare. Unordentlich, aber voluminös waren sie in einem Knoten zusammengebunden. Das machte ihren Kopf noch größer, der durch ihren Hals mit den vielen gespannten Sehnen aufrecht gehalten werden musste.

»Es gibt da ein Wort dafür. Kennst du das Wort? Weißt du, was es heißt?«

»Was?«, fragte Karla. Sie hatte Angst, Michaela könnte explodieren, wenn sie länger auf eine Antwort warten musste, aber Karla kam einfach nicht mit.

»Bipolar«, sagte Michaela. »So heißt das.«

»Wie Polarkreis?«, fragte Karla.

Diese Frage löste ein gewaltsam aufschießendes Lachen in Michaela aus. Karla zuckte zusammen.

Ohne Übergang sagte Michaela: »So, ich geh jetzt. Ich hab zwar nur einen Zwanziger, aber ich lass mich einladen. Als Frau kriegt man das hin. Das musst du dir merken.«

Michaela zog einen zerknitterten Schein aus der Seitentasche ihrer Jeans, die so eng war, dass sie sich kurz aufrichten musste, um den Schein herauszuzerren.

»Du bleibst hier. Ich bin gleich da. Ich muss mich nur ein bisschen austanzen. Dann wird alles besser. Austanzen. Dann bin ich wieder da.«

»Ich hab Hunger«, sagte Karla.

Sie hatte es sehr schnell gesagt und sich auch vorgebeugt dazu. Sie hatte das Gefühl, man müsste alles irrsinnig schnell machen bei Michaela.

»Ich hab wirklich Hunger.«

Es war das erste Mal, dass es den Eindruck machte, Michaela wäre für einen Augenblick, wenn auch nur kurz, vom Stromnetz genommen. Sie sah abwechselnd nach hinten zu Karla und nach vorne zu den blinkenden Wörtern »Night« und »Life«.

»Also. Es ist so. Wir machen das so. Ich mach keine Entführungen und ich lass Kinder nicht verhungern. Du bist doch ein Kind, oder? Oder bist du schon ein Teenager? Ab wann ist man ein Teenager? Aber Teenager haben ja sowieso immer Hunger. Wie Mähdrescher. Nein, wie Vielfraße mähen die alles nieder. Kennst du die? Diese Dinger droben in Kanada. Wenn du in Kanada einem begegnest, dann kannst du nur beten. Das Vaterunser. Ave Maria. Egal. Du bist ja kein Teenager oder nur knapp. Egal. Du hast Hunger. Ich bring dir was. Ehrlich. Wirklich. Gleich jetzt. Genau so machen wirs. Ich bring dir was. Aber dann muss ich tanzen. Ich hätt auch schon davor tanzen müssen. Aber danach muss ich hundertprozentig tanzen. Deswegen sind wir überhaupt hier. Ich bring dir was. Ich geh tanzen. Und du bleibst hier und futterst.«

Karla sah, wie Michaela, den zusammengeknüllten Geldschein in der Faust, aus dem Auto stieg und die Tür zuknallte. Im Gegensatz zu den anderen auf dem Parkplatz hatte Michaela keine Jacke an. Keinen Schal. Keine Mütze. Über ihrem T-Shirt trug sie nur eine fusselige Strickjacke. Vielleicht wurde sie irgendwie von innen gewärmt, dachte Karla. Sie schnallte sich ab. Die Leuchte vorne zwischen dem Fahrer- und Beifahrersitz ging allmählich aus. Es wurde dunkel im Auto. Und zum ersten Mal seit Längerem war es still. Verdächtig still. Jedes Schleifgeräusch, das Karlas Anziehsachen von sich gaben, wenn sie sich bewegte, konnte sie hören.

Ein seltsamer Ort musste dieses »Night Life« sein. Wenn die Leute reingingen, waren sie guter Laune, hüpften aus ihren Autos Richtung Eingang. Wenn sie aber unter den blinkenden Wörtern wieder herauskamen, schienen sie gealtert, mussten sich abstützen auf ihre Freunde und setzten unsicher einen Fuß vor den anderen, als würden sie eine Rolle in einem lustigen Sketch spielen, wie beim Schulkonzert.

Als Michaela zurückkam, stellte sie drei Gläser neben Karla auf den Rücksitz. In einem Glas lagen Erdnüsschen. Im anderen Glas staken Salzstangen. Und im dritten Glas lagen, wie die Basketbälle in dem großen Gitterkorb im Gymnasium, rosarote Kugeln.

»Was ist das?«, fragte Karla.

»Maraschino-Kirschen«, sagte Michaela, machte die Tür zu und verriegelte das Auto. Karla hatte noch nicht verstanden, was passiert war, als sie Michaelas Haarknoten auf- und abspringen sah, während sie zum Eingang lief in ihren verdreckten Tennisschuhen. Karla ruckelte an der Tür. Die Tür war zu. Auch bei der anderen Tür war nichts zu machen. Wieder war es sehr still im Auto, wieder ging langsam das Licht aus. Es war nichts zu machen, sie war hier eingesperrt. Karla nahm sich als Erstes das Glas mit den Erdnüsschen vor. Eine nach der anderen schob sie in ihren Mund. Sie liebte Erdnüsse. Danach wollte sie etwas Neues probieren. Falls das Neue abstoßend war, hatte man immer noch ein Glas voller Salzstangen übrig. Doch als Karla diese Kirschen probierte, stellte sich heraus, dass sie eins der verwirrendsten, aber fabelhaft leckersten Dinge waren, die sie je gegessen hatte. Sie hatten zwar eine klebrig glitschige Oberfläche, aber ein wackelpuddingweiches Inneres. Wenn Karla aufpasste, spürte sie beim Kauen eine Aushöhlung dort, wo der Kern gewesen war.

Bei der letzten Maraschino-Kirsche bemerkte Karla die Kälte. Die Kälte war hinterhältig. Sie war nicht sofort da gewesen. Karla rutschte nach rechts und probierte noch einmal die Tür. Verschlossen. Sie hatte das Glas mit den Salzstangen umgeschmissen. Die lagen nun neben ihr auf dem Rücksitz, umgeben von Krümeln. Das wäre mit Karlas Eltern nie möglich gewesen, dieses Gekrümel im Auto. Und da wurde es Karla elend zumute. Sie wischte sich mit ihren immer noch klebrigen Fingern Tränen von den Wangen. Mit der anderen Hand schob sie ein paar Salzstangen auf dem Sitz hin und her.

Karla musste an etwas denken, das ihre Mutter oft sagte: Nicht von null auf hundert. Und nicht von hundert auf null. Karlas Mutter glaubte an sanfte Übergänge. Es war nicht zu fassen, in wie vielen Situationen sich diese Formel anwenden ließ, auch jetzt. Karla nahm ihre Schlupfmütze und zog sie an. Damit blieben noch Schal, Jacke, Fäustlinge, Stiefel. Aber sie durfte nicht gleich die ganze Montur anlegen. Nicht von null auf hundert.

Den Schal zu tragen fühlte sich schon mal nicht schlecht an. Karla nahm eine Salzstange und sah aus dem Fenster. Sie harrte so lange aus, bis es ihr zu kalt wurde, dann zog sie ein Kleidungsstück an. Fäustlinge und Stiefel galten jeweils als zwei Kleidungsstücke und sie musste sie deshalb auch einzeln anziehen, aber diagonal abwechselnd: erst der rechte Fäustling, dann der linke Schuh und so weiter. Und immer, wenn Karla ein zusätzliches Kleidungsstück angezogen hatte, knusperte sie die nächste Salzstange.

Sie steckte die Handflächen zwischen Sitz und Schenkel und sah aus dem Fenster. Vorne blinkten die zwei Wörter unaufhörlich. Erst blinkte »Night«, gleich darauf blinkte »Life«, dann blinkten sie zusammen und alles fing wieder von vorne an, »Night Life«. Karla nahm sich die nächste Salzstange. Wenn sie die Salzkristalle abknabberte, die nicht so mächtig waren wie auf Brezen, konnte sie das Vergnügen etwas in die Länge ziehen. Es war derselbe Ehrgeiz, der Karla dazu brachte, eine Milchschnitte in drei Schichten zu essen. Sie entledigte die Salzstange ihres Salzes und beobachtete den Eingang. Vor den Flügeltüren, die aufgingen wie in Salons in Westernfilmen, standen zu jeder Seite Männer in bulligen schwarzen Jacken und sahen jeder Frau, die hineingehen wollte, in die Handtasche. Ein Mann, der eine Tarnjacke trug und stark schwankte, näherte sich dem Eingang. Der Bullige rechts von der Tür, der gerade eben noch Frauen in die Taschen gesehen hatte, ließ ihn nicht vorbei. Der schwankende Mann regte sich auf.

Als nächstes zog Karla ihre Jacke an und nahm sich eine weitere Salzstange vor. In den Nachbarautos war es immer noch dunkel, aber hinten im Rückfenster beobachtete Karla ein Paar. Sie hielten sich lose an den Händen und gingen zu einem Auto, das viel kleiner und rundlicher war als der Familienkombi, der zwar bis nach Italien und zurück fahren, aber einen offenbar nicht mal warmhalten konnte. Als der Mann und die Frau vor dem Kühlergrill ihres kleinen Autos standen, küssten sie sich. Sie küssten sich und der Mann hielt die Frau an ihrem Hals fest wie ein junges Fohlen. Karla schluckte den Salzstangenbrei herunter und biss nicht noch mal ab. Die Jacke der Frau stand offen. Warum waren alle diese Menschen hier so kalt angezogen? Vor allem die Frauen. Karla dachte an ihre Mutter und die Lehrerinnen an ihrem Gymnasium. Keine davon wäre im kältesten Bayernwinter auf die Idee gekommen, mit offen aufgeklappter Jacke und ohne Mütze auf die Straße zu gehen.

Diese Frau rutschte aus und riss dem Mann dabei seine Kapuze mit Fellbesatz vom Kopf. Er hielt sie fest und umfasste unter der Jacke ihre Taille. Die Bluse der Frau schimmerte perlmuttweiß. Karla konnte ihren Blick nicht abwenden von diesem Schimmern. Von vorne drang Geschrei ins Auto. Sie drehte sich um. Am Eingang sah sie Michaela. Sie schrie und einer der Männer in den bulligen Jacken hielt sie an den Schultern fest, nicht aggressiv, sondern väterlich. Der andere gleich daneben sah unbeteiligt geradeaus, wie eine Kuh, die kaute.

Michaela bewegte sich mit dem Mann, der sie festhielt, vorwärts. Sie kamen dem Auto immer näher. Karla konnte nur Michaela schreien hören, nicht ihn, aber seine Lippen bewegten sich. Michaela fuchtelte wild mit den Armen, verbog ihren dünnen Körper, aber im Griff des Mannes wirkte sie klein, leicht und schwach.

Als sie nahe genug am Auto waren, hörte Karla den Mann sagen: »Ruf jetzt ein paar Spezis von dir an.« Wegen Michaelas Geschrei konnte sie keine Antwort ausmachen.

Der Mann ließ Michaelas Schultern los und sofort wollte sie zurückrennen. Er fing sie ein. Gleich darauf versuchte sie es noch einmal. Schließlich beobachtete Karla, wie Michaela, mittlerweile mit Flecken auf der Brust ihres T-Shirts, die Autoschlüssel aus ihrer Hosentasche holte. Und da, in diesem Durcheinander, tat Karla etwas, das sie sich nicht überlegt hatte, das einfach über sie gekommen war: Sobald sich der Schlüssel in der Autotür gedreht hatte, sprang Karla, immer noch stiefellos, von ihrem Rücksitz nach draußen. Vor ihr der glatzköpfige Mann und daneben Michaela. Karla starrte den Mann an. Michaela starrte Karla an. Nichts passierte. Danach aber rollte alles los.

Kurze Zeit später fuhr ein Polizeiauto mit Blaulicht und Sirene auf den Parkplatz. Karla sah zu, wie das Auto, fast schwebend in dem blauen Schein, langsam auf den Parkplatz einbog. Ja, selbst die Polizisten fuhren bei diesem Wetter langsam. Jeder, der bei Verstand war, fuhr bei diesem Wetter langsam.

Alle Eindrücke aus den letzten Minuten aufzunehmen und zu bündeln war für Karla unmöglich. Sicherlich hatten Leute gegafft. Und sicherlich wurde geschrien. Die Nacht wurde erleuchtet durch die blinkenden Wörter »Night Life« und durch das sich immer weiter drehende Blaulicht des Polizeiautos.

Karla wartete mit einem grässlichen Kamillentee in ihren frierenden Händen, der Mann mit der bulligen Jacke klopfte ihr immer wieder auf die Schulter mit seinen Bärenpranken, während sein Kollege mit dem Gezeter von Michaela beschäftigt war. Das Polizeiauto bog ein, kam langsam zum Stehen und sofort sprang Karlas Vater vom Rücksitz. Dahinter humpelte gebeugt Karlas Mutter. Dass sie mit ihrem verrenkten Rücken hergekommen war, konnte Karla kaum glauben. Die letzten Tage war sie durch das Haus gelaufen wie durch eine niedrige Höhle, in der man sich mit einer Kerze mühevoll zurechtfinden muss. Und nun war sie hier, nur ihretwegen.

Karla ließ den Becher mit dem Kamillentee fallen und lief auf ihre Eltern zu. Ihr Vater hob sie hoch, zu ihrer Mutter musste sie sich hinunterbeugen. Sie erinnerte sich noch jahrzehntelang an diese Umarmung, die festeste von allen Umarmungen, die sie je mit ihren Eltern ausgetauscht hatte.

Auf diesem Parkplatz, in dem blau, pink und lila blinkenden Licht, in den Armen ihrer Eltern, sah Karla zu, wie ein Polizist Michaela in Handschellen legte und sie versuchte, mit den verschränkten Armen hinter dem Rücken wegzulaufen. Karla sah, wie ein anderer Polizist Michaela auf den Rücksitz des Polizeiautos schob und sie sofort wieder heraussprang. Es war seltsam: Einerseits war Michaela zart und leicht zu bezwingen. Andererseits aber gab es nichts, was sie in Schach halten konnte, sie schien etwas in ihrem Inneren zu besitzen, das aus ihr sprudelte und alle körperliche Schwäche überwand. Zum ersten Mal sah sich Karla etwas gegenüber, das stärker war als alles bisher Gekannte. Sie sah sich einer Macht gegenüber, der man nichts entgegensetzen konnte.

Ein Transporter bog auf den leeren Parkplatz. Auf der Seite des aschweißen kleinen Lasters war das Wort »Bacardi« aufgedruckt. Nicht einmal die Getränke änderten sich hier seit den Neunzigern. Karla saß in ihrem Auto und hielt das Lenkrad fest. Der Motor war zwar ausgeschaltet, aber ihr Fuß stand bereit, um sofort auf das Gaspedal drücken zu können. So saß sie immer da, wenn sie zum »Night Life« fuhr. Gefasst auf das Schlimmste. Immer nur tagsüber oder zumindest wenn es hell war, fuhr Karla nach der Arbeit oder am Wochenende auf den leeren Parkplatz. Dort stand sie eine Weile. Diese kleine Tradition, von der niemand wusste, wiederholte sich nicht oft, nur zwei oder drei Mal im Jahr, es kam aber auch auf das Jahr an. In der langwierigen Zeit der Vaterskrankheit war es nur ein

Mal passiert. Nun war es wieder so weit. Karla nannte es für sich »die Therapie«.

Sie hielt die Hände am Lenker, saß in ihrem stillen Auto und beobachtete, wie ein dickbäuchiger Mann mit einem Klemmbrett und einem von diesen Freisprechtelefonen im Ohr aus dem »Night Life« kam. Schlecht gelaunt wartete er, bis der Fahrer des Transporters die Tür öffnete und mit dem Ausladen begann. Kisten über Kisten Bacardiflaschen. Was für Cocktails servierten die hier eigentlich?

Nie, kein einziges Mal, war Karla in das »Night Life« hineingegangen. In der Schulzeit war das erklärungsbedürftig gewesen, sie musste sich Ausreden einfallen lassen und auf die noch dörflichere Dorfdisco »Woodstock« ausweichen, eine Hütte, in der immer nur Reggae gespielt wurde und die an ein Grundstück mit stoischen Bisons anschloss. Einmal musste Karla die beinahe bewusstlos betrunkene Lisa hier abholen. Dieses Ereignis fand im Morgengrauen statt. Doch selbst bei dieser Gelegenheit war Karla nicht hereingegangen und danach hatte sie das Telefon für immer aus ihrem Schlafzimmer verbannt.

Der junge Lieferant fuhr mit dem Handgabelstapler eine Palette eingeschweißter Flaschen vom Laster zum Nebeneingang. Der Bierbäuchige begleitete ihn, nun besser gelaunt und etwas auf seinem Klemmbrett notierend. Karla klopfte auf dem Lenker einen unhörbaren Takt mit, vielleicht »Ice Ice Baby«. Der Lieferant zündete sich eine Zigarette an, bevor er die nächste Fuhre auslud. Er stand im Nachmittagslicht und rauchte. Er tat sonst nichts anderes, er sah nicht auf sein Telefon, er redete mit niemandem, er hielt die eine Hand am

Gürtel fest und mit der anderen Hand führte er die Zigarette zum Mund. Früher hatte Karla die Raucher immer beneidet um ihre Augenblicke der Sammlung. Seit sie von dem Zimmer wusste, beneidete sie sie nicht mehr. Sie wusste von der Schönheit des Anfangs einer Sucht. Was danach kam, das wusste sie auch. Das war nicht mehr schön. Aber was sollte man machen? Es gab keine Wahl mehr. Man sah sich etwas gegenüber, vor dem man machtlos war.

Der Lieferant blickte zu Karlas Auto. Sie schaltete die Zündung an und fuhr los. Als sie auf die Landstraße bog, sah sie noch einmal zurück. Die zwei Wörter wurden eingeschaltet. Sie blinkten nun in buntem Neon wie eh und je: »Night.« »Life.«

Wort des Tages

Am fünften April lautete das Wort des Tages »Parlatorium«. David Thoriat stand vor seinem Jeden-Tag-ein-neues-Wort-Bildungskalender und riss das betreffende Blatt ab. Unter der großen Datumszahl stand das Wort und auf der Rückseite die genaue Erklärung bis hin zu den sprachlichen Ursprüngen. Das nackte Wort vorne sollte die Neugierde wecken. Und bei David weckte es die Neugierde jedes Mal. Die paar wenigen Tage, an denen er vergessen hatte, die Erklärung für das Wort des Tages nachzulesen, waren schlechte Tage gewesen.

Nun stand David barfuß vor dem Kalender, in seinem Pyjama aus Seersucker. Wohlgemerkt: Seersucker, nicht Flanell. Gestern Nacht war die erste wärmere Nacht des Jahres gewesen, in der er den Flanellpyjama einräumen und den dunkelblauen Seersucker-Pyjama aus der Kommode holen konnte. Es schien ihm ein feierlicher Akt, in Vorfreude auf das, was kommen sollte, und das war der Frühling, in jeder Hinsicht.

David drehte das herausgerissene Blatt um, und las: »Das Parlatorium. Unter Einfluss des französischen Verbes ‚parler'. Ein Parlatorium bezeichnet einen Raum in Klöstern, in dem sich die Mönche unterhalten dürfen.«

»Parlatorium«, wiederholte David. Er sagte es in Sprechlautstärke und mit klarer Stimme. Nach dem Aufwachen heute war es das erste Wort, das er sagte. David sah aus dem Fenster über seinem Schreibtisch. Die Zweige der hohen Eichen im Garten blieben unbewegt, aber die Blätter flitterten wie Lametta in der Sonne. David trat einen Schritt vor. Bei diesem Winkel war das Höchste der Gefühle, dass man den Rand des Hundehüttendaches erkennen konnte. Julius selbst war nicht in Sichtweite. Apropos Julius: Man müsste die Winterdämmung aus der Hütte entfernen und einlagern; das Piepsspielzeug (eine Ratte, deren Größe nur mit einem fehlgeschlagenen Genexperiment erklärt werden konnte) war an einer Stelle eingerissen, piepste nicht mehr und musste ersetzt werden; der Tierarzttermin nächste Woche lag hochgradig ungünstig und müsste verschoben werden.

David trat zurück, besah sich noch einmal die flitternden Blätter und den unbekümmerten Frühlingshimmel dahinter und weigerte sich, ausgerechnet heute über die noch zu erledigenden Dinge nachzudenken. Er nahm sich den auf der Stuhllehne hängenden, zum Pyjama passenden Morgenmantel. Es war ein Set gewesen, mit dem man sich so fühlen durfte, als hätte man das Leben unter Kontrolle – denn welcher Mann, der so etwas besaß, konnte unglücklich sein? Dann ging er zur Kommode, auf deren glasgeschützter Oberseite ein Wasserkocher stand, eine orientalisch geblümte Dose und einer dieser französischen Druckkaffeebereiter samt einer sauberen neuen Tasse. Er machte den Wasserkocher an, füllte Kaffee ein und ging zur Toilette. Alles stand immer bereitwillig da, weil er es nach Benutzung sofort ausspülte und wieder an seinen Platz stellte. So war er.

Wenig später sah David mit einer Tasse schwarzen Kaffees wieder aus dem Fenster. Sicherlich hatte Karla ihm schon geschrieben oder auf den Anrufbeantworter gesprochen, sicherlich war es das Gleiche mit Heinrich, ganz zu schweigen von den Freunden, Kollegen und einer Handvoll ehemaliger Schüler. Oder alle taten es genau jetzt, sie riefen sein für die Nacht noch abgeschaltetes Telefon an. Aber David wollte sich noch nicht damit beschäftigen. Er wollte noch in der Erwartung des gerade beginnenden Tages verbleiben. Außerdem wollte er sich die Freuden einteilen. Erst müsste er sich sein Frühstück holen. Danach könnte man eine Freude gut gebrauchen.

Aus Gewohnheit machte David die Tür hinter sich zu, ging durch den kurzen Flur und verharrte oben an der Treppe. An den nackten Füßen trug er seine Lederslipper und über seinem schlanken Körper war der Morgenmantel fest zugebunden, als müsste er sich gegen Wind wappnen.

Von hier oben wirkte das Haus friedlich, als würde darin eine glückselige Familie zusammenleben. Die Fenster waren hoch und geputzt und zeigten auf das Grün des Gartens. David sah, dass Julius bereits wach war und etwas am Boden erschnüffelte. Über der Eingangstür war eine Luke im Jugendstilmuster aus Mosaikstückchen eingelassen; alte, aber gut erhaltene Teppiche bedeckten den Boden; es tickte die Wanduhr, so groß wie ein Kindersarg. Zur vollen Stunde würde sie einen lauten, offiziell klingenden Gong erklingen lassen, allerdings war das, was die Uhr unter »voller Stunde« verstand und was die Welt unter voller Stunde verstand, nicht dasselbe. Aber sie war schließlich über hundert Jahre alt.

David legte eine Hand auf das Treppengeländer. Regelmäßig kam er an diesem Punkt des Tages zu einem Denkfehler: Unten. Er hätte ihr die obere Hälfte geben und selbst unten bleiben sollen. Dann wäre er näher bei Julius, er wäre näher am Garten, das Kochen wäre nicht so schrecklich kompliziert, die Uhr hätte sie ja oben aufhängen können, schließlich hat sie die geerbt, nicht er. Aber immer wieder kam David zur selben Schlussfolgerung: Wenn er den unteren Stock bekommen hätte, würde sie jetzt, um sich ihr Frühstück zu holen, nach unten in seinen Bereich kommen – undenkbar, unaushaltbar, unsäglich.

David trank den erkaltenden und aufgrund der Pulverreste sandigen Kaffee zu Ende. Auf dem Teppichläufer der Treppe waren seine Schritte kaum zu hören. Das ohnehin schon irrsinnig laute Ticken der Uhr wurde immer lauter, je näher er kam. Ansonsten war es verdächtig ruhig. Vielleicht war sie gar nicht da. Vielleicht war sie einkaufen gefahren, es war schließlich Samstag.

Als David am Fuß der Treppe angekommen war, musste er noch das Wohnzimmer durchqueren. Und dort, auf dem Ecksofa, das eine ganze Fußballmannschaft samt Trainer und Co-Trainer hätte beherbergen können, saß sie. Auf dem Schoß hielt sie ein aufgeschlagenes Magazin und sah ihn an.

Der kurze elektrische Schlag, den David immer noch manchmal fühlte, wenn er sie sah, ähnelte dem kurzen elektrischen Schlag, den er gefühlt hatte, als er sich damals in sie verliebt hatte, nur dass es sich jetzt um das Gegenteil handelte.

»Morgen«, sagte David, und sah zur Küchentür hinter ihr. Er begann langsam in die Richtung zu gehen.

»Morgen«, sagte Erika. »Ich darf wohl gratulieren.«

»Ja, darfst du«, sagte David.

»Na dann. Alle gottverfluchte Ehre dem Geburtstagskind«, sagte Erika. Ihre etwas unterfütterte Gestalt saß, in einen grauen Jogginganzug gekleidet, regungslos da. Sie wirkte wie ein Patient im Krankenhauscafé: neugierig und kampflustig, aber noch nicht mobil genug.

»Danke«, sagte David. Er hatte fast die Küchentür erreicht.

»Hat sich Heinrich gemeldet?«

»Wahrscheinlich schon. Ich hab noch nicht nachgesehen. Weißt du, ich hab Hunger, ich mach mir jetzt mein Frühstück.«

»Der berühmte Geburtstagsappetit«, sagte Erika und blickte in ihr Magazin. David schloss hinter sich die Küchentür. Der erste Anstieg zum Frühstück war erklommen. Nun konnte er im Basislager etwas zu Atem kommen.

Das Ei ratterte im kochenden, wild Blasen werfenden Wasser, während David einen Blick auf sein Frühstückstablett warf. Darauf lagen zwei Scheiben Pumpernickel, ein paar geschälte und holzig wirkende Karotten, der leere Eierbecher samt Eierlöffelchen und dem winzigen Salzstreuer, außerdem die Keramik-Butterdose. David öffnete den Kühlschrank. Er langte in eines der oberen zwei Fächer, die an der Seite beschriftet waren mit einem Aufkleber und seinem Namen in ernsten Großbuchstaben. Die unteren zwei Fächer waren mit »Erika« beschriftet. Er nahm ein Glas mit Himbeermarmelade heraus und stellte es auf das Tablett. Das Ei ratterte aufgebracht im Topf. Es sollte ruhig rattern. Schon seit der Kindheit bevorzugte David Eier, die so hart gekocht waren, dass das Eigelb bläulich wurde.

Aus dem Schrank unter dem Geschirrspülbecken holte David einen Napf und begann ihn mit vor Glibber glänzendem Hundefutter zu füllen. Auf der Dose war ein Schäferhund abgebildet, der traulich und trutzig in die Ferne blickte. David überlegte kurz: Wenn er jetzt zu Julius ging, zurückkam und das dampfende Ei in den Eierbecher stellte, bräuchte er nicht noch einmal nach unten zu gehen, bis er Julius beim Nachbarn abgab und selbst das Haus verließ.

Draußen im Garten fror David noch im Seersucker. Er stellte den Napf neben dem Hütteneingang ab, richtete sich wieder auf und zog den Kragen des Morgenmantels höher. Er steckte seine Hände in die Taschen. Es war friedlich hier. Harmonisch. Beruhigend. Was auch immer man für ein schöngeistiges Wort verwenden wollte, es würde passen. Dem Garten hatte es gut getan, dass David sich nicht mehr so viel darum kümmern konnte. Die Füße versanken im Gras. Das wildeste Zeug wuchs hier. Im Sommer kamen Bienen.

Ein Frühlingswind blies und ließ die Blätter an den Zweigen immer wieder mit ihrem Rascheln erklingen und danach verstummen, wie Wellen. David legte den Kopf in den Nacken und sah zum Himmel. Er beulte mit seinen kalten Händen die Morgenmanteltaschen aus. Da hörte er es. Büsche raschelten, ein Hecheln. David ging in die Hocke und breitete seine Arme aus. Wie früher, als er vom Gymnasium nach Hause kam und Heinrich klein war und ihm entgegenlief mit der größtmöglichen Freude der Welt, so lief ihm jetzt Julius entgegen, mit herausgestreckter, gegen die Zähne schlagender Zunge, mit dem hin und her wippenden Fell seines eleganten Labradorkörpers. David umarmte den Hund und Julius leckte ihn ab.

Das Metalldöschen mit dem Zucker hatte er umgestoßen. Er wusste nicht, wie er das vollbracht hatte, aber er dachte, es würde wohl mit seiner Nervosität zusammenhängen. Es war eine dieser Dosen, bei denen der Deckel eine Öffnung für den Löffel ließ. Bräunliche, funkelnde Kristalle ergossen sich über die Tischdecke. Nun, im Samstagmorgenlärm eines Passauer Cafés mit großen Fenstern und geglätteten Zeitungen, die auf Holzstangen aufgespannt waren, saß ein Mann, der murmelnd versuchte, mit den Handflächen Zucker einzusammeln.

Etwas Zuckersand blieb auf der Tischdecke zurück. David war dabei, diesen Rest auf den Boden zu befördern, als ihn jemand ansprach: »Was hast denn da wieder angestellt, Papa?«

»Heinrich!«

David sprang auf. Sie umarmten sich. Davids dichter, ergrauender Schopf drückte sich nah an Heinrichs hellbraune Haare, die ganz oben auf dem Kopf, der Stelle, die Gott am nächsten lag, schon dabei waren, sich zu lichten. Man sagte, dass gerade die Haare eine Generation übersprangen. Davids Vater war bereits mit Mitte dreißig blank gewesen.

Heinrich hatte wie immer seinen Wanderrucksack dabei, auf dem es nur so wimmelte vor bunten Schnüren und Reißverschlüssen. Er stellte ihn neben sich auf dem Boden ab und setzte sich seinem Vater gegenüber.

David atmete auf. Seine Nervosität legte sich nicht, im Gegenteil.

»Bist gut hergekommen? Hat das Geld gereicht?«

»Alles pünktlich. Ausnahmsweise.«

Sie lachten beide.

»Das Geld war eh zu viel. Und weißt du eigentlich, wie lang ich Anno 1750 mit der Postkutsche gebraucht hätte? Drei Tage! Und selbst wenn …«

Heinrich redete weiter, er gestikulierte mit den feinen jungen Händen, er sah seinen Vater an und wenn er seine Master-Arbeit streifte, an der er, wie es David vorkam, seit Studienbeginn schrieb, zeigte sein Blick einen gemischten Ausdruck aus Verzweiflung und Glück, ähnlich wie bei jungen Eltern: Verzweiflung und Glück. David nickte an den passenden Stellen, hauptsächlich aber hörte er zu. Er wollte Heinrich einen Kaffee nach der Fahrt anbieten oder ein Glas Wasser oder womöglich war es das völlig Falsche, jetzt hier zu sein, ohne anständiges Essen, vielleicht war er ja hungrig, er war ein junger Mann und David konnte sich erinnern, dass junge Männer meistens hungrig waren. Andererseits würde es auf dem Dampfer zu essen geben und er könnte sich bestellen, was er wollte, auch den teuersten Heilbutt oder Seeteufel. Die Zeit war aber schon längst vorbei, in der er Heinrich zum Trinken oder Essen drängen oder sich sichtbar um ihn Sorgen machen durfte, er war kein Kind mehr, irgendwann musste man zur Seite treten. Und eben dieser Umstand erfüllte David manchmal mit einer gewissen Ungläubigkeit. Dieses menschliche Wesen hatte einmal Arme besessen, die sich an den Handgelenken vor Babyfett in Schnüre legten. Dieses Wesen hatte einmal die gesamte Flasche grünen Badegels in die überschäumende Wanne geleert. Und nun saß er vor ihm und war ein Mann. Die Wucht dieser Verwandlung überwältigte David immer wieder.

Dann, aus dem Nichts, fing dieses Mannswesen – das bei der Geburt 2780 Gramm gewogen hatte, und jetzt bei jeder Gelegenheit einen Wanderrucksack mit sich schleppte, der dreimal so viel wog – zu lächeln an und deutete mit dem Blick auf etwas hinter David. Als David sich umdrehte, sah er einen beschürzten Kellner, der mit zwei Tellern zu ihrem

Tisch unterwegs war. Kurz bevor er den Tisch erreichte, nahm er ein Feuerzeug und entfachte eine Wunderkerze in einem Stück Torte, das der Kellner vor David stellte mit den Worten: »Jemand hat Geburtstag? Gratulation.«

»Ach! Heinrich!«, sagte David, und drehte und wendete den Teller mit dem Stück Schwarzwälder Kirschtorte, aus dem die Funken sprühten. »Das ist ja wohl nicht wahr.«

»Alles Gute zum Fünfzigsten, Papa«, sagte Heinrich. Er nahm die Kuchengabel zur Hand und stach auf sein eigenes Tortenstück ein.

Der Treffpunkt war am Pier ausgemacht. Anlegestelle A2. Es waren nicht viele Wartende da, aber auch nicht wenige für die Jahreszeit. Heinrich begann sofort den Abfahrtsplan zu studieren, ein vergilbtes Stück Papier hinter einer Scheibe. Zwei Frauen in ihren Siebzigern zogen fast gleichzeitig Sonnenbrillen aus ihren Handtaschen. Eine Familie mit Zwillingsmädchen im Grundschulalter blickte gemeinschaftlich auf die Donau hinaus. David bemerkte, dass der Mann eine Hand auf den Rücken der Frau legte, auf die Stelle zwischen den Schulterblättern.

Als die Mädchen anfingen zu schreien, auf etwas zu deuten und an den Ärmeln ihrer Eltern zu ziehen, sah David auf den Fluss hinaus. Der Dampfer war unterwegs.

Sie war noch nicht da, und der Dampfer war unterwegs. Noch nie war sie irgendwohin einfach so nicht gekommen, ohne Bescheid gesagt zu haben. David hatte also Vertrauen. Die große Schwierigkeit des Tages bestand darin, dass er sich vorgenommen hatte, nicht vorauszueilen, die Minuten nicht zu verschlingen, sondern zu versuchen, sich auf das Unmögliche einzulassen, nämlich die Gegenwart. Also konnte er sich nicht damit beruhigen, dass sie in einer Stunde zu dritt auf dem Deck ein Bierchen trinken würden. Er litt jetzt und da es kein Später gab, litt er sehr.

»Da schau her«, sagte Heinrich, als der Dampfer, zur Hälfte mit Glas überdacht, mit seinem Anlegemanöver begann.

»Gleich«, sagte David. Er sah sich um. Vom Parkplatz unter der Brücke eilte eine Gestalt herbei. Das Gesicht war nur ein heller Punkt, umrahmt von etwas fliegendem Dunklen. Die Gestalt lief in seine Richtung und obwohl das Stecknadelkopfgesicht kaum größer wurde, erkannte David sie. Oh, er erkannte sie. Wie in der Bibel und noch auf andere Arten. Ihre Anwesenheit war ein Geschenk, das sein Herz beruhigte und es gleichzeitig noch stärker schlagen ließ.

»Gleich, meine Herrschaften, sind wir bei unseren geschätzten österreichischen Nachbarn«, sagte eine Stimme aus dem Lautsprecher und David konnte vereinzeltes Lachen hören. Sie saßen auf dem Freiluftdeck. Hier war man der trügerischen Frühlingssonne ausgeliefert, die kühl schien, einem aber trotzdem die Haut hübsch anbrennen würde. Die meisten saßen entweder unten im Restaurantsaal oder in der überdachten Hälfte des Decks und futterten ihre Bienenstiche, ihre Apfelstrudel, ihre Mohnkuchen – noch deutscher ging es nicht.

David saß, in seinen Metallstuhl versunken, an der Reling, sah hinaus auf die Donau und trank von seinem Weizen.

»Und, magst dus in München?«, hörte er Karla fragen.

»Ja, sehr«, sagte Heinrich und wechselte den Griff um sein Glas Radler. Er sah Karla an mit einer Neugierde, die er schon als Kind besessen hatte, einer tatsächlichen Wissbegierde, im Ergebnis völlig offen.

»... und manchmal geh ich in die Alte Pinakothek«, stieg Heinrich wieder ein. »Aber selbst wenn ich nicht dahin gehe, weiß ich doch, dass sie da ist. In der Theorie. Wissen Sie, was ich meine?«

»Bitte ...«, sagte Karla und pausierte, ihr Gesicht nahm einen etwas gequälten Ausdruck an. »Bitte duze mich doch.«

»Okay«, sagte Heinrich, und trank von seinem Radler. Als er weiterredete, klebte noch ein kleiner feiner Schnurrbart vom Bierschaum auf seiner schmalen Oberlippe.

»Ich glaube, ich weiß, was du meinst. Dass die Anwesenheit von etwas oft schon alles verändert«, sagte Karla und sah auf den Bierdeckel unter ihrem Glas Silvaner.

»Nein, ich meine eher ...«

David driftete wieder weg. Die Ufer waren schon seit einer Weile ländlicher, weniger bebaut. Die Lautsprecherstimme hatte fast gar nichts mehr über Passaus Tausende Jahre währende Geschichte zu erzählen. Nun wurde einem nur noch sporadisch mitgeteilt, welche Burg Schrägstrich welches Kloster wo zu erkennen war. Parlatorium, dachte David. Von französisch »parler«. Was Heinrich Karla erzählte über die Miseren des kleinstädtischen Rainacker, hörte David auch immer wieder von seinen Schülern, vor allem den Abiturienten. Jeder kenne jeden, man könne nicht einfach mal unbeobachtet irgendwo hingehen. Kultur? Welche Kultur? Es wurde sogar gemunkelt, dass die einzige Buchhandlung der Stadt in Schwierigkeiten stecke. Aber irgendwann in zwanzig Jahren, dachte David und sah hinaus auf eine Trauerweide, die ihre Zweige wie kitzelige

Zehen in das Wasser hielt, irgendwann wurden sie müde oder bequem und zogen zurück. Und andere wiederum, in Davids Alter, zogen wieder hinaus in die Großstadt, weil sie es satthatten. Parlatorium, dachte David, endlich wieder reden können inmitten des Schweigegelübdes.

Nachdem sie einen Platz im Bordrestaurant unten gefunden hatten, ging David einen schmalen, vom Motorenlärm dröhnenden Flur zur Toilette entlang. Als er zurückkam, saßen sie da, wie schon oben, auf einer Tischseite, Heinrich hielt seine Speisekarte hoch und Karla die ihre. Sie schoben die Köpfe zusammen und Karla deutete auf etwas in Heinrichs Karte, weswegen er genauer hinsah. Das, genau das, nicht mehr und nicht weniger als dieses Köpfezusammenschieben, erfüllte David mit einem scharfen Glücksstrahl, der schwer zu ertragen war. Es war nicht angenehm, so glücklich zu sein. Zwangsläufig würde es vorbeigehen, man würde sich aber fast schon zur Strafe immer wieder daran erinnern.

Der Speisesaal lag so niedrig, dass in den Panoramafenstern lediglich das Blaugrau der vorbeiziehenden Donau zu erkennen war. Mit seinen Füßen glich David das sachte Schwanken des Dampfers aus. Er stand am Eingang und sah die beiden an. Seinen Sohn, dieses vertraute und doch unbekannte Wesen. Und die Frau, die er liebte, diesen, Grund, um neu anzufangen.

»Weißt du, ich war noch nie hier gewesen. Wie viele Monate geht das schon zwischen uns«, sagte David und tippte mit einem Finger erst sich und schließlich Karla auf die Brust. »Und trotzdem, ich war noch nie hier gewesen. Das ist fast ein Geschenk.«

»Es ist ein Geschenk!«, sagte Karla und drehte den Schlüssel um.

»Ein symbolisches Geschenk«, sagte David, als sie eintraten und er sich im Flur umsah, dessen Einrichtung weder an vergangene Zeiten erinnerte noch an die billigen Selbstaufbaumöbel von heute, sondern einfach nur achtlos war. Jemandem war dieser Teil des Lebens offenbar gleichgültig gewesen.

»Bekomme ich eine Grand Tour?«

»Wieso denn? Wozu? Es ist ein Haus wie jedes andere hier. Du hast so ein Haus, die Kollegen haben so ein Haus, Freunde haben so ein Haus, meine Eltern hatten so ein Haus und jetzt hab ich dieses Haus. Zwei Bäder. Unten gibts auch ein Bad, du musst also gar nicht nach oben gehen. Normales Haus. Ganz normal.«

»Liebes, wie oft du jetzt das Wort Haus gesagt hast. In einem Aufsatz würde ich dir das anstreichen.«

»Na, Gott sei Dank warst du noch gar nicht da, als ich am Gymnasium war«, sagte Karla und entwirrte den Wollschal von Davids Hals. Die Flurleuchte mit darin ausgetrockneten Insektenleichen schickte ihr düsteres Licht hinab. Karla hielt in der rechten Hand das eine Ende des Schals und in der linken Hand das andere. Mit ihren Fingern wanderte sie hoch zu Davids Hals und zog ihn mit dem Schal zu sich. Sie küssten sich. David erinnerte sich: An diesem Tag, an seinem Geburtstag letztes Jahr, saß er im Morgengrauen entblößt vor seinem Computer und sah einer Frau dabei zu, wie sie den Penis eines Mannes rabiat, überhaupt nicht genüsslich, in den Mund nahm. Nachdem er selbst gekommen war, hatte David immer noch dagesessen, ein weiteres Video fing automatisch an, es war nicht genug, irgendetwas reichte nicht. Es fühlte sich so an, als hätte man zu viel und das Falsche gegessen und war nun immer noch nicht satt. Dieser hinterhältige Resthunger hatte in ihm gesessen und kein Video von keiner Frau, die in welcher Pose auch immer sich nackt einem Mann entgegenstreckte, konnte das beheben. Der Resthunger blieb. Und er nagte und nagte kleine Stückchen aus David heraus. Er hatte gar nicht gewusst, dass all das wieder heil werden konnte.

David knöpfte Karlas Bluse auf. Sie waren in das Wohnzimmer gestrauchelt, nicht nach oben in das Schlafzimmer, es war fast abenteuerlich. Dann schmeckte David die im Kern salzige, gelartige Flüssigkeit zwischen Karlas Schamlippen, er bewegte sich südwärts, streckte seine Zunge und füllte sie aus. Wenig später nahm sie ihn in den Mund, und zwar alles andere als rabiat. Und wie immer, wenn diese Ereignisse geschahen in den letzten Monaten, wurden Sachen wieder heil. Als würde man das Zerbrechen einer Vase rückwärts betrachten. Risse kitteten. Der Hunger verschwand.

Sie hatten sich mit einem Plaid zugedeckt, der bessere Tage erlebt hatte, mit aufgerissenen Nähten, Weinflecken, jetzt noch anderen Flecken, und das in einer Farbe, die an einen Militärkonvoi im Regen erinnerte. Im Fernsehen lief eine Sendung, in der es um nichts anderes ging als stramme Männer, die riesige Thunfische fingen, das war traurig und lächerlich zugleich.

Davids Kopf lag auf Karlas nackter Schulter und ihr Kopf lag auf seinem.

»Sollen wir nicht ins Schlafzimmer umziehen?«, fragte David. Die Worte schlürften langsam aus seinem Mund heraus. Dieser Tag hatte ihn am Ende geschafft. Auch Glück macht müde.

»Wir habens hier doch schön«, sagte Karla. Ihre Stimme kullerte zu David herunter, untermalt vom stürmischen Wetter auf dem Thunfischkutter im Fernsehen. David döste weg. »Ich wollte dir was sagen«, hörte er. David setzte sich auf und sah sie an und sie sah den blutenden Thunfisch auf dem Bildschirm an, dessen Auge sich stumm verdrehte.

»Ich wollte dir etwas sagen und ich hab das noch keinem …«

»Das tut nichts zur Sache. Weißt du? Gar nichts«, sagte David.

»Was?«

»Weißt du, ich hatte das zwar der Noch-Frau gesagt, damals, aber das war noch im Tertiär, das ist Millionen von Jahren her, damals spazierten ganz andere Lebensformen über die Erde.«

»Wovon redest du?«, fragte Karla. Sie kratzte sich am Kopf und die Decke rutschte herunter und entblößte ihre Brust. Witzigerweise, dachte David, war sie manchmal der am wenigsten subtile Mensch der Welt.

»Ich rede davon, dass ich dir etwas sagen wollte, und ich denke, es ist dasselbe, das du mir sagen wolltest.«

»Nein, ich zuerst«, sagte Karla.

»Nein, tut mir leid, ich«, sagte David, verwundert über die eigene Zielstrebigkeit. »Ich wollte dir sagen«, sagte er. »Dass ich dich liebe.«

Karla senkte den Kopf und fing an zu lachen. Es war ein eigenartigerweise bitter klingendes Lachen an der völlig falschen Stelle. »Ich liebe dich auch«, sagte sie. »Aber.«

»Aber was?«

Karla blickte immer noch nach unten. Langsam hörte das Lachen auf, sie schüttelte den Kopf.

»Ach. Vergiss es. Langer Tag heute. Ein langer langer langer Tag.« Nach einer Unterbrechung legte Karla unter der Decke ihre Hand auf Davids Hand und fragte: »Was war heute das Wort des Tages?«

»Parlatorium«, sagte David und seine Stimme ging von selbst in ein Flüstern über.

»Was ist ein Parlatorium?«

»Das ist ein Zimmer in einem Kloster, in dem sich die Mönche unterhalten dürfen.«

»Dürfen sie das?«

»Wahrscheinlich freuen sie sich den ganzen Tag darauf.«

»Und dann?«

»Dann fängt der Spaß an.«

»Wieder reden können«, sagte Karla und sie küssten sich. Sie legte ihren Kopf auf Davids Schulter und er lehnte seinen Kopf an den ihren. So schlief er ein. In Ruhe. Denn es gab nichts mehr zu sagen.

Man darf gespannt sein

Es war ein heißer sonniger Augusttag. Die Sprechstundenhilfe in ihrem hellgrünen Anzug kam ins Wartezimmer, beugte sich über die Stühle, ruckelte am Griff des Fensters und öffnete es. Die Praxis lag im sechsten Stock, so kam wenigstens ein bisschen kühle Luft herein. Stephanie Wilker saß gleich daneben und drehte an einem Bernsteinanhänger in Form einer Muschel, der auf einer ausgefransten Lederkette um ihren Hals hing. Das Fenster war außen mit Pollen bestäubt. Von unten kam eine Lautstärke herauf wie aus einem vollen Park. Inklusive Straßenmusikant, der aberwitzig schlecht »Über den Wolken« sang.

Eine Mutter und ihre Tochter im Grundschulalter kamen herein und stellten sich am Empfang vor. Zuerst dachte Stephanie, dass das Mädchen herumalberte, indem sie ihre Zunge herausstreckte. Aber als sie zum Kindertisch mit den Bilderbüchern ging und sich »Was ist was: Dinosaurier« aussuchte, verstand Stephanie, dass das Mädchen nicht herumalberte. Sie konnte ihre Zunge nicht in den Mund zurückschieben. Denn diese Zunge war riesig. Ihre Farbe war gesund rosa, ihre Beschaffenheit gleichmäßig, aber der Anblick war verwirrend. Es sah so aus, als hätte das Mädchen irgendein Tier nicht ganz zu Ende gegessen und nun steckte es fest. Die Mutter setzte sich hin und das Mädchen zeigte bester Laune auf das aufgeschlagene Buch und sagte: »Dinosaulier! Die walen liesig!«

Stephanie sah weg. Niemand sonst schien zu starren. Weder der gar nicht mal so hässliche junge Mann im kurzärmeligen Hawaiihemd, unter dessen Nase ein Verband angebracht war, der – es ließ sich leider nicht anders sagen – aussah wie ein Tampon. Noch der ein halbes Jahrhundert ältere Mann, der auf seinem geparkten Rollator saß und eine zitternde Hand zu seinem verbundenen Ohr führte. Stephanie begann noch heftiger an ihrem Anhänger zu nesteln. Sie zog die angeschwärzte Silberschlaufe auf der ohnehin schon brüchigen Lederschnur hin und her.

»Frau Wilker?«, sagte die Frau, die das Fenster aufgemacht hatte. Sie stand nun vor dem Gang zu den Praxisräumen mit einem Ordner in der Hand, der die Farbe von nassem Sand hatte.

Stephanie erhob sich. Sie dachte, sie hatte »Ja« gesagt oder »Danke« oder »Hier.« Vielleicht hatte sie es auch nur gemurmelt. Auf dem Weg zu der Frau versuchte sie das Mädchen nicht anzusehen. Es gelang nicht. Aus dem Augenwinkel warf sie einen Blick auf die dickliche Zunge, die in die Charlottenburger Sommerluft gestreckt war.

Das Muster des Geschenkpapiers bestand aus wild übereinander geworfenen Kamillenblüten auf grünem Hintergrund. Es war nur an einer Stelle eingerissen, ansonsten hatte Babsi es aufgefaltet und das weiße Band, das darum gewickelt war, aufgeknotet. Nun versuchte sie das Papier platzsparend auf den Tisch zu legen, was misslang. Dafür standen auf der kleinen Fläche zu viele leere Eisbecher.

»Merci, Stephie!«, sagte Babsi. »Wo hast denn so was her?«

»In Berlin findest du eben alles«, sagte Stephanie und richtete ihre Sonnenbrille. Sie saßen zwar unter einem der Schirme im Café Carré, aber die Sonne strahlte ohne Zeichen der Ermüdung schon den gesamten Tag herunter. »Ich hoffe, es ist okay, dass es in Sütterlin ist«, sagte Stephanie und war kurz abgelenkt durch einen Motorradfahrer, der in irrer Lautstärke über den Stadtplatz ratterte.

»Sütterlin macht meiner Babsi nix aus. Die kann das lesen«, sagte Viktor und legte seine kräftige Hand auf Babsis Schulter.

»Hat mir die Oma Wilhelmine gezeigt«, sagte Babsi und drehte das Buch in schwarzem, angerissenem Leineneinband hin und her, schlug Seiten auf. Auf dem Einband stand »Altgriechisch-Deutsch, Deutsch-Altgriechisch«, Erscheinungsjahr 1899.

»Hat dir dein Prof gratuliert?«, fragte Stephanie und rührte mit ihrem Löffel im letzten Rest des »After-Eight-Minzexplosion«-Eisbechers.

»Vorgestern also spazier ich in sein Büro herein mit dem Buch, das er wollte, wegen … Ach, ist wurscht, worum es ging. Altgriechisch-Probleme. Wir reden, er gibt mir die nächste Aufgabe. Und auf einmal sagt er: ‚Vierundzwanzig, Frau Kellner, das ist fast ein Vierteljahrhundert.' Und dann sagt er …« Babsi hörte auf zu reden und sah verschmitzt in die Runde.

Viktor und Stephanie sahen einander an und sagten beinahe gleichzeitig: »Man darf gespannt sein.« Zwei alte Frauen drehten sich zu ihrem Tisch um, weil dort so laut gelacht wurde.

»Ich geh jetzt pieseln«, sagte Viktor, als das Lachen abgeebbt war. »Will noch jemand Eis? Ich nehm noch Kokos.«

»Joghurt-Kirsche«, sagte Stephanie.

»Auf keinen Fall noch mehr Eis. Ich muss abnehmen«, sagte Babsi und begann damit, sowohl das Buch als auch das Geschenkpapier samt Schleife in ihre altlederne Schultertasche einzuräumen, die Stephanie seit der Gymnasialzeit kannte.

Viktor bekräftigte noch kurz die Unsinnigkeit jeglicher Abnehmpläne, küsste Babsi und ging.

»Was soll der Schmarrn?«, sagte Stephanie. »Du musst doch nicht abnehmen.«

Das Lächeln auf Babsis rundem tropfenförmigen Gesicht verschwand. Sie stellte ihre Tasche auf dem Boden ab und kämmte ihr schwarzes Haar hinter die Ohren, das seit der zehnten Klasse unverändert im stark gestuften Schnitt auf ihren Schultern lag. »Jetzt gib es einfach zu. Gib zu, dass ich zugenommen hab.«

Stephanie sah auf das Pfützchen übriggebliebener Eiscreme in ihrer Schale. Eine Biene setzte sich auf den Flaum ihres rechten Unterarms. »Nur weil das Schönheitsideal und Instagram …«

»Nein«, unterbrach Babsi. »Jetzt fang nicht damit an. Gibs einfach zu. Ich bin kein Depp. Acht Kilo im letzten halben Jahr. Man sieht es. Gibs einfach zu. Viktor gibts nicht zu, meine Mutter gibts nicht zu, alle fangen so an wie du.« Sie sah sie an in einer Mischung aus Wut und Erwartung. Aus den Achselöffnungen ihres Kleides wölbten sich Polster.

Stephanie ließ ihren Löffel los und sah Babsi an: »Wirklich acht Kilo?«

»Ich war letzte Woche in Regensburg beim Gynäkologen. Hab schon gedacht, ich bin schwanger.«

»Und?«

»Eben nicht. Er hat gesagt, das liegt am Pillenabsetzen. Da seien die Hormone durcheinander. Hätt ich das gewusst, ich hätt die Pille nie abgesetzt. Aber ich hab sie einfach nicht vertragen. Was soll ich dann machen?«

»Hast du schon versucht abzunehmen?«, fragte Stephanie.

»Ich versuch es ja die ganze Zeit!« Im Nachdruck ihrer Stimme war Verzweiflung zu spüren. Im Hintergrund sah Stephanie Viktor mit den zwei Schälchen Eis aus dem Café treten. Es war nicht so, dass Babsi fülliger aussah, dachte Stephanie, sie sah nicht nach einer österreichischen Schnitzelurlaubsdiät aus, sie sah auch nicht nach Weihnachten aus, Babsi wirkte eher gedunsen.

Als Viktor dazukam, wurde das Thema gewechselt.

»Wie lang bleibt ihr noch?«, fragte Stephanie.

»Vorlesungsfreie Zeit hat doch erst begonnen. Der Herbst ist noch Ewigkeiten hin«, sagte Viktor. Er und Stephanie begannen aus ihren gekühlten Schälchen zu löffeln. Babsi sah zu.

Stephanie schwitzte in den Hautfalten zwischen Oberschenkeln und Scham, in den Achseln, in den Armbeugen, an der Oberlippe, unter den nicht besonders großen, aber auch nicht besonders kleinen Brüsten. Sie wischte sich den Schweiß von der Stirn. Ihre Finger fühlten sich danach klebrig an. Es war Ende Juli und jeder schwitzte wie Sau, gerade auch in diesem Fleckchen Bayern, wo die hohe Luftfeuchtigkeit die Häuserecken vermodern ließ und Legionen von Silberfischchen durch die Keller trieb. Stephanie strich ihr weites Baumwollkleid glatt und fühlte dabei mehrere kalte Schweißflecken. Sie machte das Licht aus, öffnete die Fenster und wollte aus dem Zimmer gehen, als sie noch einmal zurückkam und ihr Telefon mitnahm. Für alle Fälle. Und für die Langeweile.

Sie ging im leeren dunklen Haus die Treppen hinunter. Sie wanderte nichts tuend durch die Küche. Draußen war es am Horizont noch ein bisschen hell. Stephanie tippte auf die Regler am Herd, die alle auf null standen. Sie befühlte das Küchenhandtuch, das über dem Ofenhenkel hing. Sie setzte sich an den Tisch und sah sich die Broschüre »Busreisen« an, die Seite bei der »Zwei-Tages-Tour durch Wien« war an der Ecke eingeknickt. Stephanie las sich das gesamte Programm durch, sie sah auf ihr Telefon – niemand hatte geschrieben – und ging in das Wohnzimmer. Jeden Sommer schleppten die Eltern einen glänzenden Standventilator aus Chrom die Treppe vom Keller in das Wohnzimmer hoch. Stephanie richtete den Luftstrahl auf das Sofa, setzte sich und begann die Kanäle durchzusehen. Auf einem Sender lief eine Dokumentation über »Nazibauten an der Ostsee«; auf einem anderen wurde vor einem voll besetzten Auditorium gekocht; eine Werbung zeigte, wie ein Damenrasierer mühelos über schon rasierte Unterschenkel glitt. In einem Film nahm gerade ein jüngerer Brad Pitt einen Löffel Softeis in den Mund, als das Telefon klingelte. Stephanie lief in die Küche und nahm ab. Sie kam zurück, schaltete Brad Pitt auf stumm und setzte sich so hin, dass der Luftstrahl des Ventilators ihre verschwitzten Beine kühlte.

»Servus, Viktor. Was gibts? Ich hab überlegt: Sollen wir mal die Tage zu dritt oder auch mit Moritz ins Night Life fahren? Zwecks der alten Zeiten.«

»Wir sind in Regensburg«, sagte Viktor mit einer seltsam geborgten Stimme. Wenn er so gleichtönig sprach, konnte

Stephanie in einigen Silben noch seinen russischen Akzent hören.

»Warum seid ihr denn schon wieder in Regensburg? Ist ja noch ewig hin bis zum Semesterbeginn«, sagte Stephanie. Im Film hatte Brad Pitt aufgehört zu essen und redete nun mit einem ebenfalls jüngeren George Clooney. Sie befanden sich in Las Vegas. Alle trugen Anzüge. Das Leben war fabelhaft einfach. Stephanies freie Hand spielte mit der Fernbedienung.

»Babsi ist im Krankenhaus«, sagte Viktor, schon wieder mit dieser tonlosen Stimme. Stephanie hörte auf, mit der Fernbedienung zu spielen. »Sie wollte heute unbedingt was in der Bibliothek erledigen. Ich hab sie zum Essen abgeholt, da ist sie zusammengebrochen. Ein ganz ... komisches Zusammenbrechen. Hab sie ins Krankenhaus gefahren und es ist rausgekommen. Sie haben es gefunden. Babsi hat einen Tumor an der Nebenniere.« In das Telefon drang ein Geräusch, das nicht auszumachen war, vielleicht Wimmern, vielleicht Murmeln, vielleicht auch irgendwelche Maschinen im Hintergrund.

»Du meinst einen gutartigen Tumor?«, sagte Stephanie.

»Nein«, sagte Viktor. »Siebeneinhalb Zentimeter groß. Metastase im Rückenmark.«

»Ich versteh nicht«, sagte Stephanie.

Das Fernsehbild spiegelte sich auf dem Chromständer des Ventilators. Die Rotoren machten Stephanie nun schier wahnsinnig mit ihrem Sausen. »Ich kapiers nicht«, sagte Stephanie. Sie dachte, sie konzentriere sich nicht richtig. Sie dachte an die Abiturfahrt in die Provènce. Ganz deutlich sah sie Babsi und Viktor vor dem Bus knutschen. Babsi bekam in der Zeit kleine wunde Stellen vor lauter Geknutsche mit Viktor, der schon mit siebzehn einen vollen und offensichtlich kratzigen Bart entwickelt hatte.

»Sie entfernen die ganze Niere und die Metastase. Danach bekommt Babsi wahrscheinlich eine Runde Chemotherapie.«

»Ich check das nicht«, sagte Stephanie. Sie stand auf und schaltete den Ventilator aus. Im Film bestellte George Clooney gerade etwas zu trinken. Dafür hielt er zwei Finger auseinander, um dem Kellner zu zeigen, wie viel er von dem Whiskey oder Brandy oder sonst was wollte. Es war seltsam. Er lebte. Sogar immer noch. Er hatte nie einen Nebennierentumor gehabt. Aus der Leitung drangen wieder Geräusche. »Wo bist du?«, fragte Stephanie.

»Im Krankenhaus. Beim Kaffeeautomaten.«

»Was hast du dir aus dem Automaten gezogen?«

»Vanille-Cappuccino«, sagte Viktor. Nach einer Pause sagte er: »Schmeckt furchtbar.«

»Ich blick da nicht durch«, sagte Stephanie.

»Ich auch nicht«, sagte Viktor.

Nachdem sie sich verabschiedet und aufgelegt hatten, ging Stephanie in die Küche und öffnete das obere linke Schrankfach. Aus ungeklärten Gründen tranken die Eltern am liebsten Instant-Kaffee. Mehrere Sorten standen zur Auswahl da. Stephanie kochte Wasser und rührte sich einen Cappuccino an. Mit der Tasse kehrte sie zurück ins Wohnzimmer. Inzwischen war es ganz dunkel. Nur noch der Fernseher spendete dieses flackernde Neonkaminlicht. Stephanie öffnete in ihrem Telefon das Internet und gab ein: Nebennierenkrebs. Sie las die erste Zeile einer onkologischen Fachzeitschrift: »In Deutschland erkranken jedes Jahr etwa 100 Menschen an einem

Nebennierenkarzinom. Betroffen sind meist Patienten mittleren Alters.«

An dieser Stelle schmiss Stephanie ihr Telefon auf das Sofa. Schon da lagen sie falsch, die Damen und Herren Onkologen. Stephanie und Viktor und Babsi und alle, mit denen sie befreundet waren, waren nicht mittleren Alters. George Clooney im Film, der war schon damals mittleren Alters. Babsi dagegen war blutjung. So sagte man das doch: blutjung.

Wieder nahm Stephanie ihr Telefon zur Hand und sah nach, wo sich diese Nebenniere überhaupt befand. Bis zu Viktors Anruf hatte sie von diesem Organ nicht einmal gehört, das laut medizinischer Darstellung verschrumpelt und winzig, wie ein Krönchen, oben auf den Nieren thronte. Es war ein »hormonausschüttendes Organ.« Das war wohl schlecht. Die Prognose war wie auch bei Bauchspeicheldrüsen- oder Hodenkrebs »ungünstig«. Von Bauchspeicheldrüsenkrebs hatte Stephanie gehört, daran war Steve Jobs gestorben. Von Hodenkrebs hatte Stephanie auch gehört. Das hatte Lance Armstrong überlebt und sie kannte Lance Armstrong, weil ihr Vater jedes Jahr seit ihren frühesten Erinnerungen die Tour de France im Fernsehen verfolgte und ihr manchmal von den Stars der Vergangenheit erzählte.

Nichts von alledem war ein Trost. Auch war es für Stephanie nicht klar, was die onkologischen Fachzeitschriften mit »ungünstiger Prognose« meinten. Darunter stellte sie sich eine überlange Chemotherapie-Quälerei vor, nach der Babsi mit armeekurzen Haaren ihr Studium wieder aufnahm, und sie würden sich wieder zu dritt in den Semesterferien im Café Carré treffen und darüber sprechen, wie diese »Erfahrung«

Babsi als Mensch (und »als Frau«) verändert und letztendlich weitergebracht hatte, und Stephanie würde genau zuhören und es nicht fassen, dass sie schon in ihrem Alter jemanden mit einer derart dramatischen Lebensgeschichte kannte. Aber »ungünstige Prognose« konnte nie und nimmer das Äußerste bedeuten, denn niemand stirbt mit Mitte zwanzig. Die Ausnahmen wären: vom Bus überfahren werden oder es mit den Drogen übertreiben. Aber Babsi drohte weder das eine noch das andere. Sie war nicht zerstreut, sie sah immer nach rechts und links, bevor sie die Straße überquerte. Und Babsi hatte noch nie geraucht, nicht einmal einen Zug zum Probieren nach der Schule. Schon nach einem kleinen Radler wirkte Babsi besoffen wie eine Männergruppe beim Junggesellenabschied.

Als Stephanie in die Küche ging, um ihre Tasse in die Spülmaschine zu stellen, sah sie an der Backofenuhr, dass es drei Uhr zweiundzwanzig war.

Danach kehrte sie in das Wohnzimmer zurück. Der Fernseher war immer noch eingeschaltet, nun aber lief auf dem Sender mit dem Film eine Dokumentation über Biber: »Biber, die Architekten der Natur.« Stephanie sah mit brennenden Augäpfeln und geschwollenen Lidern auf den Bildschirm. Ihr noch vor ein paar Stunden so ausgiebig schwitzender Körper fühlte sich nun unter dem leichten Leibchen empfindlich und rau an. Sie nahm ihr Telefon zur Hand, und schrieb an Viktor: »Wie geht es Babsi?« Sie hielt inne. Dann schrieb sie dazu: »Wie geht es dir?« Sofort danach löschte sie den letzten Satz und schickte nur »Wie geht es Babsi?« ab. Er antwortete nicht. Stephanie schloss ihre Augen und rieb sich die Lider, als würden sie jucken, eine kindliche Geste, aber sie kam sich sehr erwachsen dabei vor. Als sie die Augen öffnete, hatte Viktor noch immer nicht geantwortet. Stephanie blickte auf den Biber im Fernsehen, der mit schnaubenden Nasenlöchern durch einen Fluss schwamm und damit Kräuselwellen bis an die Ufer schickte.

Als Viktor schließlich doch antwortete, schrieb er: »Babsis Eltern sind gekommen. Metastase größer als gedacht. Kann jetzt nicht schreiben. Melde mich, wenn wir mehr wissen.« Es war kurz nach sechs Uhr morgens. Stephanie hatte keinen Augenblick lang geschlafen.

»Erzählen Sie mal. Wat fehlt Ihnen?«

Die Ärztin saß an ihrem kleinen weißen Schreibtisch, wie überhaupt alles in diesem überschaubaren Untersuchungszimmer weiß war oder metallisch glänzte. Stephanie schätzte die Ärztin auf Anfang sechzig. Sie war hager und hatte dunkles Haar, das so füllig war, als könnte sie anderen davon abgeben.

»Ich hab diese Halsschmerzen. Das Schlucken tut so weh.« Stephanie führte beide Hände an ihren Hals, der ihr gigantisch vorkam, als müsste jeder sofort sehen, wie geschwollen er war. Sie spürte die Lederkette mit dem Bernsteinanhänger und legte die Hände enger um ihren Hals. »Es ist ein Gefühl«, sagte Stephanie, als würde man von innen erwürgt werden.«

»Von innen erwürgt werden. Liebes Bisschen. Sie können sich ja ausdrücken«, sagte die Ärztin und rollte auf ihrem Gesundheitshocker zu einer Station mit Apparaturen und einem Bildschirm.

»Ich studiere Germanistik«, sagte Stephanie. »Deswegen vielleicht.«

»Germanistik? Dat ist schön«, sagte die Ärztin und nahm eine Metallstange zur Hand mit einem ins Mark gehend hellen Licht an der Spitze. »Goethe und Konsorten. Schauen wir uns erstmal die Ohren an. Dat sieht schon mal gut aus. Und jetzt die Nase. Keine Panik, junge Frau. Ruhig atmen. Dat sieht auch gut aus.« Die Ärztin hatte den letzten Satz fast ausgerufen. Wie ein Wanderlied. Als gingen sie der Lösung des Rätsels mit großen beherzten Schritten entgegen.

Die Untersuchung des Rachens war aufwendiger. Stephanie streckte ihre Zunge heraus und die Ärztin hielt sie mit einem Mulltuch umwickelt draußen und mit einer gelöcherten Metallstange als Druckmittel unten. Das Mulltuch belegte die Zunge dumpf und pelzig. Es hatte nicht den geringsten Eigengeschmack. Stephanie schloss die Augen, als die Ärztin ein Instrument zur Hand nahm, das in etwa so lang war wie ein Unterarm.

Kurze Zeit später sagte die Ärztin: »Frau Wilker, ich komm da nicht durch.«

Stephanies Zunge fuhr schnellstens zurück. Auf dem Weg dorthin wurde sie fast ausgetrocknet von dem Mulltuch.

»Wieso kommen Sie nicht durch? Weil da ein Tumor ist? Es ist alles voll von Tumoren, oder?«

Stephanie hielt ihren Rucksack auf dem Schoß, der leer war wie ein trauriger, tagealter Ballon. Sie nestelte am Kordelzug und verfing ihre Finger darin.

»Tumore?«, sagte die Ärztin und fuhr auf ihrem Hocker zurück. »Wie kommen Sie denn da drauf?« Sie spritzte eine nach

Krankenhaus riechende Flüssigkeit auf die Apparatur und verwischte sie. »Sie haben keine Tumore. Warum sollten Sie denn auch? Eine Entzündung haben sie auch nicht.«

»Glauben Sie, ich bilde mir das ein?« Stephanie hatte ihre Finger aus der Rucksackkordel befreit.

»Aber junge Frau, auf keinen Fall bilden Sie sich die Schmerzen ein. Sie haben mich nicht ausreden lassen. Ich komm nicht durch mit meiner Apparatur, weil Ihr Rachen so zugeschwollen ist.«

»Von Tumoren?«

»Jetzt hören Sie mal uff mit Ihren Tumoren. Ihr Hals ist zugeschwollen und das ist meiner Meinung nach«, sagte die Ärztin und legte eine Hand sanft bekräftigend auf den Kittel über ihrer Brust. »Meiner Meinung nach ist dat psychisch. Kennen Sie den Spruch: Angst schnürt einem die Kehle zu? Das gibt es wirklich. Sie wirken auch, Frau Wilker, wenn ich das mal so sagen darf, nervös und ängstlich. Ich glaube sogar, dass ich da ein Tränchen gesehen habe, als Sie die Schmerzen beschrieben haben.«

»Aber einen Tumor hab ich nicht?«

Die Ärztin schlug ihre Hände auf die Oberschenkel, als würde sie aufgeben. »Wat haben Sie bloß mit Ihren Tumoren? Sie sind Studentin, eine gesunde junge dünne Frau. Wat ist das mit den Tumoren? Wat haben Sie bloß damit?«

»Ach nichts«, sagte Stephanie. »Es ist nur so, dass vor drei Wochen …« Stephanie beendete den Satz nicht. Sie machte eine abwinkende Handbewegung. Als gäbe es nichts, was es zu erzählen lohnte.

Dort, wo vor dem Café Carré im Sommer die Tische und Stühle unter den Schirmen standen, war nun der Rainackerer

Weihnachtsmarkt aufgebaut. Stephanie ging in der Dunkelheit an den geschlossenen Buden vorbei. Der Rainackerer Weihnachtsmarkt war ein Witz. Niemand schien ihn ernst zu nehmen. Zehn Büdchen, die so mickrig waren wie Gartenschuppen, standen in einem trüben Halbkreis zusammen und waren in der Woche vor Weihnachten jeden Werktag großzügigerweise »von 12 bis 16 Uhr« geöffnet.

Im Café war es schmeichelhaft duster und laut. Es war eine Oase inmitten des aussterbenden Stadtkerns. Um diese Zeit war es das einzige Haus im Stadtzentrum, in dem Licht brannte.

Nach der ersten Tür öffnete Stephanie noch die zweite Luftzugtür. Es war voll. Leute stiegen die freischwebende Treppe von der Empore herunter. Die dudelnde Hintergrundmusik war kaum zu hören. Auf jedem Tisch stand eine Kerze im Glasflakon, der mit Tannenzweigen umwickelt war, in denen rote Kügelchen glänzten. Jemand hinten an der Wand hob die Hand und rief Stephanies Namen.

»Servus!«, sagte sie und umarmte Viktor, der sich erhoben hatte. Sie beugte sich hinunter und begrüßte Babsi, die auf der Bank sitzen geblieben war.

»War oben kein Platz mehr?«, fragte Stephanie.

»Die ganzen Treppen«, sagte Babsi. Sie winkte ab und griff wieder nach ihrer Tasse, der Teebeutel hing noch daran, die Sorte hieß »Gemütlicher Kaminabend«.

»Chemotherapie macht einen nicht grad zum Spitzensportler«, sagte Viktor und griff nach Babsis freier Hand. Vor ihm stand die gleiche durchsichtige Café-Carré-Tasse, aber gefüllt mit Glühwein.

Stephanie warf noch wie zufällig einen kurzen Blick auf Babsi und beschäftigte sich schließlich ausgiebig mit der Saisonkarte. Babsi hatte abgenommen und gleichzeitig auch nicht. An ihren Wangenknochen gab es Einbuchtungen, aber darüber und darunter war Babsis rundes Gesicht gedunsen. Stephanie dachte immer noch an aufgehenden Hefeteig, aber dieses Mal erinnerte auch Babsis Hautfarbe daran. Diese Blässe, die nicht milchig frisch aussah, sondern eine gräuliche, müde Fahlheit besaß.

Als Stephanies heller Glühwein, die Saisonspezialität, gebracht wurde, waren sie mitten im unvermeidlichen Thema.

»Bikinimodel werd ich nicht mehr«, sagte Babsi und die drei lachten. Hatte doch Stephanie all die Sommertage zu Gymnasialzeiten in Erinnerung, in denen sie in kalten Waldseen badeten und Babsi jedes Mal ihren blau-weiß-rot gestreiften Einteiler trug, ein ältliches biederes Ding, während Stephanie sich kein bisschen lächerlich vorkam in pinken, gelben, gemusterten Bikinis.

»Ich hatte jetzt schon die vierte Operation«, sagte Babsi und richtete ihr tiefgrün schimmerndes Kopftuch. »Und jedes Mal schneiden die ein paar mehr Narben in meinen Bauch.«

»Schaut trotzdem noch fesch aus, dein Bauch«, sagte Viktor und sie küssten sich.

Als Babsi wieder auftauchte, sagte sie: »Wir müssen dir was sagen.«

»So schauts aus. Müssen wir«, sagte Viktor.

»Was denn?«, fragte Stephanie.

Statt zu antworten, hob Babsi ihre linke Hand hoch und drehte sie mit der Oberseite zu Stephanie. Auf dem bleichen

Ringfinger saß ein Ring, Silber mit einem einzigen rosa Stein in der Fassung.

»Moment mal«, sagte Stephanie. Sie hatte die Geste schon oft in Filmen gesehen, aber noch nie im Leben.

»Wir sind verlobt«, sagte Babsi so laut, dass ein Mann vom Nachbartisch herüberschaute und verschämt wieder weg.

»Verlobt?«, fragte Stephanie. Sie zog die Hand zu sich und drehte sie hin und her, um den Stein im Licht aufblitzen zu sehen. Dann gab sie die Hand wieder an Babsi zurück. Danach begannen die Gratulationen.

»Und wenn das alles vorbei ist, wird geheiratet«, sagte Viktor. Er stellte seine Tasse Glühwein mit so viel Nachdruck auf den Tisch, dass eine rote Lache überschwappte. Er leckte ein paar Spritzer von seiner dunkel behaarten Hand ab, Babsi nörgelte spaßeshalber und Stephanie witzelte darüber. Ihr lauter, lebendiger Tisch in der Ecke unter der Treppe reihte sich mühelos in die Geselligkeit der anderen ein, in die Geselligkeit des Stadtcafés kurz vor Weihnachten, wenn die Geschenke bereits besorgt und die meisten Vorbereitungen erledigt waren und man sich, wie Stephanie erst vor wenigen Stunden, auf das Sofa fläzen und »Sissi« einverleiben konnte, wahlweise auch »Sissi – Schicksalsjahre einer Kaiserin«. Sie fielen also kaum auf, außer Babsi, ihr Kopftuch sprach eine Sprache, die jeder verstand.

Eine Stunde später bestellten sie sich eine Tischportion Pommes. Mitten im heißen Teller standen ein Schälchen mit Ketchup und eines mit Mayonnaise. Stephanie tunkte ein gewelltes Stück Pommes hinein und fragte nach dem Professor.

»Der«, sagte Viktor. Und schnaubte. »Der gehört in einen Senfbottich. Von Kopf bis Fuß. Einfach rein mit dem.«

Babsi, die erst an ihrer zweiten Pommes arbeitete, schüttelte den Kopf. »Ich bin für den …«, Babsi zögerte und führte die Pommes an den Mund, um sie doch wieder herunterzunehmen. Währenddessen verdrückten Stephanie und Viktor eine Pommes nach der anderen. »Ich bin für den nicht mehr zu gebrauchen.«

»Gut, du kannst jetzt nicht arbeiten. Noch nicht. Aber fragt er nicht nach, wie es dir geht? Eine Mail pro Monat oder so was?« Stephanie hielt inne und setzte ein Lächeln auf. »Sagt er nicht mehr: Man darf gespannt sein?« Sie setzte hinzu: »Der Freak.«

Babsi tunkte ihre Pommes in die Mayonnaise. Während sie langsam und mit Mühe kaute, blieb es still. Erst nachdem sie fertig war, redete sie weiter.

»Als die ganze …«, sie suchte mit den Händen nach dem richtigen Wort und deutete ihren Körper rauf und runter, wie an der Sicherheitsschleuse im Flughafen. »Als die Chemotherapie anfing, war ich bei ihm im Büro. Davor hatte ich immer wieder Sachen nachgeholt oder aus der Ferne Kleinigkeiten abgearbeitet. Aber mit der Chemo war das alles vorbei. Lange ging gar nichts. Am Dienstag war ich aber wieder da und erzählte ihm alles. Diagnose, Therapie. Am Freitag hatte er schon eine neue studentische Hilfskraft.«

»Das hat er ihr auch nicht selbst gesagt, der Schofel. Das hat sie nur durch die Mühlen des Uni-Gossips gehört«, sagte Viktor und biss wütend von einer Pommes ab.

»Ich rief ihn dann an«, sagte Babsi. »Hab gefragt, ob er mir die Stelle zurückgibt, wenn ich wiederkomme.«

»Und was hat er gesagt?«, fragte Stephanie.

»Er sagte«, sagte Babsi. »Nicht *wenn* Sie zurückkommen, *ob* Sie zurückkommen, das ist hier die Frage.« Sie senkte ihren Blick auf die erkaltenden Pommes.

Aus dem Schweigen, das drohte peinlich zu werden, meldete sich Viktor. Er machte eine pikierte Stimme nach. »Ob ich ihm eine reinhaue, wenn das alles überstanden ist? Man darf gespannt sein.«

Nachdem das Lachen, das vielleicht ein bisschen zu laut geriet, abgeebbt war, beugte sich Stephanie verschwörerisch zu Babsi vor und sagte: »Zeig noch mal den Ring.«

Auch dieses Mal hielt ihr Babsi die Hand mit den Fingern nach unten hin, als würde gleich wie in vergangenen Zeiten ein Adliger mit Schnauzbart einen Kuss auf diesen Handrücken drücken. Und auch dieses Mal zog Stephanie die Hand zu sich und drehte sie hin und her. Das Rosa des Steins war bleich und kühl und schimmerte, wenn das Licht darauf traf. Aber der Stein schimmerte nicht wie Hoffnung, für Stephanie schimmerte er wie etwas viel Besseres, etwas, womit sie mehr anfangen konnte, vor allem als Deutsche: wie eine Versicherung. Man zahlt ein, und bekommt zurück. Man kann sich dumpf auf etwas verlassen. Ein zu erfüllender Vertrag. Niemand, der verlobt ist, stirbt einfach so. Es musste schließlich noch geheiratet werden.

Ostern waren Babsi und Viktor noch immer nicht verheiratet. Es hieß, wenn alles ausgestanden und vorbei ist, dann. Dann würde es geschehen und groß gefeiert werden. Aber es war nicht ausgestanden oder vorbei. Stephanie saß im Kellnerschen Wohnzimmer auf einem alten, wackeligen Sessel. Babsi saß daneben auf der Couch und hielt einen gigantischen lila Osterhasen in den Händen.

»Ist der für die ganze Familie?«, sagte sie.

»Tut mir leid, die Mama ließ sich nicht abbringen. Sagte, dass sie schon zu Weihnachten verpasst hatte, dir was zu schenken.«

»Nein, passt schon, ist ja wirklich nett«, sagte Babsi. Sie war bis zur Taille in eine Decke gehüllt. Sie hielt den Hasen in der Hand und fuhr mit den Fingern die langen Ohren rauf und runter. An dem entscheidenden Finger glänzte immer noch der Verlobungsring, aber er saß nun etwas lockerer.

»Wie gehts mit dem Karl-Peter in letzter Zeit?«, fragte Stephanie und zog ihre Beine nach oben. Sie fröstelte bei diesem Besuch, obwohl sie schon so oft in diesem Haus gewesen war, vor allem zu Teenagerzeiten, als sie hier Filmabende veranstalteten, nach den Kollegstufenjahren seltener, aber immer noch oft genug.

»Neuerdings ist er nach ein paar Bier melancholischer als sonst«, sagte Babsi. »Ich sag dann: Aber Papa, was hast denn? Ich bin doch noch da. Aber der ist eben so einer. Kennst ihn ja.«

Stephanie nickte. »Das Kopftuch steht dir. Fesches Muster.«

»Danke«, sagte Babsi. Sie überprüfte den Sitz an ihren Schläfen und lächelte mit einem geschmeichelt verschämten Ausdruck in den Augen. »Gold und Lila. Königliche Farben.«

»Das sind sie wirklich«, sagte Stephanie. »Aber warum bloß Rauten?«

»Was gibts einzuwenden gegen Rauten? Die bayerische Flagge besteht aus Rauten.«

»Aus lauter Rauten«, sagte Stephanie.

»Fast ein Gedicht«, sagte Babsi.

Stephanie wechselte das Bein, das sie unter sich eingeklemmt hatte. Sie ließ sich nichts anmerken, wenn sie in Babsis Gesicht sah. Als ob sich gar nichts verändert hätte. »Ich weiß, du wolltest nicht so viel drüber reden, aber kann ich mal fragen, wann die nächste Chemo ist? Viktor hat nur rumgedruckst. Hat wahrscheinlich die Termine durcheinandergebracht.«

»Der hat schon nix durcheinandergebracht. Es gibt keine nächste Runde«, sagte Babsi. Sie sagte es fest und ruhig. Ihr Kopf saß aufrecht auf dem dünn gewordenen Hals. »Es schlägt nicht mehr an. Die wollten noch eine Runde mit einer anderen Kombination versuchen, aber ich mach das nicht mehr mit. Chemotherapie, das ist zu furchtbar.«

»Aber was heißt das denn jetzt?«

»Mama schaut schon nach Alternativen«, sagte Babsi und zupfte Fussel von der Decke.

»Ich versteh nicht«, sagte Stephanie. »Nimmst du jetzt diese homöopathischen Kügelchen? Da kannst ja gleich die Zuckerperlen vom Volksfest essen.«

»Nein«, sagte Babsi. »Nicht den Schmarrn. Aber vielleicht chinesische Kräutermedizin. Oder Akupunktur. Ayurveda.«

»Ach so«, sagte Stephanie und nahm ihr Glas Rhabarberschorle hoch, das ihr Frau Kellner gebracht hatte, mit einem Heftordner unter dem Arm. Nachdem sie das Glas abgestellt hatte, hatte sie sofort wieder in ihrem Ordner geblättert.

»Ich muss mal aufs Klo«, sagte Stephanie.

»Also Stephie«, sagte Babsi. »Bei Frau Stengel hieß es früher doch: Darf ich austreten?«

»Genau. Richtig. Die Stengel«, sagte Stephanie. Sie war aufgestanden und trank gierig von ihrer Schorle, als wäre sie zuvor daran gehindert worden.

»Denk nur dran, die Spülung noch mal zu drücken, sonst läuft es nach. Kennst es ja eh«, sagte Babsi.

Stephanie ging und sah noch einmal kurz zum Sofa zurück. Da saß Babsi. Mit dem goldgemusterten Tuch auf dem Kopf und mit dem Schokoladenhasen auf dem Schoß. Es war dieselbe Babsi, mit der sie im Night Life zum ersten Mal Tequila probiert hatte, Babsi ein Stamperl, Stephanie zwei. Es war dieselbe Babsi, die in der zehnten Klasse ihre Banknachbarin in der Biologiestunde von Frau Stengel gewesen war. Stephanie hatte sich damals insgeheim über Babsis Vier-Farben-Kugelschreiber lustig gemacht, mit dem sie ihre Aufzeichnungen unterstrichen hatte, ordentlich mit Lineal. Es war dieselbe Babsi und auch wieder nicht. Sie waren keine Gymnasiasten mehr, aber sie waren noch nicht lange genug Studenten, um erwachsen zu sein. Das Abitur fühlte sich so an, als hätte es gestern stattgefunden, dabei führten sie ein gänzlich anderes Leben. Nur war es noch nicht anders genug. Sie waren wie Schüler, aber ohne elterliche Aufsicht. Wie sollte man da hinterherkommen?

Stephanie drückte die Spülung noch mal kurz, das Wasser lief nicht mehr. Auf der Fensterbank stand eine Schale, die bis obenhin voll war mit Potpourri, das die Farbe verwelkter Rosenblätter hatte. Stephanie sah in den Spiegel und wusch sich die Hände. Kurz blitzte eine Fantasie in ihr auf: dass sie leise die Tür öffnete, nach unten ging, das Auto ihrer Eltern hier stehen ließ und einfach zu Fuß nach Hause lief. Das würde ungefähr eine Dreiviertelstunde dauern. Als sie die

Hände abgetrocknet hatte, sah sie noch einmal in den Spiegel. Sie ekelte sich vor sich selbst. Sie wusste nicht, woher diese Fantasie gekommen war.

An den Wänden im Flur hingen dieselben gerahmten Fotografien wie schon seit Ewigkeiten. Auf einem standen Babsis Eltern vor dem Hintergrund eines ruhigen, vollkommen blauen Meeres. Babsis Mutter trug eine Sonnenbrille, Karl-Peter schirmte seine Augen mit einer Hand ab, als würde er salutieren. Auf einem anderen Foto stand die ältere Schwester mit einem kühlschrankgroßen Wanderrucksack vor bewölktem Himmel. Wieder auf einem anderen Foto erkannte Stephanie Babsi, obwohl sie nicht älter als drei sein konnte. Es war schon alles da. Das tropfenförmige Gesicht, die dunklen Augen. Babsi saß in der Badewanne, hielt eine Quietschente in den Händen und lächelte in die Kamera. Auf ihrem nassen Haarschopf war ein Häufchen Schaum aufgesetzt. Ganz wie eine kleine Krone.

Wenn Stephanie Babsis Nummer anrief, ging niemand ran. Stephanie saß im Garten ihrer Eltern. Sie saß unter einem Baum, der kleine saure Äpfelchen trug. Die Vögel führten ein irrsinniges Konzert auf. Die Grillen mischten sich mit ihrem Zirpen ein. Im Nachbarsgarten surrte der Mähroboter. Stephanie stand auf, legte ihr Telefon auf den Gartenstuhl und verließ den Schatten des Apfelbaums. Jenseits der niedrigen Hecken, die das Nachbargrundstück von dem ihrer Eltern trennten, sah sie dem Mähroboter bei seiner Arbeit zu. Wie ein schnüffelndes Hündchen drehte dieses plattgedrückte Ding seine Runden auf dem Gras. Die Muster wirkten überraschend zufällig. War er oben links am Gurkengewächshaus angekommen, fuhr er schräg wieder zurück zum Grill mit der in der Sonne glitzernden Haube.

Noch einmal rief Stephanie Babsi an. Niemand nahm ab. Sie sah die Anrufliste durch. Unter »Ausgehend« standen bei Babsi an diesem Tag elf nicht abgenommene Anrufe, für gestern sieben und für vorgestern vier.

Nun wartete Stephanie das Ende von Babsis Anrufbeantworteransage ab, straffte sich, drehte ihre Stimme auf angemessen heiter und fing an: »Babsi, alles Gute zum Geburtstag! Fünfundzwanzig! Das ist eine Zahl, Babsi, Mann. Babsi, hör mal, mir ist schon klar, dein Geburtstag war vorgestern, aber du weißt ja, wie es mit dem Semesterende ist, und ich musste noch mit der Waldbahn her, weil mein Vater ... Egal. Ich hab dich nicht erreicht, ich hatte es versucht ...« Und so plätscherte es einige Minuten lang dahin. Hatte sie noch die ganzen Anrufversuche erwähnt? Sprach sie noch darüber, dass sie in diesem Jahr in der Antiquariatshandlung kein Geschenk für sie gefunden hatte – ein Geschenk, das einer Altphilologin wie Babsi würdig wäre? Vielleicht. Stephanie konnte sich im Nachhinein nicht mehr erinnern.

Denn am Abend rief Viktor mit der Nachricht an.

Stephanie hatte mehrfach nachgefragt. Sie war so überrascht, als hätte sie gar nicht gewusst, dass Babsi Krebs gehabt hatte. Nachdem sie aufgelegt hatte, öffnete sie den Kleiderschrank ihres alten Zimmers und sah hinein. Sie hatte nur einen einzigen schwarzen Rock.

In der Predigt ging es um ganz schön viel: Liebe, Vergebung, das Jenseits, Hoffnung, die Seele, Freiheit, den Tod. Kaplan

Kirmeyer dankte im Namen der Familie ausdrücklich Babsis Hausarztpraxis und dem Onkologen in Regensburg. Den Kaplan, einen pummeligen, klein geratenen Mann mit kurzen, grau werdenden Haaren, kannte Stephanie schon seit dem Religionsunterricht in der Grundschule. Bei jedem Ausflug war er durch die Mittelreihe des Buses gewankt und hatte Süßigkeiten von den Kindern abgestaubt, die sie ihm gerne gegeben hatten. Nun predigte er vorne am Altar und hatte sich kaum verändert. Daneben war eine Fotografie aufgestellt. Sie war so groß, dass die Leute in den hintersten Reihen der Stadtkirche sie vermutlich noch gut erkennen konnten. Die Fotografie zeigte Babsi. Es war dasselbe Bild wie auf dem Trauerkärtchen, das Stephanie in der Hand hielt. Beide waren ausdrücklich nicht schwarz-weiß. In einer gemusterten Bluse lehnte sich Babsi an einen Baumstamm und war bester Laune. Die Aufnahme war noch vor der Zeit des aufgehenden Hefeteiges entstanden. So hatte Babsi ausgesehen. Wie sie jetzt aussah, wussten nur die Kellners und Viktor.

Jemand ein paar Reihen hinter Stephanie hüstelte. Sie drehte sich um. Es war Frau Stengel, die Biologielehrerin. Stephanies Blick schweifte über die vollen Bänke. Hinten an der Tür standen Leute, die keinen Platz mehr gefunden hatten, Leute aus dem Gymnasium und Leute aus der Stadt. Im Mittelgang erkannte Stephanie die Hundertjährige. Stephanie verwechselte immer ihren Namen, irgendwas mit einem R. Was spielte das auch für eine Rolle? Die war hundert Jahre alt. Da konnte man nur wütend werden.

Kaplan Kirmeyer kam zum Ende. Es war jetzt die Zeit für die praktischen Verkündigungen. Was nach dem Friedhofsgang folgen würde. Der Ort des Leichenschmauses, das Gasthaus Perler. In der wohlig kühlen Kirche, unter dem restaurierten Dachgewölbe mit den rundlichen Barockengeln, wurde es lauter. Die Frauen zogen die Reißverschlüsse an ihren Handtaschen auf und die Männer kramten in ihren Portemonnaies, am Ausgang sollte für die Krebsforschung gesammelt werden. Stephanie bemühte sich nicht um eine Spende. Sie schwitzte in der ausgeliehenen Polyesterbluse ihrer Mutter und senkte den Blick zu dem Trauerkärtchen. Links neben Babsis Lebensdaten stand: »Nun aber bleiben Glaube, Hoffnung, Liebe, diese drei – doch am stärksten unter ihnen ist die Liebe. 1 Kor 13, 13.«

Auf dem Weg zum Friedhof blendete die Sonne. Es war prächtiges Volksfest-, Bade-, Eiscreme-, Ausflugs-, Grillwetter. Der Himmel sah so aus, als könnte man gleich die Bratwurst riechen. Stattdessen roch Stephanie den Weihrauch, ein pickeliger Ministrant schwang den Behälter wie ein Jo-Jo begeistert hin und her. Stephanie schwitzte in der Polyesterbluse und dem Rock. Der Junge aber schien in seiner weißen Kutte nicht zu schwitzen. Einmal dachte Stephanie sogar, er würde einen Kaugummi kauen.

Und dann war die schwarz gekleidete Menschenmenge mit den sonnenbrillenbedeckten Augen am Friedhof angekommen. Die Leute verteilten sich um mehrere Kurven der sandigen Wege, es erinnerte an eine Schlange vor einem Berliner Club. Stephanie stand irgendwo in der Mitte. In der Menge hinter sich sah sie Frau Stengel; den alten Lateinlehrer Bons, der seine Hände über dem prallen Bauch gefaltet hatte wie eine selige Schwangere; sie sah Corinna Eichsfett, eine furchtbare Person, die gleich nach dem Abitur eine Banklehre angefangen hatte und mit der weder Stephanie noch Viktor oder Babsi jemals viel zu tun gehabt hatten; außerdem standen da Ralph und Peter, beide ernstgesichtig und mit besseren Haarschnitten als in der Schule. Es war ein regelrechtes Klassentreffen.

Stephanie konnte das Kellnersche Familiengrab schon sehen. Es war noch recht einsam dort. Nur der Großvater väterlicherseits lag da unten. Die Oma lebte noch. Stephanie kannte sie als eine dauerwitzelnde Frau, die im ersten Stock des Hauses wohnte und oft zum Verrücktwerden laut Richard Strauß spielte. Heute hatte sie ein schwarzes Kleid mit einem Spitzenkragen an und ihr Gesicht war regungslos, wie einbalsamiert.

Es war lange her, dass Stephanie bei einer Beerdigung gewesen war. Das letzte Mal hatte sie mit den anderen Kindern hinter dem Gasthaus des Leichenschmauses gespielt. Sie konnte sich erinnern, dass sie geschaukelt hatte und dass jemand einen Zitronenfalter gefangen hatte. Irgendwann hatte sie Fleischpflanzerl gefuttert, die sie fabelhaft fand. Jetzt dagegen hämmerte die Sonne unablässig herab und Stephanie bewegte sich in der Hitze schrittchenweise voran in einer Art Kokon, der ihre eigene persönliche Hölle darstellte. Die schwarzen Ballerinas, die sie auf die Schnelle gekauft hatte, weil ihre Mutter darauf bestand, dass niemand auf Beerdigungen Sandalen trug, drückten sie blutig. Stephanie schwitzte in der unausstehlichen Bluse. Ihre Augen brannten von der Heulerei in der Kirche, die alle im Hauptteil der Predigt ereilt hatte. Seltsamerweise hatte sie auch entsetzlich großen Hunger und Durst. Und außerdem war da noch, konkurrenzlos, die Sache mit Babsi. In Stephanies Innerem sah das aus wie ein Wasserstrudel. Alles drum herum wurde in großer Geschwindigkeit mitgerissen und kreiste und kreiste, aber das Zentrum, die Sache mit Babsi, blieb ein unklar dunkler Punkt, auf den alles zulief und in dem doch alles verschwand.

Dann war der Augenblick da. Rechts stand die Familie mit Viktor. Links lag das offene Grab mit dem Sarg. Die Erde war säuberlich ausgehoben worden, wie für eine Baustelle. Das helle Holz des Sarges erinnerte an Möbel in ökumenischen Jugendherbergen. Der rot-gelbe Trauerkranz auf dem Sargdeckel, besprenkelt mit weißem Schleierkraut, zog Bienen an. Stephanie wischte sich mit dem Blusenärmel den Schweiß von der Stirn und ging auf die Familie zu. Kurzerhand entschied sie sich für »Herzliches Beileid« statt »Mein Beileid«. Das sagte sie zuerst zu der Oma, dann zu Karl-Peter, Frau Kellner, der älteren Schwester. Bei jedem streckte sie von Neuem die Hand aus. Als Letztes war Viktor an der Reihe. Sie umarmten sich. Es kam Stephanie so schal vor, »Herzliches Beileid« zu Viktor zu sagen. Viktor flüsterte in ihr Ohr das Einzige, das wahr war: »So eine Scheiße.« Stephanie ging zum Sarg und tröpfelte wie vorgesehen das Weihwasser darauf, aus einem Objekt, das aussah wie ein großer Salzstreuer.

Die Gäste warteten auf dem Friedhofsparkplatz, um gesammelt zum Leichenschmaus fahren zu können. Es wurde immer heißer. Im Wellen-Familien-Spaßbad planschten sicherlich ohne Ermüdungserscheinungen die Kinder und verärgerten damit die Schwimmbrillen tragenden Gesundheitsschwimmer. Stephanie dachte an das Freibad. Ihr Hals entwickelte vor Durst und nach dem Weinen ein Eigenleben.

Ralph begrüßte sie. Keiner von ihnen nahm die Sonnenbrille ab. Getrennt durch zwei Schichten dunklen Glases und während Ralph fortwährend die Autoschlüssel in seiner Hand drehte, besprachen sie das Übliche. Die Orte (sie Berlin, er Hamburg), die Fächer (sie Germanistik, er Medizin mit Fachrichtung Endokrinologie), die Frage nach Beziehungen (sie allein, er seit zwei Jahren mit seiner Freundin zusammen) und schließlich redeten sie noch über das Unausweichliche: Wie schrecklich war Babsis Tod?

»Wann hast du das letzte Mal vor ihrem Tod mit ihr gesprochen?«, fragte Ralph. Strähnen seines dunkelblonden Haares fielen in sein Gesicht, anstatt wie früher in der Schule in einem Pferdeschwanz zu verkümmern.

»Vor Kurzem«, sagte Stephanie. Ostern schien ihr »vor Kurzem« genug.

»Furchtbar das alles«, sagte Ralph und schob mit seinem Schuh einen Stein hin und her. »Aber was willst du machen? Es ist ein hormonausschüttendes Organ.«

»Ja, das scheint jedem klar zu sein«, sagte Stephanie. Er sah sie an und hörte kurzzeitig auf, mit seinem Schlüsselanhänger zu spielen. Stephanie sah weg und sagte etwas über den Blumenkranz auf dem Sarg. Blumen. Darüber ließ sich immer reden. Gleich darauf war Gott sei Dank auch diese Episode vorbei und es kam die nächste. Frau Stengel mit denselben Fragen wie Ralph, nur dass Stephanie sie glücklicherweise nichts zurückfragen musste, und außerdem konnte sie nicht aufhören, auf den rosa-bräunlichen Lippenstift zu starren, der sich bei Frau Stengel über den Lippenrand hinweg in ungeahnte Weiten verirrt hatte.

Als das abgehakt war, musste Stephanie noch Corinna Eichsfett begrüßen, den alten Lateinlehrer Bons (aus seiner sportiven Umhängetasche nahm er während des Gesprächs einen Flakon Kölnischwasser und verrieb etwas davon auf seinen Handgelenken), Carlos, Jana und die Rosi, die immer so viel redete, als wäre sie gerade aus einer meditativen Wüstenversenkung mit Schweigegelübde zurückgekehrt. Indes füllte sich der Friedhofsparkplatz wie ein Festivalgelände kurz vor einem Konzert. Und Stephanie wagte es, ihre Nylon-Füßlinge auszuziehen, die an erstaunlich vielen Stellen rote Flecken aufwiesen, die in altes Braun übergingen. Schwitzend legte Stephanie die Füßlinge zusammen und verstaute sie in ihrer Handtasche, als jemand ihren Namen sagte.

»Herr Thoriat«, sagte Stephanie. Er stand vor ihr, neben ihm eine Frau.

»Ein trauriger Anlass für ein Wiedersehen«, sagte Studienrat Thoriat.

Stephanie nickte. Eine Brise lief an ihren demolierten Fußhinterseiten entlang. Die Wunden brannten.

»Sind Sie immer noch am Gymnasium, Herr Thoriat?«, fragte Stephanie. Sie bemühte sich, schnell zu fragen, damit er sie seinerseits nichts fragen konnte.

»Steffi, du musst mich nicht mehr Herr Thoriat nennen. Ich bin ja nicht mehr dein Lehrer. Nenn mich doch David.«

»Okay«, sagte Stephanie. Sie sah die Frau an, die neben ihm stand. Eine Frau mit dunklem Haar, das wie eine beschwerte Jalousie glatt herunterhing. Ihre Lippen waren schmal und respektvoll verschlossen, sie war nicht unhübsch. Aber alt. Obwohl sie höchstwahrscheinlich jünger war als der alte Thoriat. Aber Stephanie konnte diese mittleren Lebensalter nicht voneinander unterscheiden. Vierzig? Fünfzig? Was machte das schon für einen Unterschied? Diese Zeit war Ewigkeiten weit entfernt. Dass sie überhaupt einmal kommen sollte, fühlte sich jetzt so unwahrscheinlich an wie ein Weltraumabenteuer.

Den Anfang seiner Antwort hatte Stephanie noch gehört, dann war sie abgedriftet, jetzt stieg sie wieder ein bei »... nicht mehr. Das wäre also die einzige Veränderung. Kein Religionsunterricht mehr. Aber ich hab dafür von Frau Moor Ethik übernommen.« Thoriat trug zu seinem schwarzen Hemd eine Krawatte. Die armen Männer mit ihrer Sommergarderobentortur, dachte Stephanie. Erneut sah sie die Frau an. Er und sie hielten sich an den Händen.

»Steffi, darf ich euch vorstellen?« Mit einer zurückhaltenden, aber schönen Geste deutete Thoriat auf die Frau. »Karla Weißhaupt. Meine Freundin.«

Die Frau streckte ihre freie Hand aus. »Grüß dich«, sagte sie. Stephanie schüttelte die Hand.

»Wart ihr noch so gute Freundinnen wie in der Schule?«, fragte Thoriat. »Das Dreiergespann. Na, und oft noch Moritz Obermeyer, oder?«

»Haben uns erst vor Kurzem getroffen«, sagte Stephanie.

»Ach«, sagte Thoriat. Er schien all sein noch vorhandenes christliches Mitleid in diese eine Silbe gelegt zu haben. Es folgte eine Pause.

»Wenn jemand mit fünfundzwanzig stirbt«, sagte Karla Weißhaupt in diese Pause hinein, »ist das sehr falsch. Aber manchmal passiert auch das Falscheste auf der Welt.«

»Man konnte nichts machen«, sagte Stephanie und sah Richtung Parkplatz. »Es ist ein hormonausschüttendes Organ.«

Beide nickten. Stephanie nickte einfach mit, als würde sie verstehen und glauben, was sie gerade gesagt hatte.

Viktors Mutter hatte verweinte Augen. Die Falten darunter glänzten feucht. Stephanie stand in der Türschwelle und Frau Gordew fuhrwerkte mit den Armen, machte Grammatikfehler in jedem Satz und deutete auf die Schuhe, die man in diesem Haus ausziehen musste. Stephanie, mit einem Sechserpack Pils unter dem Arm, zog ihre Sandalen aus und streckte sich Frau Gordew für eine Umarmung entgegen. Die wich erschrocken zurück.

»Nein, Steffi, nein! Ist das ein schlechtes ..., in Russland sagt man Примета. Entschuldige, bitte nicht auf mich hören. Mein Deutsch ist heute schlecht. Im Kopf noch alles richtig. Ich rede mit Kanzler Scholz im Kopf, fließend, aber aus Mund. Aus Mund kommt es anders. Aber das ist ein schlechtes ... ein schlechtes Zeichen.«

»Meinen Sie Omen?«

»Ja, Omen«, sagte Frau Gordew.

»Was genau ist ein schlechtes Omen?«, fragte Stephanie. Etwas, das sie in den Jahren ihrer Freundschaft mit Viktor gelernt hatte, war, dass alle Russlanddeutschen von ihrem früheren Leben einen Knacks behalten hatten.

»Über die Schwelle umarmen ist schlechtes Omen«, sagte Frau Gordew. »Sehr schlechtes Omen.«

Gleich darauf betrat Stephanie, barfuß wie in der Bibel, den Flur, und Frau Gordew, in ihrem geblümten Hauskleid, riss Stephanie an sich und umarmte sie. Nachdem sie Stephanie entlassen hatte, pendelten immer noch die Ohrringe an Frau

Gordews Läppchen, feine Tröpfchengebilde, natürlich aus Roségold. Die Russlanddeutschen und ihr Roségold, das war so ein Naturgesetz. Man erkannte sie sofort daran.

Nach dieser Begrüßung mit Frau Gordew und einem Nicken von Herr Gordew, der kaum je sprach und nur kurz aus dem Wohnzimmer mit dem laufenden Fernseher trat, durfte Stephanie die Stufen hinabsteigen zu Viktors ausgebauter Kellerwohnung, dem sichtbarsten Versuch seiner Eltern, ihn nicht gehen zu lassen. Stattdessen benutzte er die Wohnung von Jahr zu Jahr immer seltener und mittlerweile nur noch in den Semesterferien.

»Stephie!«, sagte Viktor und streckte die Arme aus, als sie noch nicht einmal die Stufen heruntergekommen war.

Er hatte abgenommen. Das T-Shirt und die Shorts, beides schwarz und ausgewaschen, saßen anders an ihm. Mit den ausgestreckten Armen ähnelte er einer Vogelscheuche, die auf offenem Feld auf die Raben wartet.

»Deine Mutter ist mal wieder …«, begann Stephanie.

»Sehr mutterig«, sagte Viktor. Er kicherte lauter, als es der Witz erlaubt hätte.

Sie brachen das Sechserpack auf und stellten vier Bierflaschen in den Kühlschrank, in dem es vor Leere fast hallte, nur ein kleiner Kirschjoghurt wartete im unteren Regal auf seine Bestimmung. Zwei Flaschen öffnete Viktor sofort mit einem Feuerzeug. Viktor hob sein Bier zum Anstoßen.

»Worauf stoßen wir an?«, fragte Stephanie.

Sie überlegten und senkten ihre Biere wieder.

»Auf meine Babsi«, sagte Viktor und sie stießen an. »Ich weiß nicht, wo sie jetzt ist. Glaubst du, sie ist irgendwo?«

»Ja«, sagte Stephanie. »Aber sie hätte noch hier bleiben sollen.«

»Von dem Oberdeppen, dem Prof, nicht mal eine Beileidskarte bekommen«, sagte Viktor und öffnete die Tiefkühltruhe unter dem Kühlschrank.

»Vielleicht hat er es nicht mitbekommen.«

»Genau«, sagte Viktor und wühlte in den Pizzen und Eiscremepackungen, die in die Truhe gestopft waren. »Todesanzeige in der Unizeitung und er hats nicht mitbekommen. Salami oder Hawaii-Pizza?«

»Ich wollt eigentlich nichts essen«, sagte Stephanie.

»Komm jetzt. Salami oder Hawaii?«

Stephanie sah seinen Rücken an und wie sich in der gebeugten Haltung Wirbel um Wirbel abzeichnete. »Hawaii«, sagte sie schließlich. »Hawaii-Pizza mochte ich schon immer gern.«

Auf der schwarzen Holzspanfläche des Couchtisches standen drei leere Bierflaschen. Sie standen beisammen wie Freunde, die Vertraulichkeiten austauschen.

Viktor saß neben Stephanie auf der Couch und verdrückte stumm und gleichzeitig krachend laut den harten Pizzarand. Ein vollgekrümelter Teller lag auf seinem Bauch. Stephanie legte ihr halb gegessenes Stück weg.

»Das kann alles nicht wirklich passiert sein«, sagte Viktor und sah auf die ebenerdigen Fenster. Zum ersten Mal an diesem Abend klang er müde und nicht wie batteriebetrieben aufgedreht. »Das kann nicht passiert sein.«

»Ich weiß, was du meinst«, sagte Stephanie und trank von ihrem Bier.

»Im Krankenhaus hatte sie noch zwei Cola-Eis intus. Zwei ganze Cola-Eis. Wusstest du das?«

»Meinst du die zum Rausdrücken?«, fragte Stephanie.

»Ja.«

»Okay.«

»Wir haben sie auch mit dem Verlobungsring begraben. Wusstest du das?«

»Nein.«

»Warum kriegen Männer keinen Verlobungsring? Niemand weiß, wenn man mich jetzt sieht, dass ich verlobt war«, sagte Viktor und hielt seine linke Hand hoch. Eine Weile betrachteten sie die schmähliche Ringlosigkeit dieser behaarten Männerhand.

»Ich muss mal«, sagte Stephanie und stand auf.

Sie sperrte die Tür sofort hinter sich ab in dem fensterlosen, winzigen Bad. Kurz blieb sie in der Dunkelheit stehen. Dann schaltete sie das Licht ein. Sie versuchte es ehrlich mit dem ruhigen Atmen, das die Leute einem immer rieten, ruhig durch den Bauch atmen. Aber wie sollte das gehen? Es war auch nicht das Atmen. Es war ein bislang unbekanntes Gefühl, das lautlos, wie ein Fahrstuhl, in ihr aufstieg. Aber irgendwo auf dem Weg blieb es stecken. So war es schon während der Beerdigung gewesen. Das Gefühl war nicht angekommen, dabei war es nie weggegangen.

»Viktor, was ist bei dir im Bad los?« Stephanie stand vor dem Sofa, auf dem Viktor mit einer neuen Flasche Bier lümmelte. Er sah sie verwirrt an und legte seine nackten Füße mit den grauen Sohlen auf dem Couchtisch ab.

»Was soll denn sein im Bad?«

»Dein Spiegel ist mit einem schwarzen Schal behängt. Völlig zugedeckt. Ist dir klar, wie creepy das aussieht?«

Viktor schlug sich die Hand an die Stirn. »Ach, das«, sagte er. »Das ist ein russischer Brauch. Wenn jemand in der Familie stirbt, deckt man im Haus alle Spiegel zu. Oben hat Mom Bettlaken zum Zuhängen genommen, aber hier hatte ich nur den alten Schal. Eigentlich wird das gleich nach der Beerdigung abgenommen, aber ich konnte nicht. Fühlte sich noch nicht richtig an.«

Stephanie setzte sich zu Viktor. Er trank sein Bier und wackelte mit den Zehen.

»Aber warum? Warum hängt man die Spiegel zu? Das ist doch creepy. Dieses russische Zeug.«

»Findest du? Frag mal meine Mutter, was Totenwachen waren. Drei Tage lang«, sagte Viktor hämisch. »Warum?«, sagte er. »Darum eben. Damit die Seele, die noch durch das Haus wandert, sich nicht im Spiegel verfängt und für Ewigkeiten irgendwo herumirrt.«

»Das ist ja noch schlimmer!«, sagte Stephanie. Sie hatte es so entrüstet und trotzig gesagt wie eine Erstklässlerin. Sie sahen sich an. Und lachten.

Viktor machte sie nach, indem er aufgeschreckt den Kopf reckte und rief: »Das ist ja noch schlimmer!«

Stephanies Herz schien sich ein wenig zu beruhigen. Es ratterte nicht mehr wild dahin, sondern ähnelte mehr und mehr einem Zug, der mit stetigem Tempo durch die Nacht fährt und dabei jeden Augenblick von Neuem die Dunkelheit vor sich durchdringt.

Stephanie lehnte sich auf dem Sofa zurück und stellte wie Viktor die Füße auf den Couchtisch.

»Gibts noch Bier?«, fragte sie.

»Ist das letzte«, sagte Viktor und reichte ihr seine Flasche. Sie trank und gab ihm die Flasche zurück. Bei jedem Hin und Her gluckerte und schäumte es hinter dem dunkelgrünen Glas.

»Ich fühl mich so alt«, sagte Viktor und legte seinen Kopf auf Stephanies Schulter.

»Ich weiß«, sagte sie. Eigentlich wusste sie es nicht, aber manchmal musste man so tun, als ob. Sie wusste schließlich vieles nicht.

Eine Weile lang war die einzige Bewegung das Hin- und Herreichen der Bierflasche. Bis Viktor hochschreckte. »Halt!«, sagte er. »Hab was vergessen.«

Stephanie setzte sich aufrecht hin und wartete. Als Viktor zurückkam, hielt er etwas in der Hand. Stephanie konnte nicht erkennen, was es war. Die Lampe neben dem Sofa spendete nicht viel Licht. Viktor setzte sich und reichte Stephanie seine geschlossene Faust. Sie hielt ihre Hände darunter, und Viktor legte etwas hinein.

»Was ist das?«, fragte Stephanie.

»Das ist für dich. Von Babsi.«

Stephanie hielt eine Kette mit Anhänger an die Lampe, um sie besser sehen zu können. Die Kette bestand aus einer abgeschabten schwarzen Lederschnur. Der Anhänger stellte eine Muschel dar, sie war aus Bernstein, eingefasst in Silber.

»Kannst du dich nicht erinnern?«, fragte Viktor. »Die Abifahrt. In Marseille wart ihr Mädels doch shoppen, oder?«

»Und das ist wirklich für mich?«

Viktor blickte auf die Tischfläche, voll von den halbmondförmigen Flecken der Flaschenränder, dem Teller mit dem kalten Pizzastück und dem Staub von seinen Fußsohlen. Er stierte den Tisch an, als befände sich darauf der Spickzettel für das, was er sagen wollte.

»In den zwei Wochen davor, vielleicht waren es auch drei, hat sie angefangen, Sachen zu verteilen. Es war ja nicht viel und das meiste war eh klar. Und die Kette ging eben an dich.«

»Soll ichs anziehen?«

»Mach.«

Stephanie legte sich die ausgefranste Lederkette um den Hals und fand den Verschluss. Sie drehte den Bernsteinanhänger nach vorne.

»Voilà«, sagte sie. Aber es klang etwas brüchig.

»Steht dir.«

»Ich muss mir das mal ansehen«, sagte Stephanie und lief in das Bad.

Sie schaltete das Licht ein und sperrte die Tür hinter sich zu. Die Kette brannte ihr auf der Haut. Das Grauen von vorhin, dieser Gefühlsklumpen, der in ihr aufstieg, aber irgendwo Halt gemacht hatte, fuhr nun höher und höher und begann, ihre Kehle von innen zuzudrücken.

Die Unruhe in Stephanie war nicht von dieser Welt. Sie beugte sich vor und hob eine Ecke des Schals an. Sie sah sich im Totenspiegel: betrunkene Augen, sonnengeröteter Nasenrücken, die Kette um den Hals. Sie ließ den Schal wieder los, sie wollte keine Seele einfangen. Stephanie wollte aus sich selbst herausspringen, denn eines war klar, und das war unumkehrbar: Sie wusste nun, dank Babsi, dass das Allerschlimmste tatsächlich eintreten konnte. Jetzt wusste sie das. Mit fünfundzwanzig. Sie wünschte, sie hätte es später erfahren. Denn jetzt würde es sie nicht mehr loslassen.

Hotelbibliothek

In der Hotelbibliothek stand eine bibeldicke Ausgabe von Margaret Mitchells »Vom Winde verweht«. Außerdem gab es erstaunlich viele Romane von Agatha Christie. Sie nahmen zwei Regalböden ein. Und es gab Spiele, darunter Scrabble. Früher hatte Karla mit ihrer Mutter manchmal Scrabble gespielt. Dann jahrzehntelang nicht mehr und kurz vor Schluss hatten sie wieder damit angefangen. Im letzten Spiel hatte Karla als erstes Wort »GURKE« gelegt und ihre Mutter hatte senkrecht über das U »MUSE« gelegt. Daraus entstanden Möglichkeiten für Wörter wie MUSEUM, MUSELMANN, MUSEAL, aber Karla konnte sich erinnern, dass nichts davon gelegt worden war, stattdessen verkümmerte dieser Nebenzweig und sie nutzten ihn für ein waagrechtes Wort mit E am Schluss. Die Version von Karlas Eltern hatte elfenbeinbeige Buchstabenplättchen aus Kunststoff, diese hier waren aus Holz. Karla kannte die Spielregeln auswendig, trotzdem saß sie nun an dem eckigen Tischchen und las die Innenseite des Kartondeckels: »In der freien Welt erfreuen sich mittlerweile über 20 Millionen Menschen an diesem Spiel.« In der Schachtel lag auch ein kleiner karierter Block. Das oberste Blatt war mit einer Tabelle vollgeschrieben. Links stand: »Herr David Thoriat«, rechts stand der Name des Jungen: »Christof«. David hatte gewonnen. Bei David betrug der Endstand 308, bei dem Jungen 220. Er lässt ihn nicht gewinnen, dachte

Karla. Das war der erste liebevolle Gedanke in der Ruhe nach dem Sturm.

Sie waren am Donnerstagnachmittag angekommen. Die Fahrt von Rainacker in das Ötztal sollte laut dem Navigationssystem vier Stunden dauern. Ihre Fahrt dauerte fünfeinhalb. Das lag vor allem an Julius. Er saß im Kofferraum des Kombis und hechelte lauthals. Ab und an furzte er, während er stoisch in die Gegend starrte, als sei nichts gewesen. Nach diesen Aktionen war das ganze Auto erfüllt von dem Gestank. Karla ließ in solchen Fällen sofort ihr Fenster herunter, der Fahrtwind schlug ihr ins Gesicht und löschte jede Erinnerung an einen stinkfreudigen Hund, der sich in ihren Liebesurlaub eingeschlichen hatte. Immer wieder hielten sie an und David gab Julius zu trinken. Danach führte er ihn auf den dürftigen Wiesen der Rastplätze spazieren, damit Julius sein Geschäft erledigen konnte.

Während der Fahrt legte David seine rechte Hand manchmal auf Karlas Oberschenkel, diese ältere venenverzweigte Hand, die dort schüchtern ruhte und sich nicht von der Stelle rührte. Karla legte ihre Hand auf die seine. Dann begann David zu erzählen, zum Beispiel von der Noch-Frau. Er sprach von dieser Ehe wie von einem lang vergangenen Krieg, an dem er teilgenommen hatte, weil er so jung und dumm gewesen war, sich freiwillig zu melden. Und Karla erzählte von der letzten Zeit mit ihren Eltern. Es schien dann, als ob die vielen Schmerzen und Verletzungen sich ein wenig richteten und erträglicher wurden vor dem anderen.

Sie fuhren die dämmrigen Serpentinen hinauf. Irgendwann sahen sie das Schild »Straße nur für Gäste des Hotels Mindlerhof« und bogen auf den Weg. Karla dachte, dass dieser Urlaub das Romantischste war, das ihr je passiert war. Tief unter diesem kaum aushaltbaren Überschwang hatte sie aber vor allem eines: Angst.

Karla sah sich noch einmal in der Hotelbibliothek um und ging danach den schmalen Flur entlang, der gesäumt war von vollen Weinregalen. Sie fragte sich, ob die Gäste nicht den einen oder anderen Grünen Veltliner klauten. Aber wahrscheinlich nicht. Die Menschen waren doch insgesamt mehr an Regeln interessiert, als es den Anschein hatte.

Nach ein paar Treppenstufen kam sie an der Rezeption vorbei. Neben der Tafel mit den Wochenaktivitäten stand immer eine Holzschale mit kleinen Äpfeln. Danach erreichte sie die Hotelbar mit dem Kamin, der im brennenden Zustand abends tatsächlich so knackte, wie man es sich vorstellte. Davor waren ein paar karierte Ohrensessel aufgestellt, die David an die Amerikareise mit seinem Sohn erinnert hatten. »Wie in den Rocky Mountains«, hatte er gesagt und sich durch den Bart gestrichen, dessen Härchen nur an den Spitzen grau waren, als hätte man sie behutsam mit Mehl bestäubt.

Im Treppenhaus stand in Schreibschrift auf einem Holzschild: »Zu den Zimmern, zum Glück.« Karla hielt den Schlüssel mit dem riesigen Filzanhänger fest in der Hand. Ihr Zimmer hatte die Nummer 183. Die Zahl hing neben der Tür auf einer kleinen Bergziege aus Holz. Bayern war ja manchmal schon heftig, aber was Patriotismus anging, spielte Österreich in einer anderen Liga.

Ihre Junior Suite war leer. Über dem Bett hing eine große beleuchtete Schwarz-Weiß-Fotografie von Kindern, die vor einem Alpenpanorama mit Sensen Gras mähten. Ein Mädchen in Dirndl mit blonden, um den Kopf gelegten Zöpfen blickte ernst in die Kamera. Karla sah auf das Bett darunter. Seitdem das Zimmermädchen es gerichtet hatte, hatte sich niemand mehr darin gewälzt. Die Decken lagen noch immer zu Herzen geformt da. Beim zweiten Abendessen war es ihnen aufgefallen: die besondere Vorliebe des Hotels für kunstvoll gefaltete Servietten und Decken. David hatte sich die gestärkte Stoffserviette an den Kragen gehalten und gesagt: »Ich glaube, das soll eine Krawatte sein.« Karla hatte den Stiel ihres Apérol-Spritz-Glases losgelassen, sich die Kreation angesehen und gesagt: »Die Chefs haben sicher alle zu einem Wochenendkurs verdonnert. Das war es gewesen auf absehbare Zeit. Keine Serviette entkommt.« David hatte gelacht. Der Schaum vom Weizen benetzte seinen Bart, und Karla hatte über den Tisch gegriffen und den Schaum weggewischt.

Karla warf den Schlüssel auf das Bett, dazu auch die Spa-Tasche aus grauem Filz, und ging ins Bad. Auf dem Weg sah sie kurz zum Sofa und der Verandatür dahinter. Julius' halbleerer Wassernapf stand draußen und es nieselte in ihn hinein.

Im Badezimmer überprüfte Karla, ob ihr dunkelbrauner Badeanzug auf der Heizung trocken war. Sie zog sich um. Die Lüftung schaltete sich ein und übertönte alle anderen Geräusche. Karla zog sich den weichen, groß geschnittenen Hotelbademantel an und trat hinaus. Die Jungs waren zurückgekehrt. David nahm gerade Julius von der Leine.

»Hat dich der Regen nicht gestört?«, fragte Karla und fuhr den Frotteegürtel in den Schlaufen hin und her, band ihn aber nicht zu.

»Hier in den Bergen ist es ja eher Nebel. Und weißt du, der Spruch lautet doch: Es gibt kein schlechtes Wetter …«

»Weiß ich«, sagte Karla und setzte sich auf das Bett.

Während David zur Veranda ging, um die Tür für Julius zu öffnen, schob Karla ihren Schlüssel in die Spa-Tasche. Sie besah ihre Zehen, Teile des Körpers, die sie schon immer als verformt wahrgenommen hatte. Ihre blauen Schlappen mit der eingerissenen Brücke rechts standen neben der Badezimmertür. Alles, was noch fehlte für die Flucht, war, die Tasche zu nehmen, in die Schlappen zu steigen und zu gehen.

»Weißt du«, sagte David. Mittlerweile hatte er seine Schuhe ausgezogen und stand in grauen Socken da. Der Schaft seiner langgezogenen Füße zeichnete sich unter dem Stoff ab. »Weißt du, eine schlechte Ehe, eine Alptraumehe durchdringt dein ganzes Leben und nicht nur das. Sie durchdringt auch das Leben deiner Familie. Daran musste ich jetzt denken. Alle leiden, wenn sie es miterleben. Mein Bruder litt. Meine Cousine. Wenn sie es mitbekam bei Familienfesten oder Geburtstagen, litt sie. Es gibt nichts, das so sehr … so sehr …« David suchte nach dem passenden Wort. »… demoralisiert«, sagte er schließlich. »Ja, genau. Es gibt nichts, das einen so sehr demoralisiert.«

»Wieso erzählst du mir das? Wir sind nicht verheiratet. Du bist noch nicht mal geschieden.«

David legte sich die Handflächen auf die Oberschenkel und rieb sie rauf und runter, als würde er sich aufwärmen. »Weißt du, Karla«, sagte er. »Ich hab lang genug mit jemandem zusammengelebt, der keinen Platz für mich hatte, und auch keine Sympathien. Keine Sympathien für mich, außer man konnte mich ändern.« Er tat so, als würde er eine imaginäre Stange verbiegen.

»Ich muss jetzt schwimmen gehen«, sagte Karla. Es hatte sich gelohnt, dass sie sich vorher die Bewegungsabläufe vorgestellt hatte. Denn nun passierte es in einem einzigen Schwung, dass Karla die Tasche nahm, in die Schlappen stieg, die ungünstigerweise neben David standen, und das Zimmer verließ.

»Bevor wir die Formalitäten klären, darf ich Ihnen zur Ankunft erstmal ein Glas Prosecco eingießen?«, sagte der junge Mann hinter der Rezeption. Er trug, wie alle männlichen Hotelangestellten, eine gut geschneiderte dunkelblaue Trachtenweste. Sein Name, Richi, stand auf einem herzförmigen Holzanstecker auf der Brust.

David und Karla sagten natürlich zu und setzten sich auf die Couch gegenüber der Rezeption. Julius setzte sich auf den Boden neben David und beobachtete ein älteres Paar, das mit einem verfilzten Pudel durch die Lobby ging.

Als Richi sich ihnen mit einem Tablett mit zwei in die Höhe gezogenen Proseccogläsern näherte, sagte er »Moment noch« und kam mit einem Kauknochen für Julius zurück. »Wir sind hier besonders hundefreundlich«, sagte er. »In Ihrer Suite erwartet Sie ein Willkommenspaket für den Burschen da. Und heute Abend essen Sie schon im Saal für die Hundebesitzer.«

Während er sich entfernte, sagte David: »Mei, sind die freundlich.« Er strich seinen Bart über den Lippen glatt.

»Ich trink das sonst nie tagsüber«, sagte Karla und hielt das Glas wie ein Beweisstück in die Höhe.

»Es ist ja auch ein besonderer Anlass«, sagte David.

»Was denn für einer?«, sagte Karla und schob ihren Oberkörper näher zu ihm hin, als würde da etwas Kleingedrucktes in seinem Gesicht stehen, das sie unbedingt lesen wollte.

»Weißt du nicht, meine Liebe? Unser erster, unser allererster gemeinsamer Urlaub. Vacances à deux.«

»Besser als Folie à deux. Wir zwei und der Typ da«, sagte Karla und zeigte auf Julius, der an dem Knochen nagte.

»Weißt du, der ist pflegeleicht. Ganz kooperativ ist der. Das wirst du schon noch sehen. Also auf uns!«

»Auf uns«, sagte Karla und sie stießen mit ihren Gläsern an. Zufällig trafen sie dabei die Stelle, die einen in den Himmel gehenden hohen Ton von sich gab. Davids Hand, die auf Karlas Schenkel lag; die erwartungsvoll unausgepackten Koffer; die vielen auf der blumig tapezierten Wand aufragenden Geweihe; die Gäste; die Hunde der Gäste; und gleich darauf Richi, der sich ihnen mit Papieren und Broschüren näherte wie ein Bote mit ausschließlich guten Nachrichten. Alles war vollkommen.

Für das erste Abendessen gingen sie Hand in Hand hinunter. Julius folgte ihnen ohne Leine. Karla trug ihr festlichstes Kleid, für das sie sonst keine Gelegenheit hatte – für Weihnachtsfeiern auf der Arbeit war es zu auffällig, für Reinacker und Schönsee zu fein. Das Kleid war aus schwarzem Samt und hatte nur einen Träger. Die andere Schulter kam Karla angenehm nackt vor. Das hatte etwas. Es war genauso aufregend wie zu wissen, dass das soeben noch unbenutzte Hotelbett frische nasse Stellen aufwies.

Vor dem Eingang zum Speisesaal setzte sich Julius vorsichtshalber hin. Es waren noch kaum Gäste da. In der Fensterfront sahen sie das Frühlingsgras in der Dämmerung und Strandkörbe in der Form riesiger Zwiebeln. Am Salatbuffet hielten sich zwei ältere Männer an den Händen. Auf den weißen Tischdecken stand an jedem Platz eine Reihe polierter Gläser wie ein Versprechen. Eine Kellnerin in einem fast bodenlangen Dirndl eilte mit zwei Grappagläsern auf einem Tablett vorbei. Sie machte vor Karla Halt und sagte mit einem kurzen Blick auf Julius: »Entschuldigen Sie, aber wir bitten unsere Hundebesitzer, im angrenzenden Saal Platz zu nehmen. Dort sind Sie ganz ungestört.«

»Die haben einen Knall hier«, sagte Karla, als sie zu dem holzgetäfelten kleineren Saal gingen, wo die Hundebesitzer mit ihren Tieren saßen.

»Besser als andere Hotels, in denen ich war. Wo man sich mit einem Hund vorkommt wie eine Persona non grata.«

»Ja, aber diese Mischung hier«, sagte Karla. Sie setzte sich, nahm Davids Hand in die ihre und beendete den Satz nicht. Die Mischung von »Adults only«-Hotel mit auffälliger Hundefreundlichkeit (»Wir möchten, dass sich auch unsere Vierbeiner pudelwohl fühlen«) war tatsächlich eine Mischung, die sie bisher nicht kannte.

Nach dem Salatbuffet wurden die Gänge von den Kellnern herein- und die abgegessenen Teller wieder hinausgetragen. Karla war gerade dabei, den zweiten Löffel einer sauren, auf der Zunge weich fettigen Rinderkraftbrühe zu nehmen, als David sagte: »Kannst du dich an dieses Gebäude in der Stadt erinnern, neben dem Italiener?«

»Welchem Italiener?«, fragte Karla und lehnte sich zurück, hörte aber nicht auf, die Grießnocken in ihrer Brühe mit dem

Löffel kreisen zu lassen wie zwei Fische, die sich unablässig jagen.

»Den Eis-Italiener meine ich, der im Winter immer wegfährt.«

»Ich nehms ihm nicht übel. Nichts ist schlimmer als der deutsche Winter.«

»Es liegt wohl auch an unserer Mentalität«, meinte David und lachte.

»Findest du uns Deutsche so griesgrämig?«, fragte Karla.

»Fröhlich sind wir nicht gerade.«

»Ich glaube, das liegt an den Nazis«, sagte Karla und nahm einen Löffel voll Brühe.

»Was liegt an den Nazis?«

»Die haben das mit der Fröhlichkeit für immer versaut. Aber ich weiß immer noch nicht, welches Haus du meinst, pardon, Gebäude«, sagte Karla und machte einen Versuch zu zwinkern.

»Es ist das Nachbargebäude vom Luhmann. Genauer gesagt liegt es zwischen dem Luhmann und dem Italiener. In dieses Gebäude ist letztes Jahr ein Anwalt gezogen. Er teilt sich das Büro mit einem Notar.«

»Ich schätz mal, die Leute brauchen immer einen Notar, vor allem bei uns in der Gegend, wenn alle ihre Häuser vererben, ob man sie haben will oder nicht«, sagte Karla und schnitt einen Nocken entzwei, doch der Schnitt wurde nicht gerade und der Nocken löste sich in auseinanderfallende Bröckchen auf. »Was hast du nochmal für den Hauptgang bestellt? Ich krieg die Hirschmedaillons.«

»Neulich hatte ich einen Termin in diesem Büro.«

»Wie heißt er denn, dein Anwalt? Anwälte haben doch immer einen komischen Namen.«

»Kongeter.«

»Siehst? Komisch.«

»Ich war bei Kongeter & Krekow, so heißt der Notar. Ich hab mit beiden gesprochen. Ich hab mit dem Notar darüber gesprochen, meine Haushälfte an Heinrich überschreiben zu lassen. Vor allem aber hab ich mit dem Anwalt über eine Scheidung gesprochen.« David sah Karla an wie ein Kind, das gelobt werden wollte.

»Scheidung?« sagte Karla.

Sie hatte versucht, es nicht so laut zu sagen, immerhin war der Hundebesitzersaal klein. Aber niemand hatte sich nach ihnen umgedreht. In diesem Augenblick, und nur in diesem, war Karla froh um die Entspannungsmusik – aktuell »Gregorianische Gesänge« –, die zu jeder Mahlzeit irgendwo aus versteckten Lautsprechern rieselte.

»Der Anwalt hat gesagt, dass es vergleichsweise simpel wird. Die Noch-Frau und ich leben schon lang nicht mehr zusammen. Also im eigentlichen Sinn. Unsere Habseligkeiten haben wir schon längst aufgeteilt.«

»Die Habseligkeiten?«

»Alles, was Streit verursachen könnte, haben wir schon längst aufgeteilt«, sagte David, drehte sein Bierglas und gestikulierte mit der freien Hand. Er sah, das wusste Karla, glücklich aus. »Das Hochzeitsservice. Die Erinnerungsstücke von Heinrich, die haben die Noch-Frau und ich ihm schon damals zu seinem Studienbeginn geschenkt«, sagte David und machte eine Handbewegung, als würde er einen Einkaufswagen mit Schwung von sich schieben. »Und der Rest? Der Rest ist Schweigen«, sagte er und lachte laut auf. Auch dieses Mal hatte sich niemand nach ihnen umgedreht. »Schweigen oder gemeinsam erworbene Aktien, aber die kann die Noch-Frau meinetwegen alle haben. Die kann sie alle haben.« Er sah Karla in etwa so an, wie er sie zuvor im Bett angesehen hatte.

»Ich weiß nicht ...«, sagte Karla und überlegte, was sie sagen sollte. »Du hast dich so lange nicht scheiden lassen. Es ging doch.«

»So zu leben, das ist kein Frieden, das ist nur Waffenstillstand. Jeden Tag von Neuem ein Waffenstillstand, aber der Krieg ist nie für beendet erklärt worden. Das ...«, er suchte wieder nach dem passenden Wort, »... zehrt an einem.«

Karla nahm ihr Glas Silvaner hoch. Das Gute und das Schreckliche an diesem Weißwein war, dass er leicht wie Wasser war, man konnte Liter davon trinken. Sie sah sich im Saal um. Ein hochgewachsener Mann in einem weißen Hemd mit ausladendem Blumenmuster an Ärmeln und Kragen kam herein und begann mit dem älteren Paar am äußersten Tisch zu reden, ihr verfilzter Pudel schlief unruhig unter dem Stuhl.

»Außerdem«, sagte David, »gibts jetzt dich.«

Karla hob ihr Glas zum Anstoßen. Sie öffnete den Mund, aber bevor sie etwas sagen konnte, fragte sie jemand: »Passt alles?«

Der Mann mit dem Blumenkragenhemd war an ihren Tisch gekommen.

»Wunderbar«, sagte David.

»Ja«, sagte Karla. »Sehr.« Sie führte ihr Glas an den Mund und trank, was schon mal eine Beschäftigung war, die einem eine Pause vom Reden verschaffte.

»Seids ihr gut angekommen?«, fragte der Mann. Er war Ende vierzig bis Anfang fünfzig, gut rasiert und hatte eine Gesichtsfarbe, die man nur als gesund beschreiben kann.

»Wir haben etwas länger gebraucht, hauptsächlich wegen Julius, wegen seinen …«, David hielt kurz inne, »… Bedürfnissen.«

»Ja, und wen haben wir denn da?«, sagte der Mann und beugte sich zum Hund hinunter, der sofort die ihm zuteilwerdende Aufmerksamkeit in sich aufsog. »Labrador?«

»Ganz genau«, sagte David. »Acht Jahre. Seit acht Jahren hab ich den Kollegen hier.«

Der Mann streichelte den Kopf des Hundes. Karla bemerkte einen männlich breiten Silberring und dass seine Haarfarbe lustigerweise der des Hundes ähnelte: ein goldiges unbeschwertes Blond.

»Wer war das?«, fragte Karla.

»Markus«, sagte David. Der Hauptgang wurde serviert. Die Kellnerin stellte vor David gegrillte Dorade mit Zitronenrisotto, vor Karla Hirschmedaillons mit Petersilienkartoffeln.

»Kennst du den?«

»Er ist einer der Chefs hier. Das Gastgeberpaar. In der Broschüre auf der ersten Seite posieren sie. Er und sein Mann, Jakob glaub ich.«

»Denen gehört das alles?«

»Seit drei Generationen oder sogar mehr. Auf der ersten Seite, mit ihren beiden Hunden, große prächtige Tiere. Apropos prächtige Tiere, diese Dorade hier ist … sie ist … perfekt.«

»Jedenfalls«, sagte Karla, »sieht Markus so aus, als ob er gleich das Akkordeon auspackt und vor dem Alpenpanorama ein Tiroler Volkslied schmettert.«

David sah sie an, schwieg und danach lachten sie gemeinsam drauf los.

Karla dachte noch an diesen Augenblick zurück, als sie nach dem Abendessen am Hotelpool die Auswahl hatte zwischen Pink und Blau. Sie stand an dem Korb neben dem Panoramafenster mit Ausblick auf die Alpen und wühlte in den Schwimmnudeln aus Pastellschaumstoff. Sie war allein. Draußen war es dunkel und Karla wusste nicht, was sie da tat. Sie hatte nicht einmal als Kind gerne mit Schwimmnudeln gespielt.

Die Fensterfront zeigte auf den Ersten, den Mittleren und den Hohen Karkopf, in der Nacht waren zwei oder drei beleuchtete Behausungen in den Bergen auszumachen. Ein Farbwechsellicht beherrschte den Raum, gerade war alles rot. Als die Farbe wieder zu einem harmlosen Grün wechselte, hatte Karla die Schwimmnudeln herausgekramt und ging mit ihnen die paar Schritte zum »wohlig-warmen 30°C-Innenpool«.

Als das Wasser bis zu ihren Rippen reichte, merkte sie die Schwere des Tages. Die Hirschmedaillons und das Birnenparfait in ihrem Magen, zusammen mit all dem Rest: wie sie bei der Vorbeifahrt an der Münchner Arena über Davids Sohn gesprochen hatten; wie Karla David im Bett unter sich gesehen hatte; die stur blickenden mähenden Kinder auf der Fotografie; der im Kopf weiterbrodelnde Prosecco von der Ankunft; Kongeter & Krekow.

Im Pool mühte sich Karla mit den Schwimmnudeln ab. Sie murmelte vor sich hin. Das Licht hatte zu einem künstlichen Gelb gewechselt. Jetzt war es gut. Eine Schwimmnudel umgarnte ihren Nacken wie eine Stola, eine war um ihre Taille drapiert und die dritte hielt ihre Füße oben. Und Karla verstand: Sie schwebte. Und wenn sie ihre Finger ruhig hielt, hörte sie nicht einmal das Wasser. Dann war da nur noch dieses Gefühl, vertraut und zugleich entfremdend.

Beim ersten Frühstück lernten sie den »Glücksboten« kennen, die Hotelzeitung. Dieses gefaltete und mit Text und Fotos bedruckte Blatt begann mit einem Zitat und den Wetteraussichten und endete mit der neusten Aufgussankündigung aus der Blockhaussauna im Garten.

Sie saßen in dem kleinen Saal für Hundebesitzer, David spachtelte Butter auf ein Stück Schwarzbrot und Karla las feierlich das Zitat des Tages: »Ob glücklich oder unglücklich, das Leben ist der einzige Schatz, den der Mensch besitzt; und wer es nicht liebt, ist seiner nicht wert.« Darunter stand: »Giacomo Casanova (1725-1898)«. Karla bemerkte den Druckfehler. Mit einem Blick zu David, der ihr Lächeln erwiderte, ging sie zum Buffet. Vor der riesigen Apparatur, die mechanisch Orangen auspresste, nahm sie sich ein Glas und wollte den Hebel nach unten schieben, als ihr jemand auffiel. Ein Junge mit Haaren, die wie ein Kehrbesen in die Höhe standen, kam mit einem Teller zum Buffet. Er sah sie kurz an, dann sah er sich die Saftpresse an und begann schließlich damit, sich eine glänzende Lachsscheibe nach der anderen auf den Teller zu legen.

Zurück am Tisch sagte Karla: »Ich dachte, das ist ein Erwachsenenhotel. So heißt das doch, oder? Aber grad eben hab ich einen Jungen gesehen am Buffet.«

»Es ist ab sechszehn aufwärts«, sagte David und hob ein Stück Champignonmortadella auf, die von seiner Brotscheibe gerutscht war.

»Ab sechzehn ist man doch nicht erwachsen. Ich weiß nicht mal, ob ich jetzt erwachsen bin. Ich hab das Gefühl, je älter ich werde, desto weniger weiß ich.«

»Sicherlich fühlt er sich einsam hier.«

»Es sieht auch nicht so aus, als ob er die größte Gaudi hätte.«

»Andererseits«, sagte David und legte die Brotscheibe auf den Teller, so dass seine Armbanduhr am Porzellan aufschlug. »Als ich mit Heinrich unsere Amerikareise gemacht hatte, kam er mir nicht einsam vor. Ich selbst war weiß Gott nicht einsam. Ich konnt es nicht glauben, dass ich so etwas mit meinem Sohn unternehmen kann. So hätt ich niemals, nie im Leben mit meinem eigenen Vater verreisen können. Nicht ums Verrecken.« Davids Blick war aufgebracht.

»Du fluchst nie«, sagte Karla und legte ihre Hand auf seinen Platz. Auch David streckte seine Hand aus. Bevor er etwas sagen konnte, stand wieder Markus an ihrem Tisch.

»Na, wie gehts heute?« Er schlug seine Hände energiegeladen aneinander, ein kurzer Klatschton, der Julius aufschreckte. Das Türkis von Markus' Hemd schimmerte wie ein Juwel aus einem geborgenen Piratenschatz. »Gut geschlafen in der ersten Nacht?«

Vor allem David versicherte, dass sie sehr gut geschlafen hätten. Karla dachte daran, dass sie eine Viertelstunde lang nach dem Lichtschalter gesucht hatte, um das Licht auf der Fotografie der Gras mähenden Kinder ausschalten zu können.

»Und der Bursche da?«, fragte Markus, beugte sich hinunter und fing an, mit unbändiger Freude Julius' Kopf zu kraulen. »Ach, ein prächtiger Hund.«

Da entsponn sich ein Kennergespräch zwischen David und Markus, das David offensichtlich viel Freude bereitete und zu dem Karla rein gar nichts beitragen konnte. Sie sah nur von einem zum anderen wie bei einem Tennismatch und zerkaute das Fruchtfleisch ihres Orangensaftes. Das Ergebnis dieser Unterhaltung fand schon am selben Abend statt.

»Für die Dame«, sagte Jakob und goss Karla den grünlich goldenen Wein ein, sein eigenes Glas war gerade nachgefüllt worden. Selbstverständlich war es mal wieder der Grüne Veltliner, der nicht versiegte. Auf dem Etikett prangte die laute Farbkombination der österreichischen Flagge: Rot-Weiß-Rot.

»Pass nur auf, Karla«, sagte Markus und legte eine Hand auf den Rücken des Ausschenkenden. »Mein Jakob trinkt dich noch unter den Tisch.«

»Unter welchen? Ihr habt so viele«, sagte Karla, was Gelächter nach sich zog.

»Wie habt ihr euch kennengelernt?«, fragte David, noch am Kichern.

»Vor allem wann«, sagte Karla.

»Bei einer Hotelierfortbildung«, sagte Markus. Er saß breitbeinig und zufrieden mit seinem Leben auf dem riesigen Ecksofa aus burgunderrotem Kalbsleder.

»Wirklich? Bei einer Hotelierfortbildung?«, sagte David, als wäre das etwas Aufregendes.

Karla stellte sich dieses Ereignis wie die paar Fortbildungen vor, zu denen sie vom Landratsamt geschickt worden war: hübsch belegte Baguettescheibchen, die unmöglich zu essen waren, ohne dass alles in seine Bestandteile zerfiel; an irgendeinem Punkt der Vorträge schlief man unweigerlich ein; freundliches Händeschütteln mit Menschen, die man nie wieder sehen würde, und vor allen Dingen das trügerisch beruhigende Gefühl von Unsterblichkeit, denn wenn die Zeit bei so einem Blödsinn so langsam verging, musste das Leben wohl endlos sein.

»In der Kaffeepause«, sagte Markus. »Mich hats ja gleich erwischt. Obwohl ich mir noch beim Packen gedacht hab: Jetzt was Ernstes anfangen? Danke, nein. Hatte grad eben das alles geerbt.« Dabei machte er mit seinem Bierglas einen Halbkreis der das Wohnzimmer einschloss, den Couchtisch aus Kirschbaumholz, die erstaunlicherweise völlig hundehaarfreien Teppiche, die freundlich flackernden Kerzen in den zahlreichen Messingständern und vor allen Dingen das Hotel, das ein paar Schritte den Hügel hinunter lag.

»Ich hab länger gebraucht«, sagte Jakob, als er aus der Küche kam. Er setzte sich auf den Pouf neben Karla. »Fesch fand ich ihn ja schon. Von Anfang an. Und spaßig. Aber diese Bagage von ihm, so ein Gasthof, fast hundert Jahre alt. Das kannst alleine stemmen, hab ich mir gedacht.«

»Und wann war das?«, fragte Karla.

»Vor zehn Jahren«, sagte Jakob. »Zehn Jahre zusammen. Drei Jahre verheiratet.«

»Das ist die Lederhochzeit«, sagte David. »Zäh wie Leder, heißt es.«

»Aber zehn Jahre«, sagte Markus, »das wär schon die Rosenhochzeit.«

»Redet ihr chinesisch?«, sagte Karla.

»Weißt du, es gibt für jedes gemeisterte Jahr eine Bezeichnung«, sagte David.

»Siebzig Jahre zusammen, das ist die Gnadenhochzeit«, sagte Jakob neben ihr.

»Weil Gottes Gnade einen so lange hat zusammenleben lassen«, sagte sein Mann. »Das wird bei uns zeitlich nicht mehr hinhauen. Aber vielleicht, mit Glück, die goldene. Wir sind eben Traditionalisten.«

Jakob nickte und trank sein Bier. Es war still und friedlich. Sie waren eben wirkliche Gastgeber, nicht nur Hotelbesitzer, dachte Karla.

»Aber es ging doch nicht von Anfang an in diese Richtung«, sagte sie. Es kam ihr so vor, als ob sie in einem großen Bogen aneinander vorbeiredeten. Dabei wusste sie selbst nicht genau, was sie eigentlich sagen oder hören wollte.

»Für mich nicht«, sagte Jakob und streckte seine schlanken, in dunklen Jeans steckenden Beine vom Pouf aus, so dass es aussah, als würde er eine Fitnessübung machen. Er trank den Wein schneller als Karla, sie blickte auf sein beinahe schon leeres Glas. Aber er schien weniger betrunken. »Ich hatte einen guten Job in Wien.«

»Im Ritz«, unterbrach ihn Markus.

»Ich wollt das alles nicht«, sagte Jakob und deutete Richtung Hotel. »Im ersten Monat, da hab ich gedacht, da gehts mir nur um den Spaß. Aber nach und nach hats mich erwischt.« In einem zünftigen Zug trank er den Rest aus, schimpfte ein bisschen über seine angeblich schlechte Gastgeberaufmerksamkeit aufgrund der geringen Menge Wein in Karlas noch gut gefülltem Glas und verschwand in der Küche.

Sie wandte sich an Markus: »Hat dir das gar nix ausgemacht, dass er so hinterher war?«

»Ach«, sagte Markus mit Elan, als würde er gleich eine wohlwollende Geburtstagsrede halten. Als er tatsächlich zu reden anfing, wurde er gleich ernster. »Wenn zwei erwachsene Menschen zusammen sind, gibt es immer …« Er stockte.

»Differenzen?«, fragte David.

»Ach wo. Die sowieso. Aber ich meine«, sagte Markus. Um das, was er meinte, begreiflich zu machen, stellte er sein Bierglas auf einen der Granituntersetzer, legte seine Finger ineinander und rieb sie hin und her. »Zeitverstrickungen. Ungleichzeitigkeiten. Das muss man aushalten. Wie auch den Hass. Ach«, sagte er wieder mit altem Elan. »Vor allem den Hass muss man aushalten lernen.«

Am nächsten Morgen wurde im Glücksboten fabelhaftes Frühlingswetter angekündigt. Die kleine Sonne stand über einer zweistelligen Celsius-Zahl. In der Blockhaussauna würde nachmittags ein Bieraufguss stattfinden und das Tageszitat stammte von Oscar Wilde: »Sei du selbst, alle anderen gibt es schon.«

David las im Glücksboten, während er mit der anderen Hand eine Scheibe Kürbiskernbrot mit Hirschsalami zu seinem Mund führte. »Sollen wir heute zu diesem Piburger See wandern? Ist nur eine Stunde hin und eine Stunde wieder zurück.«

»Natürlich ist es eine Stunde zurück, wenns eine Stunde hin ist. Soll es eine Stunde hin und drei Stunden zurück sein?«

Der Glücksbote senkte sich auf den kariert bespannten Tisch und David sah Karla an.

»Du musst doch wirklich nicht so garstig sein, ich hab nur gemeint, dass es eine ganz kurze Wanderung ist. Mittags wären wir wieder da.«

»Mein Gott«, sagte Karla. »Ich hab kaum geschlafen. Ich hatte eine scheußliche Nacht.« Sie sah auf ihr Fruchtsalat-Schälchen hinunter und dachte, sie müsste in Tränen ausbrechen.

»Das ist ja entsetzlich«, sagte David und streckte seine Hand aus. Er ließ sie einladend liegen und zog sie ein paar Augenblicke später unverrichteter Dinge wieder zurück. »Und ich hab geschlafen wie ein Stein, wie ein toter Stein. Warum hast mich nicht geweckt?«

Statt zu antworten strich sich Karla über die Stirn, als hätte sie gleichzeitig Fieber und Kopfschmerzen.

»Weißt du, ich hab eine Lösung«, sagte David. »Ich geh mit Julius zum Piburger See und du ruhst dich aus und am Nachmittag schauen wir, was wir noch zusammen machen.«

»Wie oft sagst du eigentlich ‚Weißt du'?«

»Karla, sich unausgeschlafen zu streiten, sich nachts zu streiten, sich hungrig zu streiten oder betrunken, das machen nur Amateure oder sehr junge Leute. Wir sind weder das eine noch das andere.«

Karla schwieg. Sie dachte, dass sie neuerdings tief in einen Brunnen greifen musste, um die Liebe zu David zu bergen. Das

war ungewohnt. Eigentlich war diese Liebe seit dem Kennenlernen zuoberst geschwommen. Warum sich das geändert hatte, wusste Karla nicht, und auch nicht, wann.
Sie dachte noch im Pool daran. Ungeduldig hatte sie gewartet, bis die zwei Frauen, die sie dort angetroffen hatte, endlich gegangen waren. Dann konnte sie wieder schweben und musste nicht mehr so tun, als wäre sie im Mindesten am Schwimmen oder an der Whirlpool-Liege interessiert.

Bis kurz vor der Mittagsjause blieb Karla im Pool. Nachdem sie ihren Badeanzug auf der Heizung aufgehängt und sich die Haare geföhnt hatte, ging sie zum Ort hinunter. Das Telefon nahm sie nicht mit. Im Dorf schlich sie durch die menschenleeren Straßen mit den Holzbalkonhäusern wie in der Heimat, bis es Zeit wurde für das Abendessen.

Was die Sitzordnung betraf, war die Mittagsjause Sodom und Gomorrha. Hundebesitzer, Leute ohne Hunde, Gäste frisch aus dem Spa-Bereich, Gäste in Wanderausrüstung, Hotelbar, Zwischengeschoss, sogar Weinkeller, alle trugen, was sie wollten, und saßen, wo sie wollten, außer in den eigentlichen Speisesälen, denn ausgerechnet die waren mittags geschlossen.

Karla kam die Treppe von den Zimmern herunter, als sie schon von Weitem Markus sah. Er drehte eine seiner Gastgeberrunden. An diesem Tag trug er ein Hemd von der Farbe duftender Veilchen. Er schüttelte Hände, witzelte und klopfte einer uralt wirkenden Dame kraftvoll auf die Schultern, so dass Karla dachte, das Knochengerüst der armen Frau darunter klappern zu hören. Nun wandte er sich jemand anderem zu. Der Ehering blitzte auf in einer Lichtspiegelung. Ein Jahrzehnt waren die beiden zusammen, das war nicht so lange wie Karlas Eltern, aber es war auch nicht wenig. Außerdem hatte Karla schon seit langer Zeit ihre Eltern als einander zugewandte und doch aneinander nörgelnde Geschwister wahrgenommen. Die zwei Traditionalisten Markus und Jakob nahm sie nicht als Geschwister wahr.

Als Karla am Mittagsbuffet ankam, sah sie David. Er redete mit dem blassen Jungen, der ihr schon mehrfach aufgefallen war. Der Junge mit seinen abstehenden dunklen Locken sah sie an, bis auch David sich umdrehte.

»Ich hab auf dich gewartet«, sagte David.

»Ja«, sagte Karla. »Hallo.« Sie winkte dem Jungen zu, der auf der Nase etwas Sonnenbrand bekommen hatte und ansonsten kellerblass geblieben war.

»Das ist …«, David zögerte nicht so sehr, als dass er überlegte: »Karla«, sagte er. Das war die Lösung. Ein Name, kein Zusatz, keine nähere Bezeichnung. »Karla, das ist Christof, der Scrabble-Hasardeur.«

Karla schüttelte die ungelenke Teenagerhand des Jungen. Er rieb sich die gerötete Fläche auf seiner Nase.

»Bisher hat Herr Thoriat immer gewonnen«, sagte er und blickte sich etwas ängstlich zum Buffet um.

»Heute Morgen hast du mich doch geschlagen.«

»Naja«, sagte der Junge und kratzte sich an der Innenseite seines Armes, wo die Adern grünlich durchschienen.

»Ihr spielt zusammen Scrabble?«, fragte Karla.

»In der Hotelbibliothek«, sagte der Junge.

»Es ist uns zur Gewohnheit geworden«, sagte David.

»Macht Spaß. Man kann sich ablenken und kommt mal raus. Herr Thoriat kann da relaten.«

»Was kann er?«, fragte Karla und sah David an.

David machte eine abwehrende Handbewegung.

»Was ist das für ein Auflauf hier?«, fragte ein Mann, der hinter dem Jungen aufgetaucht war und sowohl David als auch Karla mit einem selbstbewussten Blick einfing. »Hat Christof wieder mal jemanden zu Tode gelangweilt? Wenn Sie nicht aufpassen, erzählt er Ihnen noch alles über diese Wüstenlandbücher.«

»Wüstenplanet«, sagte Christof erschlagen.

»Wüstenplanet. Meinetwegen«, sagte der Mann. Sein Mund blieb leicht geöffnet, als würde er darauf warten, dass jemand etwas Belebendes sagte.

»Ihr Sohn ist ein talentierter und flinker Scrabble-Spieler. Gestern Abend hat er mein MUS ergänzt um -KETIER. Ich schätze mich sehr glücklich, ihn als Spielpartner gefunden zu haben.«

»Wie dem auch sei«, sagte der Mann und schloss enttäuscht seinen Mund. »Wir haben dadurch mal eine Pause. Also danke.«

»Nein, ich danke Ihnen«, sagte David.

»Alle danken allen. Darauf können wir uns einigen. Man sieht sich. Mahlzeit. Komm, Christof.« Der Mann ging zu einem Tisch davon, an dem eine Frau vor einem Berg Hühnchensalat saß und in ihr Telefon starrte.

Christof blickte immer wieder zu seinen Eltern und kratzte sich in der Armbeuge. Die Haut dort war rein und blass wie bei einem Heiligen, der Entsagungen gewohnt war.

»Naja«, sagte er. »Die sind eben crazy.« Er sah Davids Kinn an. Höher kam er mit seinem Blick nicht.

»Vielleicht schieben wir noch eine Partie vor dem Abendessen ein?«, sagte David.

»Aber gern, Herr Thoriat«, sagte Christof. Er nickte Karla zum Abschied zu. David aber lächelte er kaum merklich an, bevor er zum Tisch seiner Eltern ging.

»Das ist also dein Kumpel«, sagte Karla.

»Das ist mein Compagnon.«

»Ihr versteht euch.«

»Sehr gut sogar.«

In Karla fiel ein Vorhang zu. So kam es ihr vor. Sie verstand, was das Besondere an dem kleinen Abschlusslächeln zwischen Christof und David gewesen war. Es war ein trauriges Lächeln zwischen zwei Leidensgenossen, die wussten, wie es sich anfühlte, nicht gewollt zu werden.

Karla versuchte mit den Fingern ihre nassen Haare zurückzukämmen. Sie ging durch den Flur, vorbei an den Spa-Behandlungsräumen und an den Leinwandbildern von Statuen übergewichtiger Buddhas. Ihre noch feuchten Füße klatschten laut in den Badelatschen. In der Filztasche, die klugerweise mit Folie ausgekleidet war, lag ihr nasser Badeanzug. Karla war nackt unter dem dicken Hotelbademantel. Ihr Körper versank im Frottee. Eine junge Frau, ebenfalls im Bademantel, kam Karla entgegen und sie grüßten einander mit »Grüß Gott«.

Die dunkelblonden Haare der Frau waren zu einem straffen Knoten gebunden, was zweifellos immer noch gut aussehen würde, wenn die Haare nass waren. Karla drehte sich nach der Frau um. Da ging der Knoten dahin. Nicht einmal ansatzweise wusste Karla, wie sie ihre Haare zu so einem Knoten hochbinden sollte. Manche Leute machten alles richtig und manche humpelten durch das Leben. Karla dachte, dass sie zu Letzteren gehörte. Sie wusste nicht, ob sie schon immer zu dieser Gruppe gehört hatte, weil ihre Eltern sozusagen Clubmitglieder waren, sie wusste auch nicht, ob sie weiterhin dazugehören musste. Es war unklar, ob sich das Vergangene die ganze Zeit wiederholen musste. Sie wusste nur, dass das Gegenteil dieses Wiederholens ein unbekannter Schrecken war.

Karla spähte in die Hotelbibliothek. Ein Tropfen Poolwasser löste sich von ihren Haaren und schlug auf dem Boden auf. Weder David noch Christof waren da. Auf dem kleinen Tisch lagen das zusammengeklappte Schachbrett und die Scrabble-Schachtel, die oberste Seite des Blocks war leer.

»Hallihallo«, sagte der Mann, der auf dem Sofa saß.

»Hallo«, sagte Karla. Sie hatte ihn gar nicht bemerkt. Er hielt einen Bildband auf den Knien. Nun blätterte er darin.

Karla drehte sich um und ging wieder. Es war alles in Ordnung. Alles war in Ordnung, sagte sie sich. Neben der Hotelbar servierten sie um diese Zeit die Mittagsjause. Karla sah Gäste im Bademantel und in Wanderklamotten. David war nicht darunter. Christof stand nachdenklich vor der riesigen Schüssel mit Möhrensalat, er sah Karla nicht.

Mit nassen Haaren, die sich mittlerweile kühl anfühlten, und ausgetrockneter Dörrpflaumenhaut ging sie die Treppe hoch. Sie schloss die Tür hinter sich und stellte ihre Spa-Tasche ab. Durch das unentwegt saubere und blank geputzte Glas der Verandatür drang großzügig weißes Mittagslicht.

Wie immer hatte das Zimmermädchen auf irgendeine geheime Art die Zeit abgepasst, in der niemand da war, um putzen zu können. Dabei ordnete sie alle möglichen Sachen neu, auch die persönlichsten Habseligkeiten. Karla war das immer seltsam vorgekommen. Auch jetzt: Die Fernbedienung lag mittig auf dem Couchtisch; Karlas Anziehsachen, die sie auf einen Stuhl geworfen hatte, hingen auf Bügeln in der offenen Garderobe wie eine Anklage gegen ihre Schlampigkeit; die leeren Bierflaschen waren weg; die leeren Almdudlerflaschen waren weg.

Üblicherweise stand auch Julius' Napf vor der Terrassentür und Davids zerbrechlich wirkende Lesebrille lag auf seinem Buch neben dem Bett, als wüsste diese fremde Frau, dass er vor dem Schlafengehen las. Das alles war die Tage über so gewesen, dieses Mal aber nicht. Karla setzte sich auf den Bettrand. Eindeutig fröstelte sie jetzt unter dem Bademantel, der nicht dick genug war, um sie abzuschirmen vor den Geschehnissen. Davids Sachen und Julius' Sachen waren weg.

Karla zog ihre Füße auf das Bett hoch. Die Sohlen waren in faltige Wellen gelegt, als würde ein Wind über die Wasseroberfläche streichen an einem trüben nutzlosen Tag. Karla schüttelte die wie immer zu einem Herzen geformte Decke auf Davids Seite auf, lullte sich ein und kroch zum Kopfende. Selbstverständlich hatte sie gleich das Blatt Papier bemerkt. Es lag auf ihrem Kissen wie die Schokoladenplättchen, mit denen sie bei der Ankunft willkommen geheißen wurden. Es war ein A4-Blatt, zweimal gefaltet und auf dem oberen Viertel stand ihr Name.

So endeten die Dinge also, nicht dramatisch, nur irgendwie schal.

Das Frottee kratzte über Karlas Gänsehaut. Die Decke begann nur langsam den Körper aufzuwärmen. Vernünftigerweise hätte sie den Bademantel ausziehen müssen. Aber Karla tat das nicht. Sie tat nichts. Nicht ganz nichts. Sie blickte auf die offene

Tür zum dunklen Badezimmer und stellte sich vor, was David geschrieben haben könnte. Dass er sich trotz allem scheiden lässt, beispielsweise. Dass er die neue Stelle in dem Münchner Vorort annehmen wird, dass er dadurch in Heinrichs Nähe wäre. Dass sie somit öfter ins Hofbräuhaus gehen könnten und David würde seinen Jungen auf ein großes Bananenweizen einladen, ein Getränk, das eine Perversion ist, die aber unwiderstehlich gut schmeckt. Die dickliche, buttermilchartige Beschaffenheit eines Bananenweizens lähmt mit seinem sanften Geschmack und sättigt für Stunden. Das Glas würde vor Heinrich stehen. Er würde seine Augen von der Sonne im Biergarten abschirmen und seinen Vater auf jemanden hinter ihm hinweisen. David, der noch mehr abgenommen haben wird nach dem Umzug und der Scheidung und der Tatsache, dass er seine Noch-Frau nicht mehr Noch-Frau nennen müsste und sie nicht mehr sehen müsste bis zu Heinrichs Hochzeit, würde sich umdrehen. Und da würde Karla stehen. Aus Ratlosigkeit würde sie ein viel zu fröhliches Sommerkleid tragen und sich in einer Geste der Reue an ihrer Handtasche festhalten. Es würde einer dieser seltenen Augenblicke sein, in denen sofort alles klar war.

Es war umständlicher als gedacht, mit dem Zug – nein, mit vier unterschiedlichen Zügen – nach Hause zu kommen. Karlas Knöchel schmerzte, dabei befand sie sich im ersten und bequemsten Teil der Reise, im Hotelshuttle.

»Grandios wars, gell?«, sagte die Frau links von Karla. Sie war Teil einer Gruppe von vier Freundinnen in ihren siebzigern, die miteinander kicherten und scherzten wie Teenager beim Schulausflug.

»Eine Gaudi wars«, sagte die andere Frau neben Karla. Sie zupfte zart an der Reißverschlusskordel ihrer Handtasche. »Ich war so oft in der Sauna, meine Haut ist ganz glatt und fettig.« Sie beugte sich mit einem begeisterten Ruck nach vorne, um der Freundin ihren Unterarm vorzuführen.

Dieser Kommentar riss auch die restlichen zwei mit und sie drehten sich um, damit sie gemeinsam die Hautvorzüge des Saunierens und abschließenden Einreibens mit grobem Salz besprechen konnten.

Wie eine Großfamilie ruckelten sie in dem Van die Serpentinen hinunter. Karla versuchte, an dem Fahrer und den Frauen in den Vordersitzen vorbei auf die Straße zu sehen, die sich wie eine achtlos dahingeworfene Schnur vor ihnen schlängelte. Sie begegneten keinem anderen Auto. Sie begegneten keinem Wanderer. Im Hotel Mindlerhof war man für sich.

»Die Damen habens gleich geschafft«, sagte vorne Richi, derselbe Angestellte, der Karla und David bei ihrer Ankunft Prosecco eingeschenkt hatte.

Als er den Van einparkte, seufzte Karla. Die Frau neben ihr sagte: »Ein jeder Urlaub muss irgendwann zu Ende gehen.« Karla nickte als Antwort und widmete sich ihrer Tasche: Während sie Geldbeutel und die restlichen Sachen abtastete, knisterte dort Davids Brief. Sie hatte ihn noch immer nicht gelesen. Und was spielte es jetzt noch für eine Rolle? Es tat zu sehr weh und sie wusste schon, wie viel sie verloren hatte.

An dem Tag, als Karla ihn bekommen hatte, hatte sie zum ersten Mal in dem großen Saal zu Abend gegessen.

Sie ging an der Höhle der Hundebesitzer vorbei und suchte sich einen Tisch am Fensterpanorama aus. Keiner der Kellner sagte etwas zu ihrem Umzug. Die junge Kellnerin mit den geröteten Händen fragte lediglich, ob Karla wieder die Flasche Quellwasser wolle und einen Apérol Spritz. Karla bejahte. Sie sah hinaus auf die dunkel werdenden, satt gemähten Hügel des Hotelgeländes. Ein Paar setzte sich in einen der Zwiebelstrandkörbe. Im Hintergrund verschwanden in der Dunkelheit die Hänge der Alpen.

Als der Apérol kam, sah sich Karla im Saal um. Sie konnte jetzt oder ein wenig später aufstehen, um zum Salatbuffet zu gehen. Sie musste sich mit David nicht absprechen, weil Julius ungern allein am Tisch zurückblieb. Er hatte dann gewinselt und blickte beiden voller enttäuschter Treue hinterher. So fing die große Freiheit an. Die große Freiheit im großen Saal.

Vom Buffet kehrte Karla mit einem Teller voll ordentlich voneinander getrennter Kleckse Salat zurück. Hier hockte das Häufchen geraspelter Möhren, da die Rucolablätter, dort Rote Beete. Aber es war ausgerechnet die Portion Rettich, die Karla fast zum Weinen brachte. Das Weiß des geriebenen Rettichs gab an einigen Stellen das Licht der Kronleuchter wieder. Und in diesem scheinbar unwichtigen Augenblick im großen Speisesaal verstand Karla, dass sie gefangen war.

Sie war nicht gefangen mit David, auch die zwei Herzbuben-Gastgeber hatten sie während des Weinabends nicht gefangen gehalten. Sie selbst hatte sich ihr Gefängnis errichtet.

Karla spießte ein paar Rucolablätter auf, sie hatte nicht einmal Dressing darüber gegossen. Im Saal kamen die anderen

Gäste an. Die Kellner hatten keine Zeit mehr, miteinander zu scherzen. Während Karla den bitteren Rucola zerkaute, war sie in Aufruhr. Das Gewicht dessen, wie sie sich benommen hatte, lastete auf ihr. Es tat weh, so zu sein, wie sie war. Es tat weh, so viel Angst zu haben. Es tat weh, so zu tun, als würde man frei handeln, während alles schon längst beschlossene Sache war.

»Ja, wo sind denn die beiden Buben?«

Markus stand an ihrem Tisch. Er rieb seine Hände aneinander, als würde er sie einseifen. Sein heutiges Hemd war von einem bombastischen Pink.

»Bei David gabs einen Familiennotfall und er musste leider früher fahren.«

»Kreuzsakrament!«

»Ja. Schade ist es.«

»Hoffentlich nix arg Schlimmes?«

»Nein. Kann man wieder richten. Mit Geduld.«

»Und den Racker hat er auch mitgenommen?«

»Hat er. Julius hat es hier gefallen. Besonders der Hundeparcours.«

»Das ist schön, dass der Julius bei uns Spaß hatte.« Er richtete mit der einen Hand den Manschettenknopf am Ärmel der anderen Hand. »Manchmal ist es ja anstrengend. Mit so einem Hund.« Er warf einen kurzen amüsierten Blick auf Karlas Salatteller. »Verlangt einem viel ab. So ein Hund. Da muss man durch. Durch die Mühen der Ebene. Das ist von Brecht. Das kommt morgen in den Glücksboten.«

Er visierte bereits den nächsten Tisch an, klopfte aber noch mit schwerer Hand auf Karlas Schulter. Eine Brise seines

Parfums blies ihr entgegen. »Die Mühen der Ebene«, sagte Markus noch einmal. »Da musst du durch. Es lohnt sich.«

Karla schrie auf. Sie presste die Lippen aufeinander und verdrehte die Augen nach oben zu den schwankenden Baumkronen. Sie setzte sich auf den Waldboden und hielt ihren linken Knöchel fest. Als ob das helfen würde. Der Schmerz schnitt einen scharfen Strahl bis zu ihrem Hals. Karla zog ihre Socke herunter und rieb die Stelle. Von außen war nichts zu sehen. Sie scharrte mit ihrem verdreckten Turnschuh auf der Erde herum, um sich vom Schmerz abzulenken. Sie dachte an David. Belustigt hatte er sich beschwert, dass sie keine anständigen Wanderschuhe besaß.

Durch eine freie Stelle zwischen den Bäumen sah Karla nach unten. Das Paar war hineingegangen. Aus dem Wohnzimmer drang angenehmes, nicht zu helles Licht. Sicherlich hatten sie bereits die Abertausenden Kerzen angezündet. Im Garten preschten die zwei Labradore über das satte Ötztaler Gras.

Vor wenigen Minuten war sie zurückgekommen von ihrer kleinen Wanderung, auf dem Rückweg hatte sie sich verirrt. Als Karla rechts vom Waldhang das Privathaus der Gastgeber sah, wusste sie, dass sie in der Nähe des Hotels war. Sie erinnerte sich an den schmalen Trampelpfad zu dem Haus, an den Wetterhahn aus Chrom und den einwandfrei in Stand gehaltenen Zaun. Nur dass dieses Mal jemand anderes unterwegs war zu einem Weinabend auf dem burgunderroten Ledersofa. Karla hatte genauer hingesehen, nicht aufgepasst und war über eine Wurzel gestolpert. Nun stand sie langsam auf und versuchte bedächtig, vom Waldhang am

Gastgeberhaus vorbei in das Hotel zu humpeln, bevor es ganz dunkel wurde.

Die zwei älteren Männer – einer davon in der gewagten Farbkombination von grüner Hose mit gelbem Hemd – steuerten auf das Haus von Markus und Jakob zu. Karla hatte sie mal bei einem Abendessen gesehen. Sie hatten am Salatbuffet gestanden und sich an den Händen gehalten. Hier waren sie nun. Es würde wieder literweise Grüner Veltliner fließen. Vielleicht würde vom Ritz in Wien die Rede sein. Und von diesem Hotel hier, das als Gasthaus schon 1919 in Betrieb genommen und von Generation zu Generation weitergereicht wurde. Es spielte keine Rolle. Markus und Jakob hatten ihre Freude daran, die Hoteliers zu spielen, es war ihr allabendlicher Fernsehersatz.

Karla hatte das Waldstück verlassen und trippelte unter Schmerzlauten, verschwitzt und verdreckt den Pfad von Markus' und Jakobs Einfamilienhaus zum Hotel hinunter. Schon sah sie das wechselnde Licht des Innenpools. Sie hatte sich gezwungen, ihn nicht mehr aufzusuchen, weswegen sie seitdem mit etwas Unerwartetem kämpfen musste. Einer Sehnsucht nach dem Einzigen, das ihr Leben noch ausmachte: dem Schweben.

An den Strandkörben vorbei hüpfte Karla umständlich zum Haupteingang und danach zur Hotelbar. Sie wischte sich mit der staubigen Hand den Schweiß von der Stirn und setzte sich auf den nächstbesten Sessel. Das Feuer war geschürt. Der Barkeeper setzte einem Cocktail eine Eiweißschicht auf. Das Ehepaar mit dem verfilzten dösigen Pudel war wieder da. Die Frau nahm den frischen Cocktail entgegen. In den Sesseln, in die das Paar sich setzte, hatten auch David und Karla gesessen. Karlas Atem beruhigte sich, der Knöchel pulsierte, das Salz des

Schweißes trocknete. Karla verstand, dass sie gefangen war. Wie lange schon? Morgen, bei der etwa zehnstündigen Rückfahrt mit vier Zügen, hätte sie genügend Zeit, darüber nachzudenken. Und über alles andere auch.

Wache

Robert Hitzinger öffnete seine Augen. Er lag auf dem Rücken, zugedeckt mit der Vier-Jahreszeiten-Daunendecke, die jetzt im Winter doppelt so dick war. Robert streckte seine Beine aus und danach seine Arme und legte den rechten Arm auf die Bettseite, die leer war. Raphaela war also schon aufgestanden. Davon hatte er nichts mitbekommen.

Mit im Grunde schon vergeblicher Erwartung hoffte Robert, dass der Wecker irgendetwas mit einer Zehn davor anzeigen würde. Er schob seinen Arm träge auf das Nachttischchen und drehte den Wecker zu sich um. Der kurze Zeiger stand auf der Acht. Das hieß, dass Robert etwa eine Stunde weg gewesen war, eine Art Ohnmachtsschlaf, richtiger Schlaf war das nicht. Schon wieder. Robert hatte einmal ein Interview mit einem Preisboxer gelesen, der später in der Ukraine so etwas wie ein Held wurde, und der erzählte, dass er in den Wochen vor einem wichtigen Kampf immer eineinhalb Stunden Mittagsschlaf hielt. Das, was Robert da zusammenknauserte, war also kein gewöhnlicher Nachtschlaf, sondern nur der Mittagsschlaf kräftiger Männer.

Robert setzte sich und stellte seine Füße auf den Teppichläufer. Dass er Dinge wie einen Teppichläufer im Schlafzimmer liegen und eine automatische Orangensaftpresse in der Küche stehen hatte, bescherte ihm manchmal einen Zwiespalt, vor allem an hoffnungslos unausgeschlafenen Tagen wie diesen:

Einerseits war er stolz darauf und andererseits konnte er die Einzelstücke des Rätsels, wann er denn so erwachsen geworden war, nicht zusammenfügen.

Nachdem er die Vorhänge zurückgezogen hatte und sah, dass draußen alles mit Schnee gepolstert war, ging er in die Küche. Raphaela saß am Tisch. Sie blätterte in einer Klatsch-und-Tratsch-Hollywood-Zeitschrift.

»Wie oft gehen die Stars eigentlich in den Entzug?«, sagte sie. »Du musst mir heute noch ein paar von denen hier kaufen.« Sie klopfte auf die glänzenden Blätter des Magazins. »Vor allem für die erste Zeit. Zur Ablenkung.«

»Schreibs doch auf die Liste«, sagte Robert.

Er versuchte einen Fuß vor den anderen zu setzen, um wie ein scheues Tier immer tiefer in die Küche vorzudringen.

»Entsetzlich bin ich. Dir gehts hundsmiserabel und ich ratsch hier rum. Wie lange wars heute?«, sagte Raphaela und erhob sich.

Kurz nur musste sie sich mit den Handflächen auf der Tischkante abstützen. Der Bauch schien sie ein wenig aus dem Gleichgewicht zu bringen. Er sah so aus, als würde sie unter ihrem gerafften grauen T-Shirt einen dieser Medizinbälle herumtragen. Auch erinnerte die Form des Bauches daran, denn er war dellenlos und vollkommen rund.

»Eine Stunde, eigentlich weniger. Ohne Träume. Fühlt sich gar nicht wie Schlaf an«, sagte Robert. Raphaela stand vor ihm und legte die Arme um seinen Hals. Ihr Bauch stupste ihn an.

»Lass doch mich heute einkaufen«, sagte sie.

»Auf keinen Fall«, sagte Robert. Er beugte sich vor, um sie küssen zu können. »Die Hebamme sagte, jeden Tag jetzt. Jeden

Tag. Du schleppst keine Tüten mehr rum. Oder willst du wirklich, dass es an Weihnachten kommt?«

»Meinetwegen hätte die schon gestern kommen können.«

In Wirklichkeit hatte die Hebamme gesagt: »Jeden Tag kann die jetzt schlüpfen. Das Köpfchen ist schon unten eingeklemmt. Die geht nirgendswo mehr hin. Jeden Tag jetzt. Dann heißt es: Plompf. Da ist das Mädel.«

Vor allem dieses »Plompf« war Robert in Erinnerung geblieben. Es war zu dem Geräusch geworden, das er akustisch mit der Geburt verband. Davor war es hauptsächlich weibliches Geschrei gewesen. Jetzt war es Plompf. Es war ihm nicht klar, was die Hebamme damit meinte. Platzte das Fruchtwasser mit diesem Plompf heraus? Oder wurde das Baby so schnell geboren, dass es auf den Boden schoss, dort also hörbar aufklatschte? Keine dieser Möglichkeiten war besonders beruhigend. Und an den Weihnachtsfeiertagen ins Kreiskrankenhaus fahren zu müssen, war noch weniger beruhigend. Allein die Umleitungen, und das Ganze im Winter, es war eine Zumutung.

»Ich mach das alles heute. Es wird schon«, sagte Robert und ging zum Tisch, schwer wie ein Bär.

»Pass auf, das meiste schließt schon um drei«, sagte Raphaela und stellte, nachdem sie Kaffeepulver reingelöffelt hatte, den Espressokocher auf die Herdplatte.

»Aber hat denn morgen nichts mehr auf?«

»Willst du wirklich am Vierundzwanzigsten noch raus einkaufen? Am Vierundzwanzigsten?«

Sie stand vor dem Herd und schob den Espressokocher auf die rot aufleuchtende Platte.

»Hast ja recht«, sagte Robert.

Er wusste, sie hatte recht. Er sah seine Frau an, wie sie dort stand und der warnend rote Schein der Herdplatte ihre schmale schöne Hand beleuchtete. Der Espressokocher hatte der älteren Schwester bis zu ihrem Tod gehört. Das Fassungsvermögen reichte für fünf Tassen. Wenn sie getrennt frühstückten, schütteten sie unweigerlich mehr als die Hälfte des kalten Kaffees weg. Der Kocher war zerkratzt. Das Metall war mit einer matten Schicht bedeckt, die man durch kein Entkalkungsmittel mehr entfernen konnte. Es war dadurch beinahe unmöglich geworden, auf dem oberen Teil den Firmennamen zu lesen, nur der Anfangsbuchstabe, das B, war noch zu erkennen.

»Fährst du erst zum Müller und danach zu der Kathrin oder umgekehrt?«, fragte Raphaela.

»Erst zu Müller.«

Das zunächst sanfte Blubbern wurde lauter und schon flossen einige Tropfen Wasser über und zischten auf der heißen Herdplatte. Robert hatte oft versucht, Raphaela zu überreden eine neue Espressomaschine zu kaufen. Oder sie sich schenken zu lassen. Es kam nie in Frage. Nie.

Mittlerweile hatte Raphaela eine Tasse mit dem dampfenden starken Kaffee auf den Tisch gestellt. Sie setzte sich ihm gegenüber, vor ihre Zeitschrift. Als sie am Verandafenster vorbeigegangen war zu ihrem Stuhl, hatte der grell weiße Schein des Schnees draußen ihre Leggings beleuchtet. Ihre Beine, ihre Hüften, die Arme, alles war genauso dünn wie zuvor. Nur dieser draufgesetzte Bauch zeugte davon, dass sich ihr gemeinsames Leben bald verändern würde. Es kam

Robert unwirklich vor. Die Frau seines Firmenkollegen hatte fünfundzwanzig Kilogramm zugenommen während der Schwangerschaft. Robert konnte sich an sie bei der letzten Betriebsweihnachtsfeier erinnern. Er hatte mit ihr geredet, als er ihr eine Spezi gebracht hatte. Währenddessen hatte sie breitbeinig dagesessen und schien allein schon von dem Weg vom Auto zu ihrem Stuhl erschöpft zu sein. Die Ausmaße ihres Bauches zu kommentieren wäre unfein gewesen. Wenn die eigene Frau sich auf einmal derart verwandelte, konnte Robert mit Leichtigkeit daran glauben, dass sich das Leben bald verändern würde. Aber Raphaela? Wäre da nicht der Ultraschall und das irrsinnig schnell schlagende Herz und das Zimmer mit der rosa Tapetenbordüre und dass das Wesen da drin jeden Tag pünktlich zwischen sieben und acht Uhr abends Schluckauf bekam, gäbe es alle diese Indizien nicht, Raphaelas Bauch hätte genauso gut eine Faschingsverkleidung sein können.

»Ich glaub, ich krieg nur Cornflakes runter«, sagte Robert und schüttete Milch in seinen Kaffee.

»Hab ich mir schon gedacht«, sagte Raphaela und stand wieder auf.

»Nein, lass, ich mach …«

»Nein, nein, du hast so viel zu tun heute. Ich aber, ich hab einwandfrei geschlafen. Viel geträumt.«

Sie holte eine Schale mit Löffel und eine Packung Cornflakes, von der ein euphorischer Tiger herunterstarrte.

»Was hast du geträumt?«

»Dass ich mir was am Gesicht machen lasse. Geh zur Praxis vom Rank und lass mir da was spritzen. Botox. Wie die Stars.«

Robert sah auf. »Kann man sich wirklich beim Rank Botox machen lassen?«

»Als ich neulich bei der Pediküre war, hat mir die am Empfang erzählt, dass sie zehn Leute am Tag haben, die sich das spritzen lassen.«

»Zehn? Bei uns?«

»Leute sind überall eitel.«

»An manchen Orten aber eitler. In München, ja. Aber bei uns?«

»Ich geh also zum Rank und lass mir was machen. Oben an der Stirn«, sagte Raphaela und zog einen Kreis über die glatte Fläche Haut zwischen ihren Augenbrauen. »Ich komm heim und auf einmal schließt sich vor mir alles. Als würde mir jemand Scheuklappen aufsetzen. Ich schau in den Spiegel. Mein ganzes Gesicht ist geschwollen.«

»Soll das so aussehen beim Botox?«, fragte Robert und versuchte, trotz der in seinem Mund lauten Cornflakes zuzuhören.

»Nein, das soll nicht so aussehen. Ich hab eine allergische Reaktion. Die Augenlider sind geschwollen, die Lippen, das ganze Gesicht sieht aus wie ein Kissen. Und ich ruf nach dir. Ich weiß noch ganz genau, wie ich im Traum ruf: ›Robert, Robert.‹ Du kommst an und ich erklär dir alles und wir fahren in die Notaufnahme. Aber die ganze Zeit über bleib ich ruhig und halte deine Hand. Im Traum hab ich gar keine Angst, weil klar ist, dass alles gut gehen wird. Mit dir zusammen wird alles gut gehen. Wir fahren also zum Kreiskrankenhaus und ich halte deine Hand und du schaust immer wieder rüber zu mir, während du am Steuer sitzt. Und ich bin ganz ruhig, obwohl mein Gesicht furchtbar geschwollen ist.«

Raphaela legte ihren Arm über den Tisch und drehte die Handfläche nach oben. Es war die Hand mit dem Ehering. Das Weißgold leuchtete kühl. Robert legte seine Hand hinein und drückte die ihre.

»Was für ein Schmarrn«, sagte er. »Du und Botox. Dein Gesicht braucht doch kein Botox. Schön ist es, wie es ist.«

Vor den Weihnachtsfeiertagen war die Hölle los. Die Leute kauften so leidenschaftlich ein, als müssten sie Kriegsvorräte anlegen. Robert nahm die Menschenmenge und den Lärm im Laden als eine Bürde wahr. In der linken Hand hielt er einen völlig durcheinander beschriebenen Zettel. Sein rechter Arm hing resigniert herunter. Vor ihm auf dem Boden stand der hohe Einkaufskorb, den man wie einen Kartoffelporsche hinter sich herziehen konnte. Der Korb war leer bis auf Wattestäbchen und Waschpulver.

Im Regal vor Robert lagen etwa fünftausend unterschiedliche Packungen Feuchttücher für Babys. Die einen feuchter als die anderen, mit oder ohne Parfüm, »auseinander gefaltet doppelt so groß«, weshalb auch immer das wichtig war. Auf dem Zettel stand nicht, welche er nehmen sollte, dafür stand noch so viel anderes darauf. Warum hatten sie diese Sachen nicht schon vorher gekauft, dachte Robert. Aber vorher mussten sie ja das Zimmer einrichten. Und außerdem hatten sie viel gekauft. Immer wieder. In großen Kaufanfällen. Es kam nur unentwegt etwas Neues dazu. Und nun stand er da und wusste nicht weiter. Robert spürte sein Telefon in der Hosentasche.

Kathrin hatte geschrieben: »Lester schläft. Komm auf keinen Fall vor drei!«

Robert hatte mit »Ja« oder »Gut« geantwortet. Er wusste es nicht mehr. Was er wusste, war, dass er Lester für einen richtiggehend dämlichen Namen hielt.

Eine ältere Frau in einer Jacke aus schimmerndem Stoff stellte sich neben Robert. Die Jacke war schon auffällig, aber sie trug auch noch eine dieser Ohrenklappenmützen, die er bislang immer nur mit Jägern in der kanadischen Wildnis in Verbindung gebracht hatte. Die Frau suchte das Regal ab, nahm eine Packung heraus, sah sie kurz an, steckte sich noch drei Packungen derselben Firma unter die Achseln und ging zur Kasse. Die Ohrlappen ihrer Mütze schwappten auf und ab. Robert fand die Feuchttücher, die die Frau genommen hatte. Er hielt die Packung in den Händen. Ein unwirklich niedliches Baby saß dort auf seinem blanken Hintern und guckte einen über die Schulter an. Die Augen waren derart retuschiert, dass das Baby einen geradezu dämonischen Blick hatte.

Zwei der Dämonenbabys lagen jetzt auf dem Grund des Einkaufskorbs. Robert zog ihn hinter sich her, die Gänge absuchend. Er kam sich vor wie ein alter Trinker auf der Suche nach preisreduziertem Korn.

Als Robert die Babysachen und dazu noch die Lebensmittel im Kofferraum verstaut hatte, sah er auf sein Telefon. Es war kurz nach ein Uhr. Niemand hatte geschrieben. Weder Kathrin mit der Meldung, dass der kleine Hosenscheißer Lester aufgewacht war und er früher kommen könnte, noch Raphaela mit der Meldung, dass die Wehen anfingen. Oder dass das Fruchtwasser geplatzt war. Plompf!

Robert stand auf dem Parkplatz des großen, modernen Rewe, gleich neben dem Müller. Eine Kombination, die der Bürgermeister von den Freien Wählern – »also CSU«, wie Raphaela sagte – vor fünf Jahren mühsam hier hatte bauen lassen. Das Ergebnis war, dass Leute wie Robert, die gleich nebenan in Rehtränke wohnten, kaum noch in den Laden der alten Scheck gingen, sondern nach Rainacker fuhren.

Die Luft war kalt und windstill. Robert atmete betont aus, um zu beobachten, wie sich die geisterhafte Dampfwolke verflüchtigte. Der offene Kofferraum war voll. Hier passten keine Babysachen mehr rein. Das hieß, dass er die Sachen, die Kathrin ihm geben würde, auf den Rücksitz legen müsste. Auf der einen Seite des Rücksitzes war aber schon die mächtige Babyschale eingebaut. Sie wartete nur noch auf ihren Passagier. Jeden Tag jetzt.

Um für eine Pause nach Hause zu fahren, war nicht mehr genug Zeit, aber um zu Kathrin zu fahren, war es noch zu früh. Robert sah sich um. Auf dem flachen Dach des Supermarkts glitzerte eine bauschige Schicht sauberen Schnees. Autos kamen an und fuhren ab. Es war so sonnig, dass er nicht geradeaus blicken konnte. Matschiger grauer Schneeschlack sammelte sich auf dem Asphalt unter ihm. Robert stieg ein und fuhr zum Kurpark.

Etwa vierzig Minuten musste Robert durchbringen. Er fühlte sein Gehirn sich verflüssigen vor Schlaflosigkeit. Eine Matschwerdung im Kopf. Seinen Eltern hatte er nichts von der Schlaflosigkeit erzählt, nur Raphaela wusste davon. Was hätte seine Mutter auch sagen sollen? Dass er nach dem großen Ereignis noch weniger schlafen würde?

Robert ging mit seinen Händen in den Jackentaschen durch den Kurpark, er hatte die Handschuhe vergessen. Er kam am Fuß des Hügels an, auf dem die Kinder Schlitten fuhren. Robert wischte pulverigen, aber im Kern eisharten Schnee von einer Bank und setzte sich.

Gerade eben hatte er noch im Auto gesessen, aber es kam ihm so vor, als würde er zum ersten Mal seit Jahren sitzen. Die Sonnenstrahlen trafen auf die Kurparkhügel und das blendende Weiß des Schnees spiegelte das Licht tausendfach. Robert schloss die Augen. Seine nackten Hände in den Taschen formte er zu Fäusten mit den Daumen nach innen. Er hörte keinen Wind und keine Vögel, auch keine Autos, dafür das Geschrei der Kinder. Im Grunde war es ein gleichmäßig gewebter Teppich aus den Schleifgeräuschen der herunterrutschenden Schlitten und der Stimmen der Erwachsenen und Kinder, ab und an erhoben sich darüber Kreischlaute wie bunte Punkte.

Robert öffnete wieder die Augen und sah den sich ewig wiederholenden Kreislauf vor sich: Schlitten rutschten von oben, unten kamen sie entweder heil an oder bremsten oder fielen hin, danach strafften sich die Piloten, um erneut nach oben zu gehen. Ein Vater versuchte mit seinem Telefon, sein etwa dreijähriges Kind zu fotografieren, das unbeteiligt neben dem großen Holzschlitten stand, einen Fäustling auszog und sich den Finger in die Nase steckte. Die älteren Kinder rutschten auf bunten flachen Schlitten, die Henkel hielten sie zwischen den Beinen, und konnten, wie es aussah, die Richtung, in die sie fuhren, kaum steuern. Ein Kind, das mit seiner Mutter auf einem Holzschlitten den Hügel heruntergesaust kam, stand auf und wollte gleich wieder nach oben laufen. Dabei zog es ein Bein nach. Robert schloss wieder die Augen. Grandios. Er hatte fast vergessen, sich darüber Sorgen zu machen. Ob es gesund war. Die offensichtlichsten Tests hatten sie alle gemacht, aber es gab immer das Unvorhersehbare, das einem die Natur bescheren konnte.

Noch müder als zuvor fuhr Robert zu Kathrin. »Lester ist jetzt aufgewacht und gut drauf«, hatte sie geschrieben. »Unterwegs«, hatte Robert zurückgeschrieben.

Er fuhr an Feldern vorbei und Hügeln und Wald und an Häusern, die ebenso erwachsen daherkamen wie seines. Fiebrig und wie aufgeputscht versuchte er, sich an den Namen von Kathrins Ehemann zu erinnern. Damit er so etwas wie Small Talk machen konnte. Und wenn nicht gerade ein Lastwagen oder Tiertransporter vor ihm fuhr und er sich konzentrieren musste, versuchte er das unlösbare Problem zu lösen, wie er alles in seinem Auto unterbringen konnte. Als er an der Tür klingelte, war er mit beidem gescheitert.

»Robert! Ist ewig her! Ewig!«, sagte Kathrin fröhlich und bestimmt. So bestimmt, als ob nach jedem Satz ein unauslöschlicher Punkt gesetzt worden war, über den es nichts zu diskutieren gab. So war sie schon im Gymnasium gewesen.

»Über ein Jahrzehnt, oder nicht?«, sagte Robert und stand auf der Fußmatte mit Kathrins Familiennamen darauf und fror. Er fror ganz erbärmlich in seiner dicken Jacke.

»Gehts dir gut?«, sagte Kathrin. »Siehst a bisserl … naja aus. Willst du einen Kaffee?«

»So fühl ich mich auch. Einen Kaffee. Den nehm ich.«

In seinen Socken rutschte Robert über das glatte Parkett. Er war froh, als sie das Wohnzimmer mit dem Teppich erreicht hatten.

»Da ist es«, sagte Kathrin und zeigte auf eine quaderförmige Babywanne, in der durchsichtige Tüten mit blau und grün gemusterten Babyklamöttchen lagen und obenauf ein seltsames weißes Objekt.

»Was ist das für ein Ding?«, fragte Robert.

Während Kathrin erklärte, dass es zur Wanne gehörte und für die ersten Lebensmonate gedacht war, hörte Robert auf einmal Patschgeräusche mit begleitendem Rollen. Er drehte sich um. Durch die offene Tür kam Lester hereingekrabbelt, wobei er unter einer Hand ein schwarzes Auto mitrollte.

»Da lernt ihr euch mal kennen«, sagte Kathrin und nahm Robert an den Schultern und setzte ihn auf einen Stuhl. Als würde sie eine Tulpenzwiebel im Boden versenken.

Der Junge krabbelte zum Sofa, hievte sich mit seinen Miniaturhänden auf die Sitzfläche und stand wackelig da, ohne Robert aus den Augen zu lassen. Das Problem war, dass das Auto noch auf dem Boden stand. Sich mit einer Hand auf dem Sofapolster haltend, beugte sich Lester nach unten, nahm das Auto und fuhr es danach mit einer beneidenswerten Hingabe auf dem Sofa hin und her.

»Wie alt ist er jetzt?«, fragte Robert.

»Etwas über ein Jahr.«

»Und ist das …«, Robert zögerte, »ein gutes Alter?«

»Besser als früher, als er einen Monat alt war und nachts ständig gefüttert werden wollte. Oder als er sechs Monate alt war und noch nicht krabbeln konnte, aber wollte und deswegen frustriert herumblärrte. Aber wenn du mich fragst, ich kanns nicht erwarten, wenn er anfängt zu reden. Zucker auch?«

»Nein«, sagte Robert. »Nur viel Milch.«

Als Kathrin mit zwei Tassen zurückgekehrt war, saßen sie sich gegenüber und sahen zu Lester.

»Was macht unser altes Gymnasium?«

»Ist jetzt weniger alt. Kannst dich noch erinnern, wo früher das K12 und K13 war? Das alles ist jetzt komplett renoviert.«

»Bist du wieder in Vollzeit?«

»Nein. Aber ich geb jetzt Geigenunterricht einmal die Woche. In der Mittelstufe. Du müsstest die mal hören«, sagte sie, hielt ihren linken Arm vor ihren schräg gelegten Kopf und ahmte mit dem anderen Arm Streichbewegungen nach, während sie in der höchstmöglichen Tonart Stimmlaute von sich gab.

Sofort drehte sich Lester um und als er die Quelle des Geräusches ausgemacht hatte, lachte er laut und haltlos auf.

Robert betrachtete den Jungen, der sabberte wie ein alter Bernhardiner.

»Der zahnt grad«, sagte Kathrin. »Und wann ists bei euch so weit?«

»Jeden Tag jetzt«, sagte Robert. »Jeden Tag.«

Im Gegensatz zu Raphaelas Espresso schmeckte dieser Kaffee dürftig wässrig, vermutlich wie der Kaffee in Lehrerzimmern, dachte Robert. Und dann dachte er: Plompf!

Er war froh, dass er sich nicht an den Namen von Kathrins Mann erinnern konnte, denn das hätte mehr Stoff zum Reden gegeben. Er wollte nur nach Hause und die verrückten Briten ansehen, die in diesem Jahr selbst noch am Tag vor Weihnachten Fußball spielten. Auch diese Tasse Kaffee – die wievielte heute? – ließ ihn innerlich zittern, machte ihn aber nur oberflächlich wach.

»Kathrin, wenn du nur eine Sache sagen könntest, so als Ratschlag zu …«, sagte Robert und machte in Lesters Richtung Bewegungen mit der Hand, als würde er einen Bottich Suppe umrühren, »… diesem ganzen. Zeug. Ding. Du weißt schon. Was wär das?«

Kathrin atmete auf und sah zur Decke. Robert hatte selten erlebt, wie jemand tatsächlich nachdachte, ehrlich nachdachte, um eine Antwort geben zu können.

»Irgendwann«, sagte Kathrin, »musst du dich einfach weigern, dir noch mehr Sorgen zu machen. Sonst wirst du noch deppert. Irgendwann musst du dir sagen: Scheiß drauf. Es wird schon.«

Auf dem Rückweg, als es schon dunkel wurde, konnte Robert kaum etwas im Heckfenster erkennen, denn er hatte die Babywanne auf den Rücksitz stellen müssen und nun ragte sie kantig in die Höhe. Auf dem Beifahrersitz lag die Tüte mit den Babyanziehsachen. Zuoberst hockte, noch in der Verpackung, eine weiche Rassel. Robert sah immer wieder zu dieser kleinen Kreatur. Es war ein rosa Esel.

Als er bei Rot anhalten musste, griff er danach und schüttelte es. Der Esel gab sanfte Rassellaute von sich. Jemand hupte und Robert fuhr weiter.

Mit einem Teller Hühnerfrikassee auf dem Schoß sah sich Robert das Premier-League-Spiel an, während Raphaela die weitergereichten Babysachen in die Kommode einräumte. Danach sprang Robert durch die Kanäle, alles kam ihm vulgär und laut und zum Schämen vor. Schließlich stand er vor dem Spiegel im Bad und vergewisserte sich mit einem Blick zur Radiouhr, dass es mit neun Uhr abends spät genug war, um ins Bett gehen zu können. Seit der Zeit der Schlaflosigkeit hatte er es auch mit acht Uhr abends oder sogar früher probiert, aber das hatte nicht funktioniert.

In den letzten Tagen hatte sich Robert nicht rasiert, das Ergebnis hatte Raphaela als sexy bezeichnet und mit ihren Händen über die Bartstoppel gestrichen. Er hatte vor, sich morgen zu rasieren. Wenn die Eltern kommen würden. Der verdammte Baum war schon geschmückt. Mit himbeerroten Kugeln. Er dankte es einem, indem er seine Nadeln wie eine Diva auf dem Teppich verschüttete und durstig das Wasser aus dem Gefäß aussoff, in dem er stand.

»Nur eine Nacht«, sagte sich Robert.

Er sah in sein Spiegelbild und hoffte auf eine Nacht. Es schien nicht viel verlangt für ein Gebet. Leute wollten Lottogewinne, Krebsheilungen, Liebe, Frieden, Fruchtbarkeit, Robert wollte nur eine einzige Nacht durchschlafen, bevor alles anfing.

Einige Minuten später, in denen was auch immer geschehen war, lag er im Bett, frierend und mit offenen Augen. Seit er nicht schlafen konnte, fror er immerzu. Er streckte seine Hand zur Seite aus, wie am Morgen, und die Seite war wieder leer. Raphaela sah sich noch einen Film an und trank eine heiße Schokolade dazu. Als sie eine Stunde später leise ins Bett kam und sich auf ihre rechte Seite legte – seit Wochen die einzige mögliche Schlafstellung für sie – hatte Robert natürlich noch nicht geschlafen. Er war dauereingeschaltet, wie das Licht eines Leuchtturms, das in das Meer hinausweist und immer wieder um sich selbst kreist.

Jetzt redeten sie leise miteinander über den vergangenen Tag. Robert drehte sich zur Seite und umfasste Raphaelas Bauch. Die Kleine hatte pünktlich ihren Schluckaufanfall hinter sich gebracht und schien jetzt zu schlafen. Raphaela selbst war müde, die Wörter, die sie sagte, kamen in immer größeren Abständen. Als sie eingeschlafen war, drehte sich Robert wieder auf den Rücken. In diesem Augenblick kam der Ton. Selbst im Haus war er so laut, dass sie ihn überschreien mussten.

»Wann geht es aus? Wann geht es aus?«, schrie Raphaela, im Bett aufgesetzt, und hielt sich die Ohren zu.

»Ich muss los«, sagte Robert und begann sich Boxershorts und Socken anzuziehen.

»Was?«, schrie Raphaela.

»Ich muss gehen. Ich hatte versprochen, heute die letzte Rufbereitschaft zu machen, bevor es losgeht bei uns. Ich hab gedacht, das ist nur auf dem Papier. Wann brennt denn schon was kurz vor Weihnachten?«

Als Robert aus dem Haus trat, heulte die Sirene immer noch. Das Schreckliche war: Sie änderte ihre Klangfarbe nicht, sie blieb auf dem höchsten Stand der Panik, ohne Pause, ohne Abschwächung. Die Sirene der Freiwilligen Feuerwehr Rehtränke war ein in alle geheimen Winkel dringendes Geräusch.

Außer Atem, immer noch oder schon wieder frierend, war Robert in dieser klaren Halbmondnacht unterwegs zum Häuschen der Freiwilligen Feuerwehr. Es war so nah, auf dem Hügel gegenüber.

Die Straßenlaternen entlang der Häuser waren kaum notwendig, denn der Schnee, der seit gestern auf kalten Boden gefallen war, bedeckte alle Oberflächen mit einer fluoreszierenden Masse. Es war silbrig hell.

Trotz der kurzen Strecke zog sich Robert seine Handschuhe an. Er bemerkte, wie umständlich er das tat. Früher war es eindeutig einfacher gewesen, sich Handschuhe anzuziehen.

»Hopp hopp, Papa!«

Robert sah auf. Einen Finger hatte er falsch reingesteckt. Thomas stand neben der erleuchteten Einfahrt und klopfte mit den Händen auf seine Oberschenkel.

»Bin noch kein Papa«, schrie Robert zurück und ging schneller den Hügel hinauf, sie waren nur noch durch eine Landstraße voneinander getrennt.

»Und wann?«, sagte Thomas. Das Feuerwehrauto, ein kleineres Exemplar, fuhr aus der Garage.

»Jeden Tag jetzt«, sagte Robert außer Atem. »Jeden Tag.«

Er sah auf der leeren Straße nach links und nach rechts und noch mal nach links und rechts, überquerte sie und lief auf das Auto zu. Thomas klopfte ihm auf die Schulter, sie stiegen ein und zuletzt, Gott sei Dank, ging die Sirene aus.

Kurzatmig saß Robert im Auto, sie fuhren los und ließen das Feuerwehrhäuschen hinter sich. Auf der grob verputzten Hauswand stand in altertümlicher Schrift: »Freiwillige Feuerwehr Rehtränke. Seit 1886.« Darüber waren zwei Männer mit noblem römischem Profil aufgemalt, wie sie zusammen einen Schlauch hielten und zielgerichtet in die Ferne blickten.

Das Glühen und Lodern des Feuers vor ihnen erleuchtete und erwärmte die Vorweihnachtsnacht. Zusammen zielten sie auf das Haus von Karla Weißhaupt in Schönsee. Es brannte. Und wie. Thomas drehte sich um und sah Robert an. Thomas, der gut gelaunte Dauerjunggeselle, der nicht alterte, blickte allzu ernst drein. Robert wusste, was Thomas ihm damit sagen wollte. Es war dasselbe, das Robert selbst dachte: Hier gab es nichts zu retten.

Das Haus hatte eine derartige Brennlust entwickelt, dass Robert nicht verstand, was sie hier taten. Dieses Haus würde zu Asche niederbrennen und Robert spürte jetzt schon, aus der Erinnerung und in die Zukunft hinein, in seiner Nase den Geruch des kalten abgebrannten Fundaments und der eingeaschten Möbel.

Im ersten Stock stiegen aus dem Fenster eines Zimmers hellere und seltsam feinere Flammen, sie verflüchtigten sich auch schneller. Es erinnerte Robert an den Chemieunterricht im Gymnasium und wie die Flammen dünn und blau über dem Bunsenbrenner aufschienen.

»Hallo?«, schrie er. »Frau Weißhaupt?«

Sie war etwa fünfzehn Jahre älter als Robert. Damit kam sie ihm zu alt vor, um sie ungefragt mit Vornamen anzusprechen. Außerdem erinnerte er sich noch an sie aus dem Landratsamt, er hatte bei ihr die endlosen Anträge zur bevorstehenden Geburt der Kleinen eingereicht.

»Frau Weißhaupt«, schrie Robert noch einmal.

Karla Weißhaupt stand da in ihrer Daunenjacke, die an ihrer zierlichen Figur viel zu groß wirkte, und starrte mit aufgesetzter Kapuze das Feuer an. Schließlich hörte sie ihn.

»Ja?«, sagte sie.

»Was ist da oben mit dem Zimmer? Sind da Schadstoffe drin?«

Karla schüttelte nur den Kopf und lächelte sachte.

Auf dieses Lächeln war er nicht vorbereitet gewesen. Er nickte. Vielleicht hatte er sich das nur eingebildet. In einem Artikel hatte Robert einmal gelesen, dass für die Sicherheit der anderen Menschen auf den Straßen ein unausgeschlafener Fahrer schlimmer war als ein Besoffener. Denn ein Besoffener reagierte zwar verlangsamt, aber so ein Somnambuler reagierte irgendwann überhaupt nicht mehr.

Der Wasserschlauch verlor seine Spannung. Die Jungs riefen sich etwas zu. Robert war mittendrin in diesen Ereignissen, er konnte sich aber nicht erinnern. Er kaute in seinen Gedanken wieder und wieder das Wort »Löschwassereinspeisung« durch. Es faszinierte ihn. Das Wort hatte zweiundzwanzig Buchstaben. Wie das Wort »Oachkazlschwoaf« mit fünfzehn Buchstaben war es nicht einfach nur ein Wort, sondern eine leibhaftige Prüfung für nicht Einheimische. Löschwassereinspeisung. Oachkazlschwoaf. Und dazwischen oder davor hatte er irgendetwas verpasst.

Um drei Uhr morgens stieg Robert aus Thomas' Auto in die klare kalte Nacht. Den Schnee leuchten zu sehen, tat den Augen gut, das heiße Feuer anzustarren hatte sie überanstrengt.

»Gute Nacht, Papa«, hatte Thomas ihm zugerufen. Robert hörte die Tür knallen und den silbergrauen Opel wegfahren, dessen Windschutzscheibe gesäumt war von österreichischen und schweizerischen Vignetten. Die Farbe des Autos zog Robert an. Sie sah wie das Wintermondlicht selbst aus. Kühl, unzugänglich und edel.

Kurz zögerte Robert, bevor er das Gartentor öffnete. Er stank nach Rauch, das wusste er. In diesem olfaktorischen

Zustand konnte er sich nicht zu Raphaela legen. Es war schwer zu begreifen und sobald er es begriffen haben würde, würde es bereits zu spät sein: Im Bett neben Robert lagen jetzt eineinhalb Menschen. Als er den Schlüssel in der Tür drehte, erinnerte er sich an den allerersten Gynäkologentermin, zu dem er Raphaela begleitet hatte. Die Ärztin sollte die Schwangerschaft bestätigen. Die bäuerlich wirkende Frau fuhr mit einem erstaunlich sexuell aussehenden Stab in Raphaelas Vagina hinein, weshalb Robert strikt auf Raphaelas Kopfhöhe stehen und ihre Hand halten sollte. Zuerst sahen sie auf dem kleinen Bildschirm nur weiche Formen, auf einmal aber tauchte dieses Ding auf. Ein Wesen von wenigen Zentimetern Größe, noch nicht einmal annähernd als Mensch zu bezeichnen, aber mittendrin war eine winzige Klappe, die sich irrsinnig schnell öffnete und schloss. Es war das Herz, das schlug. Robert war zu erstaunt oder schockiert gewesen, um etwas zu sagen. Er wusste aber noch, was er dachte: dass dieses Herz, das den Miniaturkörper fast vollständig auszufüllen schien, aussah wie eine Kaulquappe. Nicht mehr und nicht weniger. Einfach nur eine blind im Tümpel wuselnde Kaulquappe.

Robert stand unter dem warmen Duschstrahl und sah an seinem behaarten Körper herunter. Er beobachtete, wie weißer Schaum von ihm glitt und im Abfluss verschwand. Einige Schaumflocken machten auf dem Weg zu ihrer Auflösung länger Halt in seinen Schamhaaren und auf den Oberschenkeln. Robert fror nicht mehr. Er hatte seit Tagen oder Wochen gefroren, er konnte sich nicht genau erinnern, er hatte beim Essen gefroren, beim Wachsein im Bett, sogar bei dem

Feuerwehreinsatz, aber als das Haus zum Schluss eingegrenzte Flammen warf und sie, zusammen mit Karla Weißhaupt, dem Ganzen nur noch zusehen konnten wie einer Show, kam Robert der Zufall in Form einer freundlichen älteren Nachbarin zu Hilfe.

Nachdem sich Robert abgetrocknet hatte, stand er mit dem Handtuch um die Hüften vor dem Spiegel. Sein schon im trockenen Zustand dunkles, nun vollends schwarzes Haar lag gekraust auf seinem Kopf mit den unrasierten Wangen, darüber die violettblauen Augenringe. Robert putzte sich die Zähne. Es war eine Stille über ihn gekommen wie ein lautes Dröhnen. Es hatte irgendetwas nicht gestimmt an diesem Einsatz.

Als es fast ausgestanden war, holte Thomas die Packung Red Bull aus dem Auto, eine Tradition. Nach den Einsätzen standen sie herum und tranken das zuckrige Zeug. Robert sah, wie die Dosen verteilt wurden. Er wusste, er wollte oder sollte das nicht trinken, eins von beiden. Da kam die Nachbarin auf sie zu, eine ältere Frau, die Marianne hieß, Robert kannte sie vom Sehen. Untergehend in einer viel zu großen Männerjacke watschelte sie durch den Schlamm auf sie zu, unter der rechten Achsel war eine Thermosflasche eingeklemmt, an der Fingern ihrer linken Hand waren mit den Henkeln Tassen aufgehängt. Robert kam ihr entgegen, um zu helfen.

»Geben Sie her«, sagte er.

»Passt schon«, sagte Marianne. »Ich bring gleich noch mehr, wenn jemand will.«

Thomas winkte charmant ab. Selbst aus der Entfernung und trotz des beinahe abgebrannten Hauses dachte Robert die unerträgliche Süße der geöffneten Red-Bull-Dose in Thomas

Hand riechen zu können. Er dachte, er müsste sich auf der Stelle vor die Füße dieser Frau übergeben, wenn er auch nur einen Schluck davon trinken müsste.

»Das tut gut«, sagte Marianne, als sie vor Roberts Nase aus der Thermoskanne Tee eingoss. Dazu machte sie ein Geräusch, als würde sie etwas Köstliches in einer Werbung anpreisen.

Robert nahm die Tasse und bedankte sich. Er versuchte inmitten der Ablenkungen den zugrundeliegenden Geruch des Tees wahrzunehmen. Dieser Duft hatte etwas Frisches, nicht Abgestandendes und an Citrus Erinnerndes.

»Was für ein Tee ist das?«, fragte Robert.

»Verveine«, sagte Marianne und hantierte mit den übrigen Tassen, die sie umsonst mitgebracht hatte.

»Vielleicht will sie was davon«, sagte Robert und deutete mit seinem immer noch behelmten Kopf in Richtung Karla Weißhaupt.

»Wohl eher nicht«, sagte Marianne. »Die meldet sich schon bei mir, wenn sie was braucht. Ich hab noch die Eltern gut gekannt. Das war deren Haus.«

»Oh nein«, sagte Robert und verbrannte sich an dem Tee.

Er hatte Boxershorts und T-Shirt für das Bett angezogen und befühlte vor dem Spiegel seine Oberlippe, die an der Innenseite gerötet und geschwollen war von der Teeverbrühung. So sah er aus wie die Stars mit den gespritzten Schlauchlippen aus Raphaelas Zeitschriften. Er tüpfelte etwas Vaseline auf die Stelle. Irgendetwas hatte nicht gestimmt an diesem Einsatz. Er hatte sich an dem Tee verbrannt und sah zu Karla Weißhaupt. Sie stand in ihrer schwarzen Daunenjacke vor dem Haus, die Kapuze über dem Kopf, so dass sie von seiner

Warte aus wie ein furchteinflößender Mönch aus einem alten Film wirkte. Robert sah an ihr herunter. Sie trug Leggings und darüber Winterstiefel. Neben diesen Stiefeln standen zwei chaotisch gepackte Sporttaschen im Schneematsch. Sie waren beide so voll, dass die Reißverschlüsse nicht zugezogen werden konnten. Aus einer Tasche schaute ein Messingbilderrahmen mit einem Schwarz-Weiß-Foto von einem jungen Paar heraus. So viele Sachen hatte sie also noch mitnehmen können, dachte Robert.

Die Tür im Schlafzimmer schloss er so zärtlich leise hinter sich, wie er nur konnte. Er wartete kurz, er wollte nichts anstoßen und Raphaela wecken. Als die Umrisse anfingen aufzutauchen, bewegte er sich bedächtig vorwärts. Er schlug die Decke zurück und legte sich hin. Sein nasses Haar fühlte sich auf dem Kissen erfrischend an. Er streckte eine Hand nach Raphaelas Kopf aus und strich, sie kaum berührend, über das lange Haar. Sie schlief, ein wenig fiepend, da ihre Nase neuerdings dauernd belegt war.

Robert drehte sich auf seinen Rücken um. Die nasse Kissenstelle unter seinem Kopf kühlte ihn. Irgendwann musste man sich denken: Scheiß drauf. Robert verstand das jetzt besser. Er schloss seine Augen. Er erwartete gar nichts mehr. Und da kam in ihm die Erinnerung hoch, wie er noch etwas abschließendes Tröstendes zu Karla Weißhaupt sagen wollte. Sie kam ihm armselig und bemitleidenswert vor, wie sie, mit den Sachen im Matsch, dem Feuer zusah und schwieg. Mit seiner dampfenden Teetasse ging er einen Schritt vor und wollte etwas sagen – er hatte die genauen Worte noch nicht gefunden –, als er ihr Gesicht sah. Ihr Gesicht in dieser dunklen aufgefächerten Kapuze. Robert sah, dass sie das ersterbende Feuer ansah – und lächelte.

Tatsächlich schlief er ein in dieser Nacht. Ein tiefer Schlaf kam über ihn. Natürlich merkte Robert nichts von dem Augenblick, in dem es geschehen war. Er wusste nur, dass er von etwas träumte, das in Flammen stand. Einem Geheimnis vielleicht? Aber was spielte das überhaupt noch für eine Rolle? Jeden Tag konnte es jetzt so weit sein, jeden Tag, und dann? Dann würde alles gut gehen.

Eberhard Geisler
Gemeinschaft der Heiligen

zugleich eine Revision
von Goethes
Werther

ca. 148 Seiten
978-3-946392-53-8

Ein Abend am See, drei Menschen, angeregt im Gespräch: Unverhofft findet sich der 72-jährige Helmut in einer platonischen Ménage-à-trois wieder. Just als er sich wieder der Lektüre des »Werther« widmet, dem literarischen Bezugspunkt für unglückliche Liebesgeschichten schlechthin, begegnet er seiner großen Liebe aus lang zurückliegenden Studentenzeiten. Was nach einem wehmütig verlaufenden Abend klingt, führt jedoch zu innerer Klärung und großer Leichtigkeit. Im Gespräch mit Veronika, einer Literaturwissenschaftlerin, und ihrem Mann, einem Kunsthistoriker, eröffnet sich Helmut ein neuer Blick auf die Leiden des jungen Werthers und die eigenen Leiden als junger Liebender.

Birgit Böllinger über Eberhard Geislers Erzählung
»Gemeinschaft der Heiligen« ist ein geistreiches Lesevergnügen und zugleich eine wunderbar berührende Erzählung über das Wesen der Liebe, die Kraft der Freundschaft und die mit den Jahren wachsende Gelassenheit.

Jan Kuhlbrodt
Chemnitzer Trilogie

Vor der Schrift
Schneckenparadies
Krüppelpassion

ca. 340 Seiten
978-3-946392-55-2

In den Texten der Chemnitzer Trilogie, entstanden in den Jahren von 2007 bis 2023, spürt Alfred-Döblin-Preisträger Jan Kuhlbrodt den Entwicklungen und Veränderungen der Welt nach. In »**Vor der Schrift**« unternimmt Kuhlbrodt einen Streifzug durch das Chemnitz seiner Kindheit. Er erinnert sich an Klänge und Ornamente, bevor sie sich zu Sprache und Schrift formten. In »**Schneckenparadies**« erfährt der Held zur Zeit der Wende, wie Utopien sich wandeln, scheitern und neue Ideale reifen. In »**Krüppelpassion**« schreibt Kuhlbrodt mit Mut und Humor vom langsamen Rückzug des Lebens aus dem Körper: So stehen Erinnerung und Slapstick an der Seite der Philosophie, aber auch des Zorns.

Elke Erb über Schneckenparadies
»Kuhlbrodt stellt die Frage nach dem richtigen Denken im Gleichnis der Schnecken, die Kinder in eine alte Zinkbadewanne mit gesammelten Blättern und Kräutern setzen, die Schnecken aber verschwinden über Nacht. Die Lehre ist: sie wollen ihre eigene Welt, kein künstliches vermeintliches Paradies.«

Die Deutsche Nationalbibliothek verzeichnet diese Publikation in der Deutschen Nationalbibliografie; detaillierte bibliografische Daten sind im Internet über http://dnb.dnb.de abrufbar.

Kristina Schilke
Alles was lebt
Reihe: Gegenwarten, Band 20

ISBN 978-3-946392-54-5

Gans Verlag, Katzlerstr. 13, 10829 Berlin
www.gansverlag.de, produktsicherheit@gansverlag.de

Covergrafik: Alice Gläser
Coverbild: *Levitation* von David George Ledger, Öl auf Leinwand, 2012
Lektorat: Jan Kuhlbrodt
Korrektorat: Ludger Tolksdorf
Schriften: Gill Sans Nova, Garamond
Papier: Alto Creme 90g
Druck und Bindung: Totem, Inowrocław, Polen